日出三角湧

◉王湘琦／著

聯合文叢 621

目次

自序

一九九四年夏天，我來到當時叫作臺北縣三峽鎮的這地方，開始在一家小型精神專科醫院執行醫療工作；那時那裡原本的老醫師正準備要退休，的確也是亟需有人速來接任工作，於是我就匆匆地過來了。感覺就像轉眼之間似的，我在三峽這一待竟然就已是二十多個年頭了！三峽，這個山水秀麗的地方靠近山區，民風淳樸、強悍，自古即有「人不犯我我不犯人」以及「相請無論買賣算分」很講求公道的傳統；這樣的習氣，頗合我的個性，令我深深喜歡上這裡；總結我在此地二十多年的體驗，三峽人雖說是精明、善於算計，但也不失為有情有義、講理包容的好夥伴！

每個地方都有它獨特又些許晦暗不明的歷史；三峽的過往，沉積在茶香和朗朗書聲之中，值得一提的是她有一段可歌可泣的「抗日保鄉」戰史！從古至今，這裡的生意人就以「儒商」自居，重視文風教化之事，無論有錢沒錢總希望子弟們能去讀書識字；若是因而能吟詩作對、奮發論述，那就更受人敬重了！一八九五的乙未年，臺灣突然遭逢被「割讓」的千古劇變；所有一向以「炎黃子孫」自居的三峽人，頓時如喪考妣、悲憤莫名，皆誓死不願作亡國奴；於是，便有地方士紳蘇力號召、領導的乙未抗日之役，傾一鄉之力並結合鄰近鄉里的所有抗日志士，對入侵鄉土的日軍發起了「知其不可為而為之」的義勇聖戰！這段一度刻意被湮滅的歷史，曾經是臺灣人「不能說的回憶」；達半個世紀之久！一九四五年臺灣光復；其後數年，來自祖國河南的王天從老師來到三峽任教，偶然見到紀念當年血戰的石碑遺跡而感慨萬千，便不辭辛勞地開始網羅相關的史料。一九六七年，王老師以他蒐集的資料募集地方士紳贊助，私自印行成冊流傳，但可惜並未引起廣大的迴響。之後，他這義行漸漸被人淡忘，便鮮少再被後輩的三峽人提起並且關注了。

二○○二年某日，我無意間在古玩舖裡看到了王老師留下的資料，感佩他作為中國讀書人的氣節和用心，便興起了以「歷史小說」的形式再次呈現這段本就不該被完全遺忘的三峽舊事。這部作品，我寫得格外吃力艱辛，改寫了至少十數回以上；主要原因除了自己資質駑鈍、才學不足之外，特別有感於對戰爭的回憶本質上就是件有諸多隱諱而又見仁見智的事了。我們不可能得以完全瞭解某人對某事的回憶；試圖探索戰爭全盤的真相，似乎永遠只存在於「於心不忍」和「難以啟齒」之間！本小說並非以完全重現真相為宗旨，因為那幾乎是不可能也無助於我們繼續向前邁進的！都講文學就是瞭解、就是包容，其中又以「小說」的形塑性最為寬宏；但願人心也能如此！

一九八八年，就在《沒卵頭家》發表後一年，聯合文學給了我一個寫出三篇「中篇小說」的學習機會。在那次「實戰經驗」中，我雖然無力交出什麼可觀的成果，卻也著實打下了一些日後向「長篇小說」挑戰的基礎。我感念聯文的提攜之恩，深信本著這種「文學不死」的精神，這園地終將在臺灣甚至於全世界，綻放出多采多姿的花朵來！

不能說的回憶

那場乙未年的戰事結束多年後，蘇軟欄才對兒孫提起壓藏心底的一段回憶。這多年來，他一直受莫名的抑鬱所苦，整個人就像陷在永遠觸不到底的淤泥裡似的。每個清晨，他總是慣常地先將那面向東方的扉窗推開來，還不時對兒子說：「看——該來的，終究還是會來的！」這早，他躊躇地將獨子喚到了病榻前，氣若游絲卻又執拗地講起關於「三角湧蘇家」和這條眼下已頹圮不堪的老街曾經有過的輝煌過往。「前幾天你說——日本人就要全盤改建這條店街了！咳……該高興嗎？」他說，「說是改造後的模樣——會是一種他們認為比較進步的西洋面貌！也罷，就由他們去吧？我相信——咱的店街終究還是店街的味……一寸土地，也丟不了的！日本人能為所欲為的時候不會太久，早晚他們也是會稍稍明白過來的。我真正有些掛慮的倒是……子孫們若是作了奴隸還沾沾自喜、與有榮焉……那可就真叫人欲哭無淚了啊！我……該從何說起呢？畢竟，對那場遙遠的戰事，爾後的人又有幾個還會真正在意呢？」

「我這病估量著……也是好不了了！自己清楚……這是『心病』！心病，是自個的事，是我自己選擇的嘛……怎可能會有藥醫呢？」蘇軟欄說，「就這麼拖著……有什麼意思？我……親身經歷過那場戰事，揣摩先人的用心……或許正是要用那些無止盡的惡夢……來逼我對子孫做出一些交代吧？這麼多年來，我的回憶一直鎖在一本從沒讓人看過的記事本裡；那本子就……藏在這房間角落的……那個五斗櫃底層的抽屜裡！就在那裡了！那雜七雜八寫的……也算是一段『戰爭中的回憶』吧？可又顯然……不全是那樣！我選擇寫在活頁本裡，因為那本就不算是一部完整的紀錄。是否也有些令人難以啟齒的荒唐呢？我……不知道！是體諒子孫們可能要面臨什麼困擾嗎？我想……或許也沒那般高義吧！方便，不是嗎？你若覺得什麼內容可能要惹事，就直接抽出來燒了！乾脆！至於阿爸這『心病』……到底是卡住了什麼呢？擔心吧？害怕吧？都有！都有……直說了——就是我到死也不願承認……自己已是個亡國奴了！嗚嗚……兒子啊！你就當阿爸只是個病人吧？看在三角湧蘇家列祖列宗的面上，求你等我闔上雙眼之後……再去細讀那本『記事本』吧？切記切記——對那些劃上紅線的段落……看過了就立刻塗抹掉！永遠也別流傳出去！求你……」

蘇軟欄側目盯著房間角落的那個五斗櫃，似乎已無力再揣摩那距離「分水崙抗日戰役」最接近的方位了！「這麼多年來……我偶而也會自問——咱能不打那場仗嗎？該怎麼做……才不至於對不起列祖列宗呢？我雖也曾納悶——為何朝廷能割地，卻又任憑百姓去送命呢？但我……就是沒絲毫後悔的想法！這，是很自然的事，至少對我這輩而言，的確就是如此的！至於你『煌叔』的說法，那就簡單得多了——堅持打一場『民族聖戰』，寫下一頁有骨氣的光榮歷史！咳咳……那也沒錯！沒錯！但人啊……誰不想好好活著呢？我也知道——只要是事關歷史，就一定會有人去講一些時空錯亂、因果混淆的話。那也是一種病——很多人從不想真正被治好的病！」

蘇軟欄好幾次停下話來盯著兒子的眼睛看，然後又突然拉高了嗓音說：「我倒不是說……我寫的，就一定是對的！戰爭，哪有什麼一定的對錯呢？就連那輸贏……也是很難說得清楚的！我寫的……只是我親身經歷、或是查看過的資料；我只能說……那親歷其境的感覺，就像隨時在等死似的！槍彈四散飛竄、殺聲喧天刺耳，之後，戰火便將一切都燒成了灰燼！如此而已！在那殺伐後的廢墟中，無論是赤腳的義軍或是穿著馬靴的日本軍人的屍體……看起來其實都差不多！死亡那德性，委實一點都不好看！」

「嗯……我那本子裡拉拉雜雜寫的……到底能算個什麼呢？」蘇軟欄搖著頭說，「我……也實在難有個說法。勉強……算是一種『札記』吧？我不知道……算不算得上史料？若要論能有什麼史觀、民族大義的內涵……唉！那就只得說慚愧啊！慚愧……」他轉頭側目向窗台，似乎是在確認曙光的觸角此刻的位置；「你……你們，可別真就死心塌地地作了日本人啊！」他突然拉高了嗓音說，「那……

不值得！不值得！咱臺灣人，就算忍氣吞聲地想裝成日本人……人家還不認呢！相信我……那不值！不值！那場戰事，對咱們、對日本人，都應該算個教訓吧？我希望你們要永遠記得自己就是臺灣人、就是中國人……那絕不是什麼丟人的事！只要你們迎著每日的曙光好好想想……那麼，臺灣就丟不了的！那才是真正值得的盼望……真正有骨氣的事！」

蘇軟欄看了看孫子露在日本式襁褓外的圓臉，輕聲說：「那高挺的鼻樑……同他叔公一個模子而出！哈哈……人啊，無論穿什麼服裝，還不都是原來的樣子！」兒子暫停了搖動竹搖籃，注視著父親起伏的胸膛。「戰爭的故事……還有些搖籃曲的效果呢！」他說，「只是不知我到了那只有回憶的年紀……還能有『搖籃曲』可講嗎？」「誰知道？說不定……更多！」蘇軟欄說，「我近日……常夢見中國式的木船一艘接著一艘而來，整個海面都是！」他突然雙手按著床沿微微撐起了上半身來，「兒啊你記得——我希望我的棺材……是和祖先相同樣式的！」他吃力地說，「至少也得讓老祖宗們……好認一點嘛！最好……就像條『紅船』——以前航行在淡水河上的那種木殼船，你知道嗎？」「咳！咳！聽過！聽過！那的確……也是一種好船！不過，現在日本人有自己的好船，不再需要靠他們了！」兒子圓睜著雙眼清了清喉嚨，似乎是不想讓老父再憶起他曾一再提起的那些死在分水崙深谷中有著一雙雙細眼的年輕日本兵。「您別擔心！阿爸……」兒子說，「我買的那口棺材是新木料做的！還嗅得到香氣呢！」他轉頭朝店屋前望去，「那在地的棺材商跟我保證：『那是三角湧剛伐下的肖楠木做的！絕不是二手舊料！』」「這我信……咳唉……」蘇軟欄乾笑起來，「日本人巴不得咱臺灣人都把力氣拿去砍樹，而不再拼戰反抗和他們作對……」他說，眼中泛起了曾在某個遙遠的清晨若隱若現的曙光，「兒呀！你……有空應該多去『柴牛稠』（三角湧河對岸的蘇家莊園所在）看看你堂叔！我死後……更該如此才對！」

「爸……」兒子執起老父的手說，「姑媽……來了一會兒了！說是……想單獨見見您！」「嗯……知道了！」蘇軟欄說，側著頭又看了看那房間角落的五斗櫃，「那……我想……」他突然用一種近乎哽咽的聲音說，「那記事本的事……你就別跟你姑媽提了！彆扭！我……只是覺得……不該讓後輩人完全忘了那事……如此而已！至於……我這輩的人……還有什麼好說呢？多看、多想……只會彆扭！」「記住了！」兒子說，開始推動搖籃車往房間外而去。他轉頭看了看父親，又看了看那已被曙光照得一片模糊透亮的扉窗。「我這就……去請姑媽進來吧！」他推著嬰兒車微微顫抖起來，緩緩退出了房間。

第一章　倭寇來了

「都說：『倭寇』就要來了！還聽說……這回，可能就要永遠賴著不走了？」

蘇軟欄在記事本開頭如此寫到，「此刻那窗台上曙光游移出的痕跡，令我想起了那年三角湧河上無言的波光。那時，突如其來的噩耗雖如烏雲驟至，卻也絲毫沒減損三角湧的美麗——那像是一幅沒有輪廓的圖畫，鋪展在曙光初臨的山水之間：清透如水的晨霧緩緩散去的時候，總令人一時間分不清天光水色的界線到底在哪？那近河岸的景物隨著波光悠悠蕩蕩的，倒映在水中的三角湧街市曾幾何時便直如那古老的夢境重現了！」那個乙未年，一個芒種後陰霾的五月天，蘇軟欄領著東家回到了自己已闊別五年的故鄉。近黃昏時，那條紅船緩緩靠上三角湧碼頭，咿呀作響的船舷喘氣似地上下起伏著。那時，蘇軟欄的思緒碎裂如飛絮一般，感覺眼前朝思暮想的景物瞬間給滿眶的淚水放大了好幾倍！東家一路雖是盡說笑話，對河岸上的狀況卻始終盯得很緊。「聽說曾有個人到三角湧做生意……見到比水牛大過三倍的豬公！」他說，「那人好奇地請教飼主：『你這神豬……到底是安怎飼出來的呢？』那飼主起先拗著不肯講，被再三央求之後才壓低了嗓音說：『你可要詛咒——絕不可再跟別人講唷！那**眉角**要領很簡單……就是你得每天對那豬公哄著，要儘量多講些**白賊話**才行！如此一來，我保證牠就會肥得特別快！不信？你看我太太就知道——阮某看起來是不是特別有肉呢？』哈哈……」東家一向就愛講笑，說那也是預防暈船的好辦法之一！那日，蘇軟欄一直想直接問東家：「為何非在這節骨眼上……大老遠地來這三角湧？這一切折騰，到底所為何來？」他已在心裡如此嘀咕了一整天了，身處三角湧碼頭邊那看似完全孤單的一艘外來船上，感覺那正被落日餘暉鑲出金邊的鳶山逼近到了眼前，峰頂硬邦邦的喙尖彷彿就像要啄人似的！「真快！一轉眼……五年了！」蘇軟欄說，「快得……就像從不曾離開似的！什麼……也沒能忘得乾淨？」他趴在船舷對水中兩頰凹陷的倒影嘆氣，直覺那是張愈來愈不討喜的臉龐，腦海中一頁接著一頁久已壓扁的畫面逐漸浮現。「伯父，氣消了嗎？堂兄……可會再掄拳相對嗎？」他揪著一顆心問自己，感覺那滋味就像沾了五味醬似的！

「那早，大稻埕碼頭才矇矇的有些天光，紅船便在昏暗間倉促地啟航了！」蘇軟欄寫到，「第一回如此離開大稻埕碼頭，感覺直像是逃難似的！那船，只搭載四名乘客——東家、護衛、力伕和我，一路逆流朝上游山區航去！」那日，蘇軟欄始終覺得東家頭上的那頂洋式白色草帽挺突兀，令他不禁聯想到那洋神父馬偕身旁拿鉗子拔牙的助手！「在歹年冬講笑話……時間過得快些！」看來白髮童顏的東家總是帶著輕鬆的神情說話，「年輕人，遇事得多想點啊——這人生，不過如浪頭泡沫……能順著勢好好活著，那才算本事！」「東家……這是在故作輕鬆？這老江湖……到底打的什麼算盤？」蘇軟欄一路揣摩著老人的心思，始終感覺他其實是心事重重的。那樣糾纏不清的思緒，令他一再想到那在艋舺、興直堡附近河面所瞧見的景象——那才誓師要抗倭到底的「營勇」們，個個張牙舞爪成了「土匪兵仔」似的！蘇軟欄印象中的抗日序幕，竟是兜轉在一張張近乎猙獰的嘴臉之間——彷彿是歌仔戲裡的「哭調仔」，沒完沒了的哭號反覆出現！他永遠記得——那些頭纏烏頭巾、肩扛火槍、腰繫大刀的營勇們，在抽抽噎噎的婦孺身前施展出的威風！「那景象，似乎已挑明了一種必然『潰敗』的收場……悲哀啊！」蘇軟欄如此寫到，「碼頭上空迴盪著比嗩吶還刺耳的哀號聲，搶奪者和被搶者之間的對話在他耳膜上刮出了一道道永遠無法癒合的傷痕！」「怎辦？這該怎辦？」他徒然地在孤伶伶的一條船上反問自己，漸漸咀嚼出東家那沒完沒了笑話裡愈發緊繃起來的沉重。那時候，臺北城裡外已是處處騷亂——淡水河上的煙硝味一路緊跟著紅船移走，風中那令人惶惑不安的怪味向南一直延伸到了擺接平原！「好嘛！早點亂也好！這局勢……至少也算明朗起來了不是？」東家噘起鼻頭說，「惡兵仔愈是亂來，就愈不可能將戰事拖久！這樣……也好嘛！不是嗎？」「伊娘的！那夭壽的營兵仔，戰倭寇不行，欺負百姓個個嘖嘖叫！簡直就是……土匪！」艄公邊罵邊朝河裡吐了口痰，隨即將船操得離岸邊更遠了些！那日午後，東家決定在土城莊的「沛舍陂」略事休息；

「都上岸喘口氣吧？」他說，輕輕拍了拍蘇軟欄的胳膊。紅船緩緩靠上左側一條支流形成的岔口前的小碼頭，「上岸休息，可！但，別太久了！」艄公吆喝著，同時揮手向岸邊店家打了招呼。他瞇起一雙細眼點水菸桿，緊盯著船客一一走過了跳板。「別太久？是多久？」走在東家身後的力伕大聲問，深吸了幾口剛飄起的煙霧。「伊娘的！總不能比和查某『駛一砲』久吧？要『開查某』，到三角湧再想吧！」艄公抖了抖腳板說，用水菸桿指著三角湧的方向。

「那船稍事停留，便又啟航向三角湧而去。」蘇軟欄寫到，「接下來的這段水路，船頭始終頂著一股激湍晃動不已，感覺就像一下被拉向左邊一下又被拉向右邊似的！艄公手上那根不時抵著石灘顫巍巍的長篙，好幾回眼看已然彎曲成了弧線就像要折斷了似的，但轉眼間卻又直挺挺地撐過了一彎又一彎！之後，突然間水勢緩和了下來，船舷邊的水色也明顯清澈多了。我望著『媽祖田』岸上裊裊升起的炊煙，腦中依稀的人影就兜圈子似地逐漸逼近了。這五年多來，我試圖遺忘的一切，突然間都回來了——『粒姊』的身影看來堅持依舊，令我不禁悄然質問自己：是不是太早回來了呢？」「喔——噫——喔！噫——喔——噫！」艄公的哼唱聲突然響起來，「媽祖田！媽祖田！石頭水，『幼梨仔石』無人有！頭前的三角湧，『龜甲石』比鐵硬！三角湧！三角湧！查甫勇！查某水！」「那船歌感覺是輕快地縈迴在水天之間的，而且隨著船行晃悠，一路延續到了三角湧碼頭！」蘇軟欄寫到，「在那趟歸途中，我終究還是沒能揣摩出東家真正的來意……，看得明白的倒是那艄公在船抵三角湧後明顯輕鬆起來的表情——彼時，那船老大理應慶幸總算做成了這趟特別的生意，正一門心思惦記起那三角湧岸邊『茶桌仔』裡出名的大奶婦人吧？」

「那日黃昏時分，三角湧碼頭岸上感覺是出奇的冷清！」蘇軟欄寫到，「記得以往這時候李家『宰樞廟』裡還聽得到童子的朗朗書聲，但此刻卻靜悄悄的感覺成了個空城似的！人，都哪去了？怪怪……」「一旁那廟挺老的……該不是祖師廟吧？」東家嘟囔著問。「不！不！那是……李家祠堂！供奉的是玄天上帝。」蘇軟欄應道，注意到兩個漢子正從廟的東廂房裡嘀咕地走出來。其中著長褂的不時晃著腦袋拉高了嗓音，說：「不成！不成！囝仔人不讀冊怎行？我一定得再去跟統領說說……」「別！別！這是軍令……沒得商量的！」著短褂的頻頻搖手，「我說樹生啊——教書有教書的時候嘛……上回你不才和六角銓吵過一架嗎？有用嗎？眼下抗倭軍興，就這事要緊！懂嗎？千萬別白目自討沒趣……」「原來是玄天上帝廟喔！」東家應著，「那頭街口的，應該才是祖師廟吧？味道是有點不同……」他轉頭朝鳶山的方向望去，同時挨近了蘇軟欄身邊，說：「西席！（編注：老師之意）嗅出啥氣氛了嗎？或許咱也該再勸勸你伯父的？光看那街的份上，也是該三思的……多美的一條街，怎能說毀就毀呢？真可惜啊！可惜啊！」東家口裡喃喃自語著，躬身朝祖師廟的方向合十拜了又拜。「難……」蘇軟欄說，隨即緊緊抿上了嘴只能在心裡答話：「怎個勸法？怎個勸法？」「看似……箭在弦上了？」東家壓低了嗓音說，「令伯——統領大人，存仁賢弟的威名，我在艋舺、大稻埕是聽說過的！光他那雙眼睛……歹人們，誰不怕呢？」東家話說得少見的彆扭，「是不容易啊！近六十的人了……仍是錚錚鐵漢一個！」「那時，我其實並不明白東家到底想講什麼？」蘇軟欄寫到，「多年之後，我偶而會有些感慨——或許那時自己真是小看了東家了?或許他老人家那時所掛慮的……不僅僅是生意吧?一個老成如東家這般的生意人,是不至於膚淺得只識得眼前之利的!」「好記性!我說——我伯父這年是五十又八,都講是道光戊戌年生的!」蘇軟欄說,心裡委實納悶——「為何東家記得清楚別人的庚年……卻總是說不清自己確實的年紀呢?」「我只是個生意人,也沒什麼過人之處……」東家盯著蘇軟欄的眼睛說,「不過,我看得出機會——好好活著的機會、反敗為勝的機會!我最不想見到英雄們白白去犧牲……那可沒意思!」

「從三角湧碼頭右前方沖來的一股流水,將紅船上下左右搖晃得很厲害。力伕們用上兩條粗纜繩,才勉強固定得住船身。」蘇軟欄寫到,「看來那陣子,上游是下過不小的雨了!我指著右前方對東家說:『那是土地公坑溪,是三角湧河上游的支流之一。別看她小歸小,卻是條很難捉摸的『溪仔』!平日乾涸得像水溝,只消一陣大雨後,便說翻臉就翻臉了!我小時候就曾在那溪裡……嘗過溺水的滋味呢!』『是喔!』東家眺望著前方說,『咱臺灣的那種小溪仔……看來倒是挺有個性的嘛！』那時，艄公突然大聲吆喝起來──『醒醒吧！三角湧的酒鬼兄弟們！備轎！備轎！來貴人啦！來貴人啦！』那個黃昏，祖師廟前擺出了三門大砲，感覺儼然就是座戒備森嚴的堡壘。幾個執銃的鄉勇盯著來客看，身後的斜陽將那幾門火砲拉出了長長的陰影。『嘿嘿……免貴！免貴！我這老腿還行……今天就自己活動活動吧！』東家搖著手說，看來已沒了方才船上說笑時的一派輕鬆。許多年後，我回想那日東家的種種言行，直覺那時的他的確是心事重重的，不僅僅是一種世故的客套罷了！」

「那個黃昏，整個三角湧河面看來是冷冷清清的，只見兩三艘烏篷船離岸遠遠地逆流朝內山行去……」蘇軟欄寫到，「人走過上下晃悠的跳板，一步步追著岸邊響起的棒槌悶響走，感覺那原是熟悉的搗衣聲竟也有了些催人的緊張氣氛了。那些蹲在岸邊搗衣的村婦們看來個個板著一張臉，無言又有些急促地起落著手上的洗衣棒，對正從船上下來的客人只見偶而側目而視的漠然眼色。」東家的貼身護衛王成山手撫腰刀始終緊繃著臉，對誰都是一副戒備的表情；那模樣不禁令蘇軟欄驚覺

——那日，已是「臺灣民主國」建元「永清」後的第十一天了！「兒啊！你……不可能想像……有那麼冷清的三角湧！」蘇軟欄在記事本的旁白裡這麼對兒子說，「光是讓思緒聚焦到一八九五年那個黃昏的祖師廟前，就全然不是件能丁點輕鬆的事！我希望你們永遠不必再面對那樣的三角湧，讓咱熟悉的一切不會再如此陌生起來，才是我衷心企盼子孫們將來能面對的啊！」

「我和東家才剛行到祖師廟前的榕樹下，就看到前頭一瘦一胖兩個漢子從街口的方向匆匆走來。」蘇軟欄寫到，「一看便知是堂弟根煌來了！沒錯的——那瘦漢走起路來像起乩，一步步都像要抽搐了似的！」「想死我啦！想死我了！阿欄……」堂弟瘦鵝展翅似地邊走邊叫，「阿欄！阿欄！這多年你的耳朵……都不覺得發癢難受嗎？好個鐵石心腸的壞蛋！」蘇根煌的嗓音聽來沒點改變，在那可作為蘇家標誌的高挺鼻樑上烏亮的一雙眼睜得老大。

「我一向喜歡堂弟這逢人便開心的個性，羨慕他不同於蘇家其他的成員，似乎從不為抑鬱所苦！」蘇軟欄寫到，「我先向堂弟介紹了東家：『阿煌！快來見過我東家！他可是那大稻埕最得人緣的頭人，鼎鼎大名的『隆發頭』——白隆發的便是！你不可能沒聽過吧？』『免褒！免褒！』東家慌裡慌張地趨前拱手，『老朽白其祥。公子只管叫我阿伯……便可！便可！』他頻頻躬身點頭，將那頭頂的白草帽都滑落到額頭下了。『聽過！聽過！』蘇根煌說，旋即雙手抱拳朝白其祥行了個大揖之禮。『拜見隆發頭！』他中氣十足地說，『有大頭家親臨督軍，我三角湧義軍……肯定要士氣大振啦！』『慚愧慚愧……這這言重了！言重啦！』白其祥伸手攙扶起了蘇根煌，『公子免禮！免禮啦！老朽這趟不過是來……見見老朋友！見見老朋友罷了！』他低垂著頭仰望了蘇根煌一眼，『嗯……彬彬君子！彬彬君子一個！怪不得……那江湖上誰不誇讚蘇家二公子呢？名聲透響大稻埕，不簡單哪！不簡單哪……』那時我心裡納悶：前不久不是才跟東家他老人家提過嗎？記得我是那麼說的——『我那堂弟小時候發燒過頭……人是挺不錯，就是愛亂想一通！』『喔……我跟你們講個祕密吧！我這幾日夢見……我們三角湧打了個大勝仗了！那倭寇在山溝裡……個個抱頭鼠竄！』蘇根煌突然睜大了眼說，隨即仰頭向天喃喃自語起來，半晌才轉身揮手示意那呆立在他身後的胖漢上前來幫忙搬行李！

「好幾天了，我夢見咱的『大將軍』……將倭寇統統轟進河裡去了！」蘇根煌興奮地說，不時指著廟前的幾門火砲喃喃自語。「我覺得這裡的緬梔花……長得真好！」白其祥說，似乎對路旁狀似鹿角的盆花更感興趣；「長長的葉只長在枝端……卵黃色的心像蛋黃……那模樣就是和別的花木不同！」他說，「大稻埕的人呼這叫『雞蛋花』，都說是兩百多年前『紅毛』們引進臺灣種的！」「我們三角湧這裡的小孩叫那『落屎花』！」蘇根煌說，「都講一旦吃下了……肯定會落屎不止的！」「那嚴重！嚴重！」白其祥說，緊張兮兮地縮回了原本伸長的手掌，「還還好……我沒碰到！」「哈哈……你東家，還真風趣呢！」蘇根煌笑說，朝那護衛王成山的一張鐵板臉擠了擠眼。「你們緩步稍候！我啊，一定得先跟祖師公報到去！」白其祥說，隨即縮著脖頸逕自朝祖師廟前走去。「阿欄！我真的夢見倭寇們在雨中潰敗逃命……」蘇根煌抬頭盯著鳶山山巔的雲霧說，似乎已聽見了遠處山谷中迴響起的歡呼聲。「阿兄！我跟你講——那些大人們……或許已在廟裡謀出了決勝的妙計了！嗯……倭寇的死期近了，就快倒大楣啦！」他突然壓低了聲音說，後腦勺的小辮子沉甸甸地一動也不動。「你這麼聰明絕頂……怎沒去參加謀劃？大人們忙乎，就你一個好命閒著？」蘇軟欄用手肘頂了頂堂弟的胳臂問。「白目！」蘇根煌大聲應道，「我這……也忙著嘛！不是嗎？」著實顯得自信滿滿的，「我有我的專長……除了吃素唸經，動腦筋夢想還行！英雄好漢頂住天，夢想小子求保庇，那才能穩贏！」「人才啊！人才！」蘇軟欄搖了搖頭說，感覺多年來堂弟真是一點沒變。

「你姊……可好？」蘇軟欄突然挨近堂弟身邊問。「還問？討債的！我姊前世欠你嗎？」蘇根煌說，一張瘦臉瞬間漲紅似番鴨欲啄人，「都你害的！五年前，我阿姊就被爸棒打出門……眼下還只能住那鳶山山麓的小庵裡呢！你這討債的花癡……下輩子再來找碴好嗎？這輩子……夠了！」他嘟起雙唇噴了一串怒氣，旋即便又咧嘴傻笑起來，說：「不然，你就該跟我學……學著做做夢吧？花癡！」「棒打？真的？阿爸真該棒打的……是我！是我啊……」蘇軟欄說，低垂的頭幾乎觸及了胸口，「粒粒姊……您真……委屈了！委屈了……」「咳！說的對！對極了！就該打你才對！嘔……」蘇根煌瞬間笑出聲來，「說得好！你啊……不管是有病沒病？對我阿姊……這輩子就只能做夢了！」

就在兩兄弟說話間，白其祥雙手搓著臉頰從廟前走回來，他邊走邊嘟囔：「這三角湧的祖師公……真靈！真靈！感覺……就像被祂老人家搧了好幾個耳光似的？真的！聽說老人家是民族英雄嘛……我怎沒想到那呢？」「西席！西席！我問你……」他慌裡慌張地上前便問，「這祖師公……抗的可是什麼外侮？請教了！」「元！」蘇軟欄說，「彼時，蒙古人算是異族！」「喔？這變化……可不小哪！」白其祥輕聲說，「那說不定……哪天連日本人也不算異族了？會嗎？」「那……他們得先老實一點才行！或是等咱天朝大國完全征服了他們，再看看吧……」蘇根煌說，「咱中國的民族英雄們，並不只愛打打殺殺的！咱泱泱大國向來就是……你不犯我我不犯你！」「高見！高見！」白其祥豎起拇指說，「這樣的說法……有幾分咱安溪人的氣味了！」蘇根煌笑著以食指封在嘴前，低聲說：「打住！打住！眼下那廟裡的民族英雄們……怎可能去認未來的同胞呢？」

「三角湧街的街口，就從祖師廟這『虎邊』繞過去！」蘇軟欄邊走邊向白其祥介紹，「這條『店舖街』，匯集了所有三角湧人的念想，傍著鳶山在『土地公坑溪』畔綿延有三里之譜！」「隆發頭！看——我們蘇家，就是『媽祖店』邊的那坎厝！水！很好認的！」蘇根煌對白其祥說，逗得老人像聽了謎語似的。「什麼是『媽祖店』？」白其祥搔著腦勺問，「是間廟還是『店』呢？」「嘿嘿……咱這裡的廟特別體貼人！」蘇軟欄說，「廟裡還有『柑仔店』哩！見過嗎？想買茶、買米、買菸草……都方便！」「都習慣這麼叫了，一時改不過來！哈哈……」蘇根煌笑說，「咱安溪人愛做生意，就是在廟裡也想著賺錢！」「嗯！嗯！這很好嘛！做生意，實際！」白其祥笑瞇瞇地說，「生意人不犯傻……絕不會將一條死巷走到底的！」

蘇軟欄見許多商家早已闔上了門板，感覺三角湧這黃昏的確是出奇的冷清。他不禁又在心裡嘀咕：「為何東家偏要選在這節骨眼上……大老遠地來到這裡呢？」

「很好嘛……來的正是時候！」白其祥說，「一條街沒啥閒雜人等……倒是清靜！清靜！我光欣賞這『半樓仔』……就覺得趣味極了！」他背著雙手東看西瞧，孩子氣地說：「在大稻埕、艋舺，這樣的『半樓仔』就是趣味！小孩在那上頭睡午覺，還聽得見大人們做生意講笑、鬥嘴的聲音。真趣味！趣味！」「看這花窗多精緻啊！我一直欽佩咱泉州木工老師父……那種功夫，卡是厲害！厲害！」他一會兒又輕撫著花窗頻頻點頭起來，「唐山式的吊腳樓閣、花窗畫棟……嘖！看了真爽！真爽！」那時候，白其祥樂得就像個遊人，不時脫下草帽瞇起眼頻頻頷首，彷彿對周遭的一切都興味無比似的。「西席你瞧！」他蹲下身來眺望著街尾說，「不簡單哪！看出來了嗎？這街，既曲折又帶著坡度，肯定會讓闖入者看不透……又心生恐懼的！」

「我永遠記得那個黃昏……媽祖廟前的景象——幾個蹲點的賊眼漢子投射來的目光，冷利得宛如剃刀的刀鋒！」蘇軟欄寫到，「他們或蹲或站……就是沒人向來人開口招呼一聲！」「真好！真好！戒備森嚴！」蘇根煌先開口說話，朝那幾個漢子行了個誇張的抱拳禮。「怪！竟沒個人回禮？」蘇軟欄心裡有些埋怨，「難道阿煌在蘇家的地位……幾年來都沒一點改變嗎？」「看這眼下情勢……真有點當年艋舺的氣味了！」白其祥挨近蘇軟欄身邊輕聲說，同時幾次轉頭向廟前的漢子點頭致意，「真要戰了……這，我一看便知！」那時，蘇軟欄發覺東家臉上出現一種彷彿憋著氣的笑容，心疼眼前這一向愛說笑的老人似乎再也說不出笑話來了！

「蘇根煌請東家的護衛王成山先去用飯，被他面無表情地搖頭拒絕了！」蘇軟欄寫到，「那個老保鏢一心想的，或許只是亦步亦趨地緊跟著他的主人——這真是白其祥的福份！」「哎！一定是阮某有交代吧？」白其祥搖了搖頭說，「罷了！罷了！隨在伊吧！誰人叫我驚某嘛！還好阿山這人不吵、不鬧……這我敢保證！」

一行人隨蘇根煌進了蘇厝店屋，迎面的是一張素雅的栗色大櫃桌。「嘿——這張櫃桌……真讚！真讚！」白其祥說，伸手反覆撫摸著桌面，「都講——最好的肖楠木就在三角湧！實在一點不假啊！聽說這三角湧的肖楠木，絕不輸唐山的金絲楠木呢！真的！」他嘛起鼻頭嗅了又嗅室內的空氣，像隻老獵犬似地轉頭看那堆在牆邊成塔的樟腦成品。「這純天然提煉的樟腦……就是香！」白其祥說，「別……別小看了這煮製樟腦的生意——不簡單啊！蘇家就靠這……短短十年就發達得如此！好生意！好生意！」就在這時，一個四十出頭、鳳眼斜肩的婦人從店後快步走出來，「恭迎！恭迎！」她哈著腰說，「阿煌！喔……阿欄也回來了！快……快請白大人裡頭奉茶！老爺一再交代的……」「好！好！」蘇根煌應著，轉身對白其祥說：「我這二娘陳氏，家中上下……無人不愛！阮阿母近年已不問事……成天只在屋後的佛堂吃素唸經。」「夫人，幸會！幸會！您別客氣了——我白某可不是什麼大人……真的不是！」白其祥躬身再拜，慌亂間連頭頂的草帽都掉落地來，「弟妹別忙！咱是鄉親！鄉親……都是自己人嘛！」

「阿欄！你終於回來了……我真歡喜！真歡喜！」二娘打量著蘇軟欄輕聲說，露出了兩個淺淺的酒窩。那張瘦削的臉龐上皺紋浮現，令蘇軟欄憶起了往昔她在大灶前揮汗操勞的模樣。二娘帶一行人穿過甬道向後頭走，在天井一角的「半邊井」旁停下了腳步。「只作半邊的井……可有深意嗎？」白其祥說，「這井……是刻意作成這模樣嗎？」「是有點意思……這井，是泉源嘛！」二娘說，「這『泉』字，就是錢的意思。對吧？雖說咱生意人愛財，但也不可全部心思都擱那上頭嘛！終究，那只是人生的半邊，不是全部！那另半邊作人該有的情理、義氣……就諒誰也不該說忘就忘了的！大人……您說是嗎？」「是啊！是啊！」白其祥頻頻頷首，伸手搓了搓漲紅的臉頰。「這老井……水甜！泡茶最好！記得嗎？」二娘側身問蘇軟欄，「阿欄！你這些年……可惦記家裡這水嗎？」「惦記！想死了！每天都想！」蘇軟欄說，心頭浮現曾和粒姊在這井邊說過的悄悄話。

「天井後，第二進堂屋敞開著兩扇門板，朝裡頭望去晃亮一片！」蘇軟欄寫到，「那時的富裕人家，感覺的確是含蓄得多！」「嚄！這大堂氣派！」白其祥說，顫巍巍地邁步跨進了門檻。他緊捏著手上的白草帽東張西望，辭讓再三才在靠西的一張紅木太師椅上緩緩坐下身來。白其祥的貼身護衛王成山，先是板著臉駐足環視，一會兒才緊抿著嘴挺立到門邊去。「哎……恁看嘛！恁看嘛……」白其祥攤了攤雙臂說，「有這樣的忠臣緊跟著……我還能再去趣味一點的地方嗎？還能嗎？

哎……我真是福氣！福氣呦！」眾人不約而同地擠著眼大笑起來，只有那王成山一個人依舊冷冷地板著一張臉。「那牆上掛的是……青地黃虎旗！」白其祥似乎是刻意岔開了話題，「好大一面旗！看那尺寸……不輸臺北城內的那一面吧？」「嗯……是真夠大的！」蘇根煌輕聲說，「那是……責任重大啊！掛起了這大旗，我蘇家就沉重多啦……」「講啥咪？阿煌！」二娘白了蘇根煌一眼，說：「我家這小少爺……就是愛說笑！白大人多包涵……莫見怪了！」二娘直接打斷了蘇根煌的話，眼中閃過一抹冷淡的不悅。「眼下這個家……真是遭逢劇變了！」蘇軟欄寫到，似乎即使在多年後仍覺得忐忑，「一切怎的說變就變？還依稀記得那過去曾掛滿壁上的絲綢繡飾……怎轉眼間竟成了覆滿白幡似的一片空白？」

「飲茶！飲茶！大家飲好茶嘍！」那時白其祥是如此招呼眾人，一邊伸長雙手迎來蘇根煌剛泡好的翠色茶湯，一邊迫不及待似地噘起口鼻吸了又吸。「讚！讚！這是……頂級的碧螺春！對吧？」他說，「都說三角湧的碧螺春茶大有名！沒話說，就是個『讚』字！」「對！內行的！」蘇根煌豎起大拇指說，「白董飲茶真內行，是『巷仔內』的！算是……茶師傅了！」「喔不不……」白其祥說，「茶道，我還差得遠呢！若要說『巷仔內』……那艋舺的花街柳巷，我倒是還算耳熟能詳！」眾人又是一陣笑，有人還交頭接耳地說起悄悄話來。白其祥舔著嘴唇上的茶湯頻頻點頭；「這茶，清清白白，唇齒留香，令人回味無窮！」他說著，隨即主動多討了一碗用雙手捧著送到護衛王成山面前去，「今天你辛苦啦！飲點好料的！多飲點！來三角湧若是沒飲碧螺春，等於是沒來過！」

「阮頭家因要務在身未能親迎，真是歹勢！諒請白大人……多多包涵！多多包涵！」二娘躬身再三致歉，同時招手示意開始備席。「無礙！無礙！」白其祥說，顫巍巍地躬身回了禮，「我講——嫂子，免客氣啦！自己鄉親，何必拘禮？我再拜託一次……請嫂子就別再叫我『大人』了！我不是！恁頭家才是！」他說著緩緩立正了身子，接著說：「全臺的安溪鄉親想必都知道了——如今存仁賢弟已受唐大總統任命為『三角湧義民營大統領』了！這是咱鄉親未曾有過的殊榮，是光宗耀祖的大面子啊！所以恁頭家……才是真正的『大人』，算是真正做了大官啦！爽快！爽快！」眾人爆出鵝叫般的一陣歡呼，許多人還搗著腦袋大聲跟著說「真正真正」！雖然老管家架勢十足地張羅備席，但傳上桌的菜色看來卻沒幾樣。「雖說是些粗菜淡飯……」二娘搓著雙手說，「嘛愛讓人客吃飽不是？」她轉過頭來看了看蘇根煌，躊躇地說：「阿煌！老爺有交代……由你先招待人客！伊本人……隨後就親來迎賓！至於阮查某人……既然稍早已都用過飯了，那……就先下去歇著吧。這兒現在就交給你……誠意、禮數不得稍有懈怠！知道嗎？」她微笑著欠身，再立起身來，面向白其祥躬身退行了好幾步，才緩步離去。

「那時，小伯母傴僂的背影似乎已道盡了她在這大家庭裡走過的悠悠歲月……」蘇軟欄寫到，「那種像婢女般勞作吞忍的生活，何嘗不是自己曾經有過的心境嗎？我永遠記得那時白其祥泛起淚光的一雙眼睛，以及那宛如嗚咽般的一聲嘆息——『嗯……了不起！像阮阿母嘛是認命細姨……這攏是真正了不起的查某人啊！』」

那日，大圓桌上，不見喜興的紅布，疏落的幾只盤碟也顯得寒素。「也好！

也好！量少，滋味更佳！」蘇根煌舔著上唇說，「大家腳手要俐落點啊！動作慢的，看人吃！」他說著雙手舉杯向白其祥敬酒，說：「大頭人大駕光臨，寒舍蓬蓽生輝！我代家父先敬白董一杯！歡迎蒞臨督軍！歡迎！」「不敢當！不敢當！打擾啦！」白其祥輕聲說，「江湖人都講——這三角湧蘇家的煌仔特有文化……果然名不虛傳！」他邊說話邊伸手拉老管家就座，「師爺指導有方！指導有方！一起用！一起用嘛！我敬您！也敬大家！好嘛！好嘛！」「親朋好友人面寬，捧起酒來咱就乾！」白其祥豪氣地說，隨即雙手高舉酒杯連乾了三杯。那個一向「只有朋友沒有敵人」的「公道伯」儼然再現，舉手投足間盡是和藹可親之氣。「『樽酒家貧只舊醅』！這本地土造的濁酒……不知白董飲得慣否？」蘇根煌說，狀似得意地晃著腦袋。「合意！正合我意！」白其祥應道，「這土酒醇厚，像老朋友！這不正是……我此番的來意嗎？來來……朋友們！乾啦！乾啦！」「酒若合意，粗菜飯就請多包涵啦！哈哈……」那時蘇力爽朗的笑聲突然響起來，隨之一陣急促的腳步聲就到了二進堂屋門口。「那個蓄著八字鬍的熟悉身影，邁進堂屋的架勢十足，完全不似我印象中伯父的模樣……」蘇軟欄寫到，「唐景崧大總統札委的抗倭『三角湧義民營統領』，一身戎裝的大『官人』令我著實有些陌生的感覺！」

「拜……拜見大統領！」白其祥跳起身說，躬著身不敢直視蘇力，渾身看來似乎還微微顫抖著。「別客套！別！叫『蘇力』就好！大哥！想死我了……」蘇力拱手回禮，長嘆一聲，說：「彼時大稻埕匆匆一別，八年恍如隔世！大哥面前……我蘇力只是小弟！只是小弟！各位！我跟你們講——那年我到大稻埕辦食料，若沒我大哥挺力相助……根本就連個影也無成！真的！」白其祥連忙搖頭，笑出幾分生意人的諂媚，說：「那是小事！小事！生意上互相牽成，不足掛齒！不足掛齒啊！」他雙手頻頻搖擺起來，「蘇統領助我的……那才多呢！這多年來，要不是三角湧蘇家源源供我茶貨……那吃銅吃鐵的番勢李仔春，早叫我白其祥沒飯吃了！我這……才是該好好謝恩呢！」「阿阿伯……我……回來了！」那時候蘇軟欄顫巍巍地起身說話，因為他注意到伯父正側目盯著他看。「嗯……回來了。」蘇力冷冷地應聲，隨即便轉頭向白其祥介紹他身後的一個瘦削漢子。「這我『條仔內』（同宗）的姪兒——蘇俊！蘇副統！」蘇力說，口吻瞬間又有了些熱度，「伊啊……因為自幼雙腿就有些毛病，所以就被人呼作『擺俊』了！自己人叫伊『擺俊』……親切！」「嚄！出名——名聲透京城！誰沒聽過？就是那……『小諸葛』嘛！」白其祥睜大了眼說，隨即躬身再拜，「師爺……久仰！久仰！嗯……眉目清秀、儀表風流，這『擺俊』真乃諸葛再生也！」「不敢當！拜見白董！」蘇俊拱手回禮，雄鷹般的眼上一對三角眉硬如鐵絲似的。

「伯姪睽違五年，竟落得說不上半句！這家風……該怎麼講呢？」蘇軟欄寫到，「令我難忘的是……接下來白其祥『舌戰群倫』的那一幕。」「大哥，您隨意！弟弟遲到，禮應先乾杯！這才公道！」蘇力雙手舉杯敬白其祥，「大哥請稍留意——這土酒有些後座力，不可小覷！」「真好！酒厚情更厚！和知己對飲，我是……但求一醉！」白其祥說，一仰頭便將那門前酒飲得乾乾淨淨。蘇力雙手搓著空酒杯皺起了眉頭，「筍仔、青菜，三樣葷菜而已！寒酸不是？」他盯著席面說，搖頭苦笑起來，「咳！錢糧都備戰去了！眼下……就只剩這軍糧果腹啦！」「三角湧的閹雞就是個『讚』字，直像剛出籠的嫩糕！」白其祥大口咀嚼著雞肉說，陶醉似地瞇起了眼睛，「我敢講——就是在那大稻埕『貴參參』的高貴酒家裡……恐怕也吃不到這麼嫩、這麼甜的雞肉！今日，若我這老牙能年輕十歲，肯定連雞頭也都要嚼下肚的！」「哈哈……」蘇力仰頭大笑，「就看白董這吃肉的架勢……還怕打不贏倭寇嗎？」「嘿……欣羨！欣羨！」蘇俊點著頭說，「都講白董是有福之人……實在一點不假啊！」「哪裡的話？我不過是愛吃罷了！」白其祥舔著嘴角說，「恁少年的，不瞭解啊——阮細漢時艱苦沒得吃……那真是會被驚到！驚到！我想自己……可能是沒收驚好的關係吧？大漢以後，吃什麼都香！所以對我來講……『好命』就是能吃、能睡罷了！」「嚐嚐這鮮筍！大哥！」蘇力說，將一盤涼拌鮮筍挪近到白其祥面前，「這是咱三角湧五寮山區的桂竹。不輸水返腳的沙筍……真的！」「剛嚐過！嚐過！真讚！真讚！」白其祥嚥下了一口口水說，兩眼仍緊盯著盤裡的鮮筍，「這級的筍仔，哈——那真是……百吃不膩！百吃不膩！我剛才……還想給它改個名呢！就叫作『專治歹嘴斗』吧？我相信——就是那個天庭的仙桃……恐怕也沒這般爽嫩可口吧?」那時,蘇軟欄注意到蘇俊不時用三角眉下的一雙細眼審視白其祥,似乎在他笑咧咧的一張面孔下已綳緊了某種曖昧不明的戒心。

「唉……看這席面——小弟今日真是……招待不周啊!真歹勢!」蘇力指著桌上所剩無幾的菜餚說,苦笑著輕嘆了一聲。「說哪的話?這……真款待啦!」白其祥說,「我很久……沒吃得這麼澎湃啦!真的!」他邊說邊伸出手上的箸來,忙不迭地撿起一塊鮮筍直接送到口裡,然後近乎狼吞虎嚥地大口咀嚼起來。「這……全怪倭寇!用的、吃的,都支應抗倭去了!」蘇俊冷冷地說,「爾來,我六叔真可說是……已悉散家財了!」「欸……打住!打住!」蘇力搖著手掌制止蘇俊說下去,「失禮!失禮!在貴客面前,咱講這幹嘛?」「這難處……我懂!我懂!」白其祥點著頭說,「統領的犧牲奉獻……老朽,欽佩啊!欽佩……」他說著起身朝蘇力拱手致意,旋即一手探入袖裡去,緩緩抽出了一張紙片來。「老老朽不才……但但也願效英雄義舉!」他結結巴巴地說,「正莊銀票——三百兩!只算個『湊熱鬧』……湊熱鬧罷了!」「共襄盛舉!真好!真好!」蘇根煌睜大了眼盯著紙片說,

「那是銀票！我懂！眼下這種號票……那可方便了！匯通天下——就是到那廈門也支用無礙！真的！」「這……不！不！萬萬不可！」蘇力慌忙立起身說，「這不符規矩！咱招待貴賓……怎能叫人破費呢？」「別！別！千萬別和大哥我客氣！否則，老朽我……就真要跪地不起啦！」白其祥說，雙手高捧銀票，作勢真要立馬跪下身來了。蘇力躬身攙住了白其祥，咬著下唇頻頻搖頭，再三推辭之後才勉強收下了那銀票。「糧台大人！」他說，隨手便將銀票轉給了蘇俊，「看來……大家抗倭的決心，是同樣堅定啊！白董這趟來……是專程給咱添糧草來啦！欽佩！欽佩！」白其祥瞇著眼微笑不語，旋即將盤內最後一小塊清白的涼筍送入了口中。

「那第一回合交手，白其祥算是爭了個平分秋色！」蘇軟欄寫到，「雖然經費有限，但也顧全了面子！」那場氣氛有些詭譎的接風酒，在丫環們快手快腳清理善後的聲響中，逐漸接近了尾聲。「訓練有素！訓練有素！的確都有……能立馬上陣殺敵的氣勢！」白其祥說，兩眼緊隨著下人的每個動作溜轉不停。「過譽！過譽！」蘇力說，「要講那帶兵、帶人的要領……小弟還得跟大哥討教討教呢！」他說著揚了揚手，示意蘇軟欄、蘇根煌和下人們都先行退下。「你們先歇息去吧！」他說，「有事，我再傳喚你們過來！」「無礙！無礙……」白其祥頻頻搖手，「都是自己人嘛！阿煌、阿欄留下來共參詳……那不是更好嗎？況且，我這人一向腹內無墨水，若沒我老師在場……恐怕也是瞎掰不出個理來的！」「那……也好！也好！阿欄、阿煌……就留下列席吧！大哥！您真的……別太謙虛了。光您這親身經歷過的大場面……晚輩中又有誰能相提並論呢？那……才是真正的大學問、大智慧嘛！」蘇力拱了拱手說，一邊側耳聽那蘇俊在他耳邊悄悄說的幾句輕聲話。

下人們一溜煙似地清好了桌面，旋即擺上了一盤蜜桃、幾碟乾薑及茶點。「俐落！俐落！像打仗似的！」白其祥說，孩子氣地拍起手來。「真的是好兆頭！我有預感——咱抗倭，肯定就是個大勝仗！」蘇根煌瞪大了眼說，手上沏出的茶湯看來正是色如琥珀的「陳年鐵觀音」。他邊用銅箸向陶爐裡添炭，邊比劃著手腳嘟囔：「打架我不行……沏出的茶色，倒是挺有吉祥氣象！」「嘿嘿……」眾人發出陣陣帶著鼻音的輕笑聲，有人甚至還像鼻子過敏似地搓了搓鼻頭。白其祥緊盯著蘇根煌搖動茶壺的手勢，豎起了大拇指誇讚：「阿煌這『醒茶』的動作……做得真地道！地道！算是個大行家了！」「鐵觀音茶，光聞著就香！這是咱安溪鄉親的家鄉味嘛！但內行講究一點的人便知道——這茶，得先喚醒了才行！」蘇力對白其祥說，「這種半生熟的『烏龍茶』……醒酒又不礙眠，從來就像個老朋友似的！」

「配這蜜桃更有味！」蘇俊說，選了顆飽滿的蜜桃遞給了白其祥，「早實種！唐山此時還吃不到！這是三角湧南面內山出產的特殊品種！」「真好！大開眼界！大開眼界！」白其祥抓起了蜜桃說，將那果子拿在鼻頭前嗅了又嗅，看來就是捨不得一口咬下。「唉……遇事終究是要決斷的，該狠咬就得狠咬嘛！」蘇力突然壓低了嗓音說，「我剛接獲消息——倭寇匪眾昨已陷我基隆，眼下想必已兵臨臺北城下了……」「嗯……原來這……統領也知道了！」白其祥凝視著蘇力的臉說，「我今日這一路親眼所見……的確已是個『亂』字了！亂了！亂了！哪有什麼抗戰到底的軍容呢？我現在衷心祈求的……不過就是……眾鄉親都能平安，都能免受這浩劫所害！」他微喘著氣說，放下了手上的蜜桃，用一隻叉開的手掌輕揉自己的太陽穴。

「那時，眾人皆無言以對，個個都像受了什麼驚嚇似的……」蘇軟欄寫到，句子後帶著一串似乎無法用文語形容的沉默。「臺灣士民，義不臣倭，願為島國，永戴聖清！」蘇力突然挺直了腰桿說，「無論如何……眼下咱就這條路可走了！」他說著抿了抿微微顫抖的雙唇，泛著淚光環視了眾人，大聲說：「今我蘇力既已受大總統札委來帶頭抗倭……一心一念之間也只有義無反顧了！眼下這境況，我已決心用命來捍衛家鄉……絕無退路的考慮！」「你說的那電文……我是親眼看著那些大頭人擬定的！」白其祥說，側目向蘇軟欄看了一眼，「我我個人是覺覺得……形勢比人強；在這千古奇變之中……咱可要先求個活著才是！」「我我也覺得如此……看這亂局顯然已是無可如何了……能平平安安度過，才才算是保鄉護民的上策！」蘇軟欄結結巴巴地說，突然有種想立刻鑽到桌下去的衝動。「住口！你怙怙……」蘇俊突然開口，先側目瞪了蘇軟欄一眼，隨即用雙手摁著桌緣立起了身來。「那麼講……不對！不對！」他說，「乞降求饒……豈是我輩該做的事？就算我臺民今已無天可籲、無人可援……也萬萬不可一矢未加、一兵未戰而失臺！否則，爾今爾後，我等將何以面對列祖列宗呢？這是……事關民族大義的問題！是爭一口氣的問題！」「擺俊……說的有理！說的好！」蘇力說，掄起了拳來加強語氣，「凡是會讓子孫永遠抬不起頭來的事……咱們是絕不能做的！我是已深慮過多次了……若是咱這輩人只知一味地呑忍……那後果好不到哪裡去的！那豈不……令子孫們永遠被異族『壓落底』嗎？」

「多年後，我仍清楚記得那時東家瞬間轉變成豬肝色的一對耳朵……」蘇軟欄寫到，「感覺那日老人家的心情也的確起了些波瀾！」「嗯……這道理，我懂！我懂！」白其祥說，雙手在胸前搓了又搓，「慚愧！莫非……我已是個老衰的生意人了？唉……不過，我倒不是叫大家不顧民族大義……我只是覺得——平白送死，並不像咱生意人的做法……不是嗎？」「三角湧擁戴大總統，堅決抗倭到底！」蘇力突然振臂高呼，「非得叫倭寇學著尊重臺灣人才行！」「嗯……理直氣壯！」白其祥點著頭說，伸手理了理後腦勺的小辮子，「只是咳……如若我臺民皆拚死不求生，那豈不更便宜了日本人？」他說著緩緩坐直了身子，躊躇地抿了抿雙唇，說：

「今早天明前的最新消息——那唐……大總統，聽說已出奔唐山了！不知這事……賢弟聽聞了嗎？據說就連那誓死抗戰到底的兵部主事、臺灣行省團練使——義勇大統領丘……目前也已下落不明了！信嗎？」「知道了！但孤臣孽子……我心甘情願！」蘇力平靜地說，「其實……大哥剛說的『最新消息』，這天明前的快船……已來報過我了！」「是喔！」白其祥睜大了眼說，「我還以為我搭的是……最早的一班船呢！賢弟……原來早知道了！」「避一避吧？賢弟！」他突然用近乎哀求的口吻低聲說，「這種穩賠不賺的生意……可不能硬拚啊！咱安溪商人……是從不搭理這種生意的！賢弟……再考慮一下……如何？」「哼……這是勸降來了嗎？」蘇俊突然大聲說，「咱尊的是朝廷、敬的是民主國大總統……不是那『俗辣』——唐景崧！要是有人想學那『俗辣唐』……現在應該還來得及！不是嗎？哈哈……白董！千古罵名這檔事……您可曾想清楚了嗎？」他緊盯著白其祥追問，僵硬地比劃著手指頭。「不得無禮！不得無禮！擺俊……」蘇力搖著手掌說，輕按下了蘇俊如劍般伸長的手臂。「咳……無礙！無礙！」白其祥笑著說，側身朝蘇俊拱了拱手，

「老朽真見笑啦……一把年紀，春秋大義竟不知半撇！」他躊躇地仰臥躺下，「但我明白……咱安溪人做生意的祖訓！」「怎麼說？」蘇力問，「請老前輩……不吝賜教！」「其實……那本是大家都早知道的事了……」白其祥溫文地說，「別人都講……咱安溪人是生意鬼！這話說得真是……有褒有貶啊！」他說著緩緩端起了茶碗，低頭啜飲了一口鐵觀音茶。「嗯……溫和！」他哈著氣說，「和和氣氣，餘味無窮。這不正是咱安溪人一向做生意的準繩嗎？一次拚輸贏、拚得頭破血流……那可就少點咱安溪人的氣味啦！」「似是而非！」蘇俊說，「這做生意的道理……不就是做人的道理嗎？做人的本份，首推節義，否則便是為富不仁！誰願意和奸商做生意呢？咱的祖師公在得道之前，就曾舉義兵誓不臣元，轉戰閩、越屢敗屢起……那種氣節，才是咱安溪人不可忘懷的祖訓！才是咱真正該效法的！」「嚄！擺俊這學問……真是了得！」白其祥倒抽了一口氣說，「我看……這『擺俊』的本事……絕不在『老諸葛』之下！欽佩！真是欽佩！」他說著便向蘇俊行起大禮來，躬身拱手極盡恭敬之能事。就在行過了一番大禮後，白其祥突然轉頭輕聲問蘇軟欄：「西席！西席！這祖師公也曾拿刀和人拚命嗎？看來好像……也不太像嘛？」那時，許多人當場笑得從座位跌下地來，彷彿白其祥又說了個笑話似的。蘇軟欄雖然也跟著乾笑了幾聲，但不禁納悶這老江湖在那針鋒相對的當下心裡真正的感受。

「我也曾揣摩過堂弟根煌當時的想法……」蘇軟欄寫到，「一想到這，我就忍不住要用掌心搓揉自己逐漸緊繃起來的額頭。因為在那有些尷尬的時候……我只覺得腦中已幾近一片空白了！」那時，蘇根煌突然立起身來，眨動著雙眼說：「我覺得……我們贏定了！我夢見天兵天將把倭寇完全逐出了三角湧和臺北城，打得他們哇哇叫、打得他們不敢再踏上臺灣一步！」那時，白其祥的臉色看來宛如皸裂的田土，似乎迫切需要立刻到井邊去好好潤洗一下。「『除了我的神通感應……沒人真正知道那晚白董和統領在井邊到底說了什麼？』蘇根煌多年來一直如此對我說，『我知道——那肯定是……一條決勝的妙計！不會錯的！』」蘇軟欄寫到，「我堂弟是否真的有病？那時，我似乎也已有些了然於心了。『諸公忠義，真令老朽欽佩！欽佩啊！』就在一段極悶的沉默之後，白其祥突然拱手對蘇力說，『嗯……也算是我此番遠來獻給賢弟的**井邊三策**吧？賢弟借一步說話如何？咱倆就到那井邊去吧？』事實上，我真覺得……那時的蘇力只聽得進『必勝妙計』了！白其祥的『井邊三策』興許真是一番好意，但顯然也沒能說服任何人；或許連他自己也不免要質疑——真到了關鍵時刻，所謂的『老實話』是否注定都將成為廢話？」

「我記得清楚那時二進堂屋的兩片門板只是虛掩著……」蘇軟欄寫到，「因而屋裡的人的確多少還能聽到一些斷斷續續的對話……那時我極力讓自己保持清醒，就像那到了彌留時刻的垂死者，一心巴望著那道刻意留下的門縫。多年來，蘇力始終沒承認那門縫是他留下的，他甚至還說『根本沒注意到有門縫那回事』！難道那門縫會是白其祥故意留下的嗎？猶記得那時，屋裡的人個個歪起了脖頸朝向半邊井的方向，似乎都巴不得白其祥能用吶喊的音量來說話。『你們正打算做的……充其量……只能算是下下策！』白其祥這麼說，『現在局勢……是愈來愈明朗了。上頭的那些大人們……看來也並不真想抗日……只是還沒個主意罷了！林本源益記爾康的小舅子是太傅陳寶琛……我這消息來源可說是……錯不了的！真的！』『嗯……那您的上策是……」蘇力問到。『我就先講中策吧……』白其祥壓低了音量說，『如此這般……懂嗎？不必避走唐山——老實講……那沒用的！』蘇力無言良久，突然又用顫巍巍的聲音追問：『大大哥，您的那……上策是什麼？如如何才是上策呢？』『這……』白其祥似乎全然緘默下來了，隱約一聲長嘆參雜著蘇力的哽咽聲。過了一會兒，白其祥說：『賢弟！我講的這……只當是生意吧！但那可是件……千載難逢的大好生意啊！頭腦清楚的英雄豪傑……現在已經看得很明白了！』蘇力抽泣似地喘息著，半邊井旁的對話聽來的確是愈來愈小聲了。『老弟！你也別想太多了……』白其祥說，『我……不可能害你……只是真老了……衝不了了！我……真盼望是咱安溪鄉親出來……去抓住這大好的機會！你或許會不以為然……但我很確定——有人的確已躍躍欲試了！像那鹿港人辜……這你聽說了嗎？』接下來，蘇力似乎沒再吭聲了；連那絲絲啜泣聲聽來也完全休止下來了！半晌，半邊井旁宛如空無一人，靜得連那井氣似乎都已結凍了似的。」

「那時候，我真納悶——東家還能再說什麼呢？」蘇軟欄寫到，「就像已過了一百年之久，他才和伯父一前一後地走回了堂屋裡。蘇力隨即令管家請出了那幅『抗倭檄示』，緊盯著他將那塊白棉布展開並釘上了牆壁。那張方正的告示，約有三尺長寬，鮮血般的硃砂字令人望之頭皮發麻！『皇天后土，明鑒我衷！』蘇力率先朗誦，身後的眾人頓時跪成了一片。『皇天后土，明鑒我衷！皇天后土，明鑒我衷！』眾人大聲覆誦起來，澎湃的迴響繞著圓桌久久不散。我真希望能用文字複製出那種音效來，心想……從今往後或許再沒比那更有力的吶喊聲了！」那時，白其祥一個箭步上前，輕撫著蘇力劇烈起伏的肩頭。他那似有若無的愁容，直像個已瀕臨絕望的賭徒。『這文深奧……就請我西席邊唸邊解釋解釋吧！』他說，旋即轉過身來對我點了點頭。那時，我突然覺得喉頭一陣緊繃，瞧著眼前那白色告示竟隱約泛起了血光。『三角湧抗倭檄文……』我感覺自己的聲音變得好陌生，『統領義民等營、三角湧街聯甲局董辦　蘇示為：照得倭奴無故興戎　既奪我藩復寇遼東　者番割臺播警前空　神人共怒天地不容　聯甲守土梓敬桑恭　共誓防勦倡義一同　興亡有責戮力效忠　皇天后土明鑒我衷　剴切昭告齊執戈弓　各莊各戶精壯以充　待

命聽點殺敵衝鋒　旗開得勝馬到成功　約法條章開誠布公　挾仇尋釁立誅流紅　觀望不前必遭終凶　退者按律進者賞功　逐滅日番北復基隆　天朝赤子神州永通　四眾週知一體盟宗　凜遵毋違檄令如風』我記得自己唸得很沉重，就像被人用刀槍抵住了咽喉似的，想停卻一刻也停不下來。『這文句……並不直白！』白其祥說，囁嚅的一張嘴彷彿已含滿了一口苦水，『要是沒入學過，恐怕也是……真難懂？』他邊說邊用手掌搓揉自己的額頭，『我是看無……實在看不出要怎個抗倭法？這倭寇……就真殺得光嗎？』『就……問擺俊吧？』蘇軟欄朝蘇俊拱了拱手，『如此好文章……恐怕也只有看**小諸葛**了吧？』『不！不！』蘇俊說，『老師在，怎輪得到我呢？這檄文是文案鄭老師的傑作。江湖上，人稱『老鼠榜』的，正是此人！若論文義……那就完全是我統領六叔的志意了！』『什什麼**老鼠榜**？』白其祥搔著後腦勺問，『擺俊說的……莫非就是那媽祖店內的塾師——人稱**老鼠榜**的師表呢？』『正是！』蘇力說，笑咧咧地點了點頭，『原來大哥早聽過這號人物？君子啊！君子！正人君子一個，學問也好是了得！只是因那目小視短的小毛病……所以才有了這趣味的綽號！』『是啊！這無傷大雅嘛！對於鄭老師……老朽早就欽佩有時，真是久仰了！』白其祥豎起大拇指說，『跟你們講——就是那臺北的幾個大頭人……也無不欽佩恁三角湧的這號人物！算是個……難得的志節之士了！守著鄉土教化子弟，即使外人出大價也不改其志！難得呀……』『其實，這也不算什麼！』蘇俊揚起下巴應道，『對咱三角湧人而言，那只是本份，是做人最起碼的骨氣！』『嗯……看來這回三角湧抗倭，的確是上下一心、其志如鐵啊！』白其祥噓了一口氣說，兩側耳根瞬間泛成豇豆色，『看來……我白某人，還不瞭解安溪人……還不瞭解祖師公諄諄告誡的精神！』」

「正當眾人皆憋著氣面面相覷時，門外突然響起了急促的腳步聲……」蘇軟欄寫到，「白其祥盯著砰砰作響的門板看，朝王成山站立的方向不動聲色地搖了搖手！」蘇力大步走向門口，擂鼓般地說：「救兵到了！救兵到了！光就這『六角銓』撞門的勁頭……倭寇聽了誰不膽寒呢？」「六角銓？莫非就是那一夫可戰六敵的……『六角銓』嗎？豪氣！豪氣！」白其祥說，慌張地轉頭看了蘇軟欄一眼。老管家上前才拉開門板，四條漢子就疾風似地迎面而來。王成山不動如山地盯著四個剛跨進門來的漢子，瞧都沒瞧門邊兩盞晃動不已的油燈一眼。「壯士！壯士！真是壯士！」白其祥豎起大拇指說，張大的嘴巴就像含著顆蜜桃似的。「喔——阮外甥仔嘛來啦！真好！真好！」蘇力說，側身示意四個漢子快快上前來。「這最大隻的……就是阮後生阿銓！伊身後這將才高大的壯漢……是阮外甥仔！」蘇力中氣十足地說，隨即朝後頭招了招手「真好啊！咱的鄭老師……也來了！巧啊——白董才誇你呢！喔——還有這最敢衝的囝仔……人人敬愛的青年虎將——陳有善！」「嘿——這『六角銓』……果然是英雄蓋世！」白其祥說，誇張地抬頭仰視蘇根銓那張又闊又方的臉龐，「這漢糙……倭寇見了肯定腳尾發冷！」「講到阮外甥……」蘇力興奮地說，拍了拍蘇根銓身後高大漢子的胳膊「那才是……了得！了得！」「讓我來猜猜看……」白其祥盯著那張濃眉大眼的俊臉說，「是……前撫臺大人劉銘傳最欣賞的好漢，就是那三角湧的『陳小埤』吧？哇……果然豪傑！果然豪傑！」「拜見隆發頭！晚輩三角湧『陳小埤』！叫我『小埤』即可！多多指教啦！」陳小埤趨前拱手，行了個豪邁的抱拳禮。「阿兄！表哥！我回來了……」蘇軟欄起身致意，感覺自己發出的聲音直像貓叫。「你……總算回來了？哼！」蘇根銓並沒正眼瞧蘇軟欄一眼，但似乎已沒了當年動則掄拳相對的盛氣。「老師！請坐！請坐！老輸不坐，偶們怎敢坐呢？」白其祥說，躬身趨前執起了鄭金榜的手，「偶這人沒讀書……一見了老輸就緊張得不得了了！多多包涵！多多包涵！」蘇軟欄低垂著頭，心想自己的一張臉一定已紅熱如熟豬肝似的。「諸位勇士……相見『很晚』！相見『很晚』啊！」白其祥哈著腰說，不時側目看陳有善那雙異常巨大的手掌，「勇！勇！這囝仔的手掌……恐怕連猛虎的脖子也扭得斷！」「相見很晚？很晚？」他突然嘀咕著問蘇軟欄，「這成語……我按捏講對嗎？對嗎？」「哎……也對！也對！」蘇軟欄嘆了一口氣說，「現在……也的確是不早了！咳……」他叉開手指搓了搓自己的太陽穴，忍不住低頭笑出聲來。「我說啊——白董到哪，笑聲就到哪！」蘇力說，「這才厲害！真厲害！比刀、槍還厲害！」

「那天，蘇根銓的一張臉看來硬邦邦的……」蘇軟欄寫到，「他先憋著氣乾了三杯酒，隨即哈著酒氣大聲說：『隆發頭今日遠來，到底是有何指教？就直說了吧！』」「誒……不得無禮！不得無禮！」蘇力伸手摁著自己兒子的肩膀，「白董是長輩！是咱安溪人公認的『公道伯仔』！伊之前在調解艋舺的『頂下郊拚』時，你或許都還沒出世呢！」「無礙！無礙！」白其祥仍是咧嘴笑著，「壯士快人快語，我最欣賞啦！」他說著再次向蘇根銓豎起了大拇指。「我是生意人，開口講的……只有生意！」他說，「有賺錢的好生意，是該先照顧自己人……不是嗎？這便是……我這趟來的目的了！」「您到這節骨眼上……還有心情談生意嗎？」蘇根銓大聲說，「倭寇來了……這您不知道嗎？」「這我知道……不過，這生意要做活不要做死……不是這樣嗎？對吧？」白其祥側身問蘇軟欄，「咱要和『抗倭』論輸贏，也得能活著才算贏吧？」「誰會想尋死呢？但不去拚它一回……能對得起列祖列宗嗎？」蘇力、蘇俊齊聲說，不約而同地側目瞪了蘇軟欄一眼。「這話說的也是……是沒錯！都沒錯……」蘇軟欄說，喉頭彷彿有根魚刺卡住了似的，「誰不想好好活著呢？最好死的都是日本人，咱一個也死不了！」「嘿嘿嘿……」眾人的笑聲聽起來有些沉重，令蘇軟欄頓時覺得自己不過是個上錯舞台的小丑。「多言無益！就……沙場上論輸贏吧？」陳小埤說，「做不做得成生意……都得先不被人壓落底才是！」「有理！」蘇根銓握緊了拳頭說，「倭寇欺人太甚，不修理一下……是不行的！」「做做生意……看久久長嘛……白白犧牲，只是親痛仇快……」蘇軟欄撫摸著自己的臉頰說，想起了過去被堂哥重拳招呼的滋味。「你惦惦……別惹我，討皮痛！」蘇根銓怒目瞪視，指著蘇軟欄說：「你好自為之吧？要作亡國書生……請便！」蘇軟欄記得在那當下真想立刻就鑽到桌下去，要不是被堂弟根煌用鞋尖悄悄制止的話。

「我永遠記得白其祥那聲彷彿已氣力放盡的長嘆……」蘇軟欄寫到，字體鬆散模糊宛如多年後孫子在嬰兒床裡安睡的模樣，「老實講……該發生的，誰擋得住呢？就算是日本式的襁褓……也可保暖不是？」「現在……咱該改叫倭寇『大日本國』了！看來……也是該改改了。呼人『匪呀寇呀』……那沒什麼意思！」那時白其祥是這麼說的，「否則咱堂堂大清國竟會敗於匪類……豈不更沒面子嗎？他們既可擊潰大清國的北洋雄師……想必也的確是非同小可的強國了？怪不得大稻埕那鬼精的『番勢李仔春』……聽說早已在尋找能去和日本人接頭的人選了！」「抗倭不是做生意！靠的……就是這個！」蘇根銓突然掄起沙包大的拳頭說，「咱就爭一口氣幹吧？否則，子子孫孫或將……永難翻身了！」蘇俊冷笑著抿了抿嘴，說：「阿銓！咱得要有勇有謀才對，多瞭解敵人一點也有助於攻守嘛……咱就趁這機會多請教請教『白老師』吧？」「我想的……其實和『擺俊』用心一同！用心一同！」白其祥說，「要論當今的日本國，在那變法維新之後，已然可說是個統一又進步的強國了！估量著看……其國勢之強，已不在西洋列強之下！」「『變法』，就真那麼管用嗎？那咱大清國……為何不也試試呢？」蘇力插話說，「只怕是還有別的原因吧？我倒是真想明瞭——這些倭奴到底真有啥三頭六臂的本事？我這晌就是想不透——咱堂堂大清怎會不敵小日本呢？這也真令人費解……不是嗎？」「嗯……」白其祥欲言又止，「這……誰不納悶？的確也算是曠世奇聞了！聽說眼下……有人也正籲請光緒皇帝學著『變法維新』了！至於成不成？那就誰也……看不準啦！

唉！這該怎麼說呢？橫豎看去……咱清國人總不至於連日本人也不如嘛？」「那倭國就是再強……總還是有個優劣短長吧？請白董……直言指教！指教！」鄭金榜突然開口說，盯著白其祥躬身拱了拱手。「咳！指教……不敢！不敢！我怎能教老師呢？」白其祥說，伸手輕敲自己緊繃的額頭，「聽倒是聽人講過的……那日本人其實並沒中國人『精光』！分散的一個個日本人，看起來似乎就是憨憨的……怎麼看也不是中國人的對手嘛！但……一旦他們團結起來，那可就要遠遠勝過中國人啦！這該怎麼說呢？反正……團結起來的日本人就是厲害！這就是他們的本事！」「這……似乎也是的！」蘇軟欄說，「這是實情！可可不是在長他人威風……這日本國……」「你住口！」蘇根銓突然大罵起來，「阿欄……你這是專程回來勸降的嗎？哼！你這俗辣……乾脆直接去找李仔春才對！」「哈哈……要是這倭寇真傻……那就愈傻愈好！」他側目瞪視著白其祥狂笑，「咱抗倭……就把他們當生番打吧？」「難！難！打生番，官署有賞，打倭寇……那可就說不定了！咳……」鄭金榜噓著氣說，兩條細眼縫裡透著茫然，「我感覺……眼下咱臺灣人的處境……簡直就是個『難』字！」「唉……是啊……真難！」白其祥說，仰頭噓了一口氣，「敗，是朝廷認的；臺地，也是朝廷決議割讓的！朝廷的旨意……咱臺民是從也不從呢？難就難在——臺民抗日無論成敗，都將不免於受人責怪！嗚呼……我還預見咱的子孫會被人罵作是『日本皇民』呢！這般的處境……真難！」那日，蘇軟欄第一次見識到白其祥想哭的模樣，不禁打從心底欽佩老人家永遠有真性情的一面。

「那時，眾人似乎已無心再辯駁什麼了——這或許注定就是場裡外不是人的戰事，然而卻又已然是箭在弦上不得不發了！」蘇軟欄寫到，「我很難用文字來描述眾人那種只能繃著臉的尷尬，突然間似乎也有了些領悟——那所謂的民族大義，終究是能苟全活下的那些人……才喊得來勁！」那時，白其祥帶著一種啞然失笑的神情環視了眾人，嘴角泛起彷彿已放空了所有企盼的笑意。「咳！咱都自求多福吧？」他說，「爾來，我頗醉心於一種又慢又軟的『綿拳』……感覺那才是咱中國人最厲害的招數——不講直接對抗，使的是『以柔克剛』、『以退為進』和『借力使力』的工夫。妙！妙用無窮！建議諸君不妨也試試如何？」「哈哈……」蘇力仰頭大笑，「弟我也聽過那種『太極拳』法，只是憂國憂民……哪有大哥這般閒情逸致呢？」「咳咳……」白其祥咧嘴挨近了蘇力，低聲說：「賢弟！咱可不能……硬拚啊！多考慮考慮如何？」他說著躊躇似地抿了抿嘴，抬起頭來再次環視了眾人，緩緩開口說：「待……待會，我想……我是得獨自趕路去了。這款待……真令老朽窩心啊！希望咱鄉親能後會有期……日子過得是……愈來愈好！愈來愈好！」那時，老人家先是笑咧咧地側目看了蘇軟欄一眼，隨即便轉身向蘇力拱手致意起來。

「大哥！這趟『路草』頗遠……就歇一晚再走吧？」蘇力起身說，「大家報國的用心……其實也並沒太大的歧異！」「是啊！是啊！」鄭金榜說，「就是論那作文章，從來也是沒個固定的寫法的……取捨之間，不過是『誠意正心』罷了！白董的指教……誠意是有的！咱也該參詳參詳的！」「大家保重了！後會有期……」白其祥起身行作揖禮，似乎同時側耳傾聽著前門外的動靜，「我那些鶯歌庄的朋友……可能就快到了吧？」他仰起頭來緩緩喝下了半杯酒，便將手中的酒杯擱回了桌上。

「我判斷——三日內，日軍一定進臺北城！眼下那城裡……的確已是個亂字了！現在，我倒是真誠地想向諸君提一條出路……希望大家也參考參考如何？」他壓低了嗓音說，開始用手指蘸酒在桌面畫起地圖來，「從這三角湧的茅埔附近過河，就沿著鶯歌庄邊緣走，便可抵達桃仔園的龜崙口……到了那裡，可改搭火車或換乘車騎，繼續往滬尾的方向行去……」「明白！」蘇俊冷冷地說，一張臉宛如已結了霜似的，「問題是——到了滬尾以後呢？下一步呢？」「那裡已是海邊……是個海港嘛！」白其祥說，「日本方面已正式對外宣示——『臺民欲留欲走，悉聽尊便！』他們對洋人……聽說也將是這麼處置的。」「該走的，是倭寇自己！這叫『乞丐趕廟公』！是土匪的講法！」蘇根銓突然一拳敲在桌上立起身來，「三角湧，是咱的！無論如何……寸土不讓！寸土不讓！我……寧願戰死在這裡……也絕不逃走！絕不……」「阿銓！可別那麼說……尤其是在這即將開戰的節骨眼上！」鄭金榜搖著五根手指頭說，「就……看事辦事吧？在咱自己的土地上，哪裡不能求個活命呢？」「到了滬尾港……出海的船就多了！」白其祥接著說，「銀子花不了多少……英國輪船就能將人平安送到廈門去！聽說目前那英國與日本國很友好，船班通航無阻……班次只會更多不會減少！這條退路，我相信……肯定是安全可靠的！各位……」

「那夜，離情……正如夜鷺那咿咿呀呀的叫聲！」蘇軟欄寫到，「即使是在多年之後，我仍舊無從判斷那時自己是否做了正確的決定？」「哎……人各有志嘛！」蘇力說，起身環視了眾人，「我這人……從不折人之志！各位！欲留欲走，就也……悉聽尊便吧？」「絕不勉強……各自想好嘍！」蘇俊拉高了嗓音說，板著臉側目看了蘇軟欄一眼，「今晚要跟白董一起走的，糧台可助支盤纏！若是等到那明早的天一亮……我等，就只能有進無退、有我無敵了！大家……想好嘍？」那時，蘇軟欄心頭宛如有千斤之重，幾乎連仰視牆上那面「青地黃虎旗」的力氣都沒了！「頭頭家！我敬您……」他低垂著頭半晌才說，只想那心頭重壓的石磨能立刻停止兜轉就好；「東家！感恩哪！感恩……」他說，「您這些年的照顧……這我……是永遠不會忘懷的！但今夜……我真離不開這裡……所以我已經決定……不走了！不走了……」「那沒事！沒事！」白其祥說，「這……我懂！我懂！應當應份！」白其祥說話的神情顯得異常平靜，彷彿早已透視了蘇軟欄的心思似的。「那是他最後一回和我這麼說話……」蘇軟欄寫到，「賓主一場……終究也是難得的緣份啊！但我卻……還是選擇了離開！」

那個夜晚，白其祥向眾人道別的神情看來輕鬆，感覺就像是了了一樁心願似的。他臨行前先向牆上的大旗行了個作揖禮，然後緩緩舉起酒杯向在場的人一一致意，然後將那杯所剩無幾的酒一飲而盡！

第二章 整軍備戰

「抗倭大戰之前的一個月，三角湧一片鬧熱滾滾，宛如是殺豬公大拜拜時的氣氛！」蘇軟欄寫到，「小孩成群在街頭雀躍追逐，不必再被押到塾堂去背書，顯然令他們個個是快活不已了！」彼時，孩子可以在廟裡大呼小叫，甚至還可爬上馬椅一把將牆上的教諭扯了下來。那是人人都能合理撒野的時節，就是當街揮舞長刀也悉聽尊便。「抗戰！抗戰！滅了倭國！殺光倭寇……」義軍副統蘇俊在街頭大聲疾呼，率眾高舉祖師廟的大紅令旗奔走在各莊之間。在綿延的隊伍中，大孩子搶著擂鼓，小的則爭相敲鑼；那更小的則是掛著兩條黃鼻涕，緊跟在隊伍後像蒼蠅似的趕也趕不走！「爽！打仗，真爽！殺人，真爽！」孩子氣的喊聲雖令人驚心，卻又顯得完全合情合理。在那個閏五月裡，暖風似乎來得特別早，吹得大人小孩個個活蹦亂跳的。稍早時，統領蘇力已在「媽祖店」內擬定了抗倭戰略，「沿山埋伏，誘敵深入……」他說，「虛與委蛇……攻其不備！」「用咱百姓的話來講……就是要用頭腦騙倒倭寇！」蘇根煌自告奮勇地加以說明，儼然就是一副軍師嘴臉，「做生意……誰不會騙人？要是真有那麼古意不會騙人的生意人……請舉手給我看看！我一定負責免費教到會為止！我早就聽人講——那倭人個個天生頭殼直直，就像咱這裡的生番一般好騙……至少也會比官府容易騙得多！」

「那本該是眾鄉民忙種番薯的時節……」蘇軟欄寫到，「這日清晨，三角湧街南的旱田裡，卻只剩一個七老八十的老人和他七八歲的孫子在鬥嘴鼓——他們是住在『南橋』頭相依為命的蘇氏祖孫倆，小鎮裡最不合群的怪人！」「種地無趣味……打仗才好玩！我不要再種地了！」小孩大聲說，揚起一隻赤腳板猛踢田中癩蛤蟆的屁股。「毋種地，要吃屎？」老人嘟囔著說，頂著從內山吹來的強勁西南風摀緊了頭頂的烏頭巾。「我……才不要吃屎呢！」小孩噘起鼻頭說，「倭寇才該去吃屎！最好吃了屎……都落屎到死翹翹！」「阿青！聽阿公講——打仗一點都不好玩！你想——殺人可能會好玩嗎？」老人說，搖手示意孩子莫再淩遲癩蛤蟆。「那些參加打仗的小孩，就可以在街上玩刀槍！真的刀槍！信嗎？」阿青說，「那真囂擺！誰人都驚你！厲害！厲害！」「咳！讓人怕你……也不算什麼了不起的事！」阿公長嘆一聲說，轉頭望了望土地公坑溪畔那尖頂的教會，「刀槍有什麼好玩？既不能吃也不好用，只能殺人！比廢物還糟糕！有什麼好玩？那些『吃教』的老師都是這麼講的！」「那……阿公為何過年要買假刀槍給我玩？」阿青問，收回了還想繼續踢癩蛤蟆的腳板。「我決定今年不買那種玩具了！以後……也都不買了！」阿公說，盯著孩子的眼睛看。

「我感覺……阿青的問題，其實就像我和根煌的處境——看著別人一個勁地忙碌，自己卻只能閒得發慌！」蘇軟欄寫到，顫巍巍地像在嘆氣，「那時整個三角湧依舊閒著的男人，算起來也實在沒幾個！的確，就我和根煌特別閒，閒得一早便能在溪畔看螞蟻行軍。兩個閒人晃盪著腦袋，眼神空洞地徘徊在田埂邊。那時在芒種已分蔥的蔥仔，多已高過了阿青的膝蓋，卻不見有人動手去收成。」「大家都這麼丟下農事不顧……莫非真要吃屎去了？」蘇軟欄說。「一切都為了勝利！」蘇根煌說，「我又夢見咱打了大勝仗了——打得倭寇……個個跪地求饒，還央求他們的天皇反過來割讓一個島給咱呢！」「種地吧！不去打仗……也別學那兩個呆子！人若是呆，看臉就知道……有毛病！咳咳……」阿公對阿青說，高舉起手中的鋤頭努力將番薯掘出地來。「看哪！就在那邊……」那時蘇根煌突然指著山邊叫了起來，「看那裡——咱的勝利之師，說到就到！嗯！是我大哥沒錯，大哥來了！」蘇根銓騎著一匹栗色唐馬昂首闊步而來，後頭跟著至少百來人的隊伍。「我知道——他們正要往內山部署去呢！」蘇根煌睜大了眼說，彷彿是自己正騎著馬似地上下震動不停。「咱倆……先迴避一下吧？」蘇軟欄說，隨即躬身縮起了脖頸。「嘿！別！別！挨罵總比發呆好嘛！」蘇根煌大聲說，同時邁開步伐朝那頭山邊蹦跳而去。蘇根銓先是勒住馬轡交代哨長繼續前行，隨後便轉頭破口大罵：「真超過！兩個憨閒人，一早就混水摸魚！」蘇軟欄感覺轡重行過的震波瞬間加大了蘇根銓的吼聲，聽到雷鳴似的一陣斥喝——「恁倆……竟然比流浪漢還閒！是準備去作俘虜嗎？」

「我我們可沒閒著……這不正在……思索致勝的戰略嗎？我們算是……『留守智囊組』！」蘇根煌嘻皮笑臉地說，用手指頭輕敲自己的腦袋。「『留守智囊組』？這名字，是你發明的嗎？我怎沒聽過？」蘇根銓揚起馬鞭說，「留守，是為了餌敵！不是任你們閒得在這裡看風景！」他搔了搔後腦勺，壓低了聲音接著說：「你倆靠近點！我跟你們講最新情報——那些倭寇賊兵，已攻到海山口了！快去換裝吧！換上……愈破的衣服愈好！力伕、農民的模樣該是怎樣呢？恁用膝蓋頭去想……嘛知！拜託恁倆憨呆……千萬別壞了統領的餌敵大計！」「是！遵命！哇嘿……」蘇根煌大聲應諾，隨即幾近狂喜地拔腿就跑！

「我終於參戰了！感覺就像個被赦免的罪人似的……」蘇軟欄寫到，「我能為三角湧貢獻什麼呢？我邊跑邊想，先回家去，到庫房撿件粗布衫吧？餌敵，總得先扮上嘛！」「哎呀喂！這力伕的衣服……怎都大得像戲服？」蘇軟欄說，朝蘇根煌甩了甩過長的衣袖。兩人換過了一套又一套衣衫，還真找不到一套稍可合身的！「讚！這麼……剛好！剛好！」蘇根煌說，笑咧咧地比手畫腳著，「餌敵，不正是要扮大戲嗎？這得有點想像力才行！」「若扮得不像，怕只會叫倭寇笑得肚子疼吧？」蘇軟欄苦笑著說，「阿煌！可別一廂情願——靠想像力打勝仗只在那戲裡見過不是？而那在戲裡死去的人……散戲後是可以立馬再活起來的！」

「我和根煌穿著各自選的『餌敵裝』出門，就在跨出門檻前聽到那二娘一聲尖叫——『唉呦！要去唱歌仔戲嗎？不要嚇到人才好！』」蘇軟欄寫到，「我倆幾近躡手躡腳地從家後門出來，在往前頭鳶山山腳的路上被不少村狗狂吠尾隨。」就在那時候，有一行兵伕在山麓附近中氣十足地吆喝著，看來是正要將一面超大的鼙鼓合力抬到那鳶峰頂上去。「喂！秀才，也去施點力氣吧？」蘇根煌朝蘇軟欄招了招手，隨即逕自蹦跳著往前衝去。「站住！閃！」一個哨長模樣的漢子抽出腰刀大聲喝令，「統領有令——妨礙軍務者，嚴懲！違令不從者，斬！」「喂……」蘇軟欄大聲說，「你……看清楚好嗎？連自己人……也真要動刀動槍是嗎？」他氣沖沖地伸手拉住蘇根煌，踉蹌之間兩人都跌坐在地了。那時，半山上突然響起了「咚嗚咚嗚」的撞鐘聲，陣陣聲波隨即將兵伕們的狂笑聲放大了數倍之多！「真勇氣！」

蘇根煌指著哨長罵起來，「好你個違令者斬！現在……人人都六親不認了嗎？」他說著側身來攙扶堂兄，並神秘兮兮地說：「告訴你吧——我姊……就住那小庵裡！她啊……也嚷著要去殺倭寇呢！真幹起來的話，這裝腔作勢的哨長肯定不是我姊的對手！信嗎？」蘇軟欄抬頭看那山坡上的相思樹林，結巴地問：「姊真……真就住那兒嗎？咱咱去看看……行嗎？」「無可救藥的……花癡！」蘇根煌瞪大了眼說，「你……這……怎就改不了呢？違令者，斬！你懂嗎？統領的脾氣……你惹得起嗎？已命令你倆永不可再見面……不是都說好了嗎？」「嗚……我和姊清清白白的，怎就非得……受這窩囊氣呢？」蘇軟欄低聲說，撇過頭去仰望天空。「傻瓜！光你們清清白白……就行了嗎？別人怎麼看、怎麼講……那才是重點！」蘇根煌說，挨近蘇軟欄身旁用力比劃手掌，「斬斷！斬斷！斷了男女私情吧？尤其是在這最偉大的時刻……男女私情，簡直就是罪過！直說了——當兵的要領沒別的……完全就在這六親不認！懂嗎？傻瓜！」「那簡單！」蘇軟欄說，轉頭狠狠瞪了根煌一眼，「六親不認……誰不會？」這時候，兵伕們的吆喝聲是愈來愈急了，隨著那大鼓一吋吋逼近山頭，好漢們的嘶吼聲聽來宛如呻吟一般！「聽到沒？那些好漢……你這花癡惹得起嗎？規矩，是他們說了算！」蘇根煌握起小籠包般大的拳頭說，「在這偉大的時代裡，男人……就得豪邁一點！懂嗎？」「你行！你行！」蘇軟欄說，「你倒是娶過幾房媳婦、養過幾個兒子了呢？」他始終對根煌那句「斬斷斬斷」頗不以為然，心想若我真要「斬斷」……就大可不必繼續這已糾纏成一團的「混戰」了！「咳！咳！我說——就是一般的兒女私情，現在都該斬斷了！何況是……你和我姊的那種不倫……我都不好意思講啦……」蘇根煌又說，感覺仍是一派理直氣壯。「好了！好了！」蘇軟欄打斷了堂弟的話，「別講得……那麼難聽嘛！你這『好漢』的心眼……好像也不再是那麼清清白白的了？」「你這是……白目！為我阿姊好、也為你自己好……你你你就繼續自己去吃屎吧！」蘇根煌說，「就你現在這蠢樣……要是給大哥撞見……肯定就是一頓痛打！」「我是讀書人，倫常之事……怎可能棄之不顧呢？」蘇軟欄說，「這五年多來……我又為什麼老惦著三角湧的一切呢？那實在比讓倭寇一刀殺了還苦啊！誰會想作行屍走肉呢？我想再見粒姊一面……因為那純粹就是我自己的事，和別人一點牽連也沒！」那時，他隱約聽到了兵佚們的狂笑聲，驚覺自己或許已然是個外人了！「雖然三角湧的人都講——我阿煌是個頭殼燒壞的人，原來啊……你比我還嚴重得多！」蘇根煌挨近蘇軟欄說，「別再造孽了！拜託你這……花癡！姊她……還不夠慘嗎？你知道……爸對她說了什麼嗎？『不到黃泉不相認！』他說，『永久掃出家門……就這樣了！』伊講得痛絕萬分……你又哪能體會其萬一呢？」

「薄暮時分，兵佚們已在山頂立起了大鼓。」蘇軟欄寫到，「那震天的歡呼聲驚散了草叢中的飛蝗，令我又依稀想起數日前一幕幕倉皇逃離的景象。大戰，已然是箭在弦上了！」「停步！停步！那好……乾脆！」蘇根煌說，正經八百地叫住了堂哥，「我看你就……殺倭寇去吧？死都不怕，不打仗要幹嘛？」「我就納了悶了……」蘇軟欄答道，「為何你們就信那大鼓？靠那能嚇倒幾個倭寇嗎？」他伸出食指敲自己的太陽穴，瞪著眼搖了搖頭。「當然能！」蘇根煌應道，「抗倭，比唱戲還得有想像力！近來遊走庄頭的那幾齣戲……你看了嗎？」他邊說邊指手劃腳地擺開架勢，隨即怪腔怪調地唱道：「鄉親啊！請恁看分明——倭寇的長筒靴無稀罕，穿著走路像瘸腿——憨呆木頭人走高蹺，橫豎南北分不清，台上亂轉只挨打，快意皮痛叫吱吱！扮起倭兵心頭恨，哀號聲中爽歪歪。輝煌勝利自來到，遊民酒鬼樂開懷，討來酒喝慶雪恥，義軍神威永流傳啊——永流傳！」「你愛唱，就自個在此唱到天黑吧？」蘇軟欄接著說，「那種戲我懂——不過是以一當十、一拳撂倒一隊倭寇，對不？欽佩！欽佩！聽說還有一種『倒彈腿』更是了得——咱義軍根本無需自備火砲，人人蹴起掃把腿來便能將倭寇射來的砲彈踢回敵陣去！真是厲害！厲害極了！」蘇根煌愣了一下，隨即放聲大笑：「三國戰將勇啊，首推趙子龍！長坂坡前，稱那英雄……」「我想——我就是到垂死的一刻，也會記得那日根煌唱作俱佳的『表演』的。」蘇軟欄寫到，「三角湧蘇家從不缺那種硬著頭皮幹到底的傻勁，也算是難得的好傳統吧？」

「為什麼我心裡老排斥著這場戰事呢？」蘇軟欄寫到，「那種因準備去殺人而來的亢奮……勾起了我內心隱隱作痛的記憶，令我忍不住覺得有些反胃起來。」

那日，約在大鼓攻上山頂的瞬間，蘇軟欄在歡呼聲中癱倒在地。他開始用一種失溫的口氣，對堂弟提起內心深處永難忘懷的傷痛——「我親爸——你二叔，聽說就死在一場三角湧和大嵙崁的械鬥之中。那時，三角湧頓時多了不少寡婦、孤兒，連那夜鷺的叫聲聽來都像夜啼的哭聲似的！那年，我七歲，眼看著生母離開蘇家……然後，便扛起了比人還高的大包袱，跟在你爸身後亦步亦趨地進了你家。那晚的事，或許對你已無印象了？但，堂哥我，忘得了嗎？那樣的處遇，對一個小孩……很公道嗎？自然的就像沒事一樣嗎？」「你講那幹嘛？我不……一直把你當親兄弟嗎？」蘇根煌說，一骨碌地也躺下身來，「咱倆……今日就先演練裝死吧？戰死的滋味……或許也是另一種爽快吧？或許靈魂出竅之後……便可飛到高空看好戲也說不定？或許你這花癡變成靈魂之後……便能愛怎麼著就怎麼著吧？或許……」

「呸！呸！呸！呸！呸！」蘇軟欄應道，即使是在多年後那字體仍帶著幾分用力的控訴，「我要死……也不想死在莫名的殺仗裡！若能和所愛的人抱著死去……倒是可以考慮考慮！我僅有的盼望……不會也要被格殺勿論吧？這我……也算是認了！

甘願了！」「你這……無可救藥的……白目！」蘇根煌說，跳起身來邁步往山下走去，「你想見我姊……就去那廟門口等著吧？別挨打就好！聽說，拂曉泉源處……機會或許大些！現在，我得自個重拾鬥志去……和你這花癡混時間，對不起民族大義！」

「混時間？唉……我才真是在混等死呢！」蘇軟欄第一次寫下了參戰後的感想，「堂弟漸行漸遠的背影，令我突然有一種就此逃脫的想法。我腦中浮現出一些身首異處的影像，再次癱倒在地任憑飛煌跳躍過身軀。我真納悶：『為何那些成就英雄的好漢……盡是只顧自己爽呢？』這社會規矩……未免也太矯情了不是？哈哈……」「哈哈……」一陣大笑突然響起來，是蘇俊和一群好漢來了。「真福氣！」蘇俊說，「阿欄，你躺著發笑是為何？聽見戰鼓的聲響了嗎？」他說著回頭對身後的兵勇們大聲說：「爽吧？各位！勇！勇！都靠上前來吧？看——紅通通的臉龐，個個關老爺似的！」「每個人看來都興奮極了！是正要去慶功嗎？」蘇軟欄想；「我……也正歡喜……」他說，「那戰鼓……終於上去了！咱這戰備……完妥了不是？哈哈……」蘇俊跛行挨近，差點就一腳踩在蘇軟欄身上。「起風了！」蘇軟欄注意到蘇俊身後劈啪作響的大紅令旗，跳起身來注視著山地上方。「阿欄……你別太靠近上頭那小庵！」蘇俊低聲說，「懂我意思？千萬別給你阿伯撞見啦！」「勞您提醒……俊兄！喔不……副統大人！」蘇軟欄應道，「本想來幫忙出點力的……看來……是不缺我這閒人！」「別……別跟我客套！」蘇俊搖著手掌說，「咱倆是同輩……你呼我『擺俊』就行！那夜在白隆發面前……我那純粹是擺譜！嚇唬嚇唬那老狐狸罷了！至於咱倆之間，就……免客套啦！」他躬身拱了拱手，又挨近前說：「嘿嘿！你的粒姊……現在好得很呢！放心吧！她真行……光著一顆頭，殺聲喊得比誰都響亮！咱蘇家……巾幗不讓鬚眉嘛！哈哈……」「真的嗎？」蘇軟欄輕聲問，又細瞧了小庵一眼。「得了！得了！」蘇俊說，「兒女情長……就先擱著吧！現在有任務了——快去『媽祖店』向『老鼠榜』報到吧！等咱大勝之後，在廟前廟後泉源處找你粒姊……不遲！但這……可別說是我蘇俊講的好嗎？」

「我朝媽祖店快跑而去，心裡想的卻是粒姊的身影。『拂曉泉源處拂曉泉源處』——多令人期待的說法啊！」蘇軟欄寫到，「我根本不明白自己正為何而跑，直到蘇根煌那叫魂似的喊聲驚醒了我！」「喂！花癡！咱的任務來了！」蘇根煌迎面喊住了堂哥，「正要回頭找你去呢！重要的……軍務到了！統領傳令——『餌敵營』全員戰士，速至總部報到，歸文案鄭老師統合調度！」「這麼快？」蘇軟欄喘著氣說，隨即緊跟在堂弟身後進了媽祖廟門。「目前情勢很急迫——昨夜，探子在距風匱店四里處的塔寮坑……已發現了敵蹤！據說，後頭還跟著十八艘紅船組成的運糧船隊呢！哼！那鴨霸倭寇強徵民船，行徑已與土匪無異！咱倆『有識之士』……眼下大好的報國機會總算來了！」蘇根煌在虎邊廂房外停住腳步，緊挨著蘇軟欄說悄悄話，「白目！你得切記！切記！待會……可千萬別亂講話……尤其是那些喪氣或兒女情長亂七八糟的渾話！這『老鼠榜』是出名的嚴師，只要一聽到有人講瞎話，當場就會翻臉斥罵的！在老師面前……你這花癡，千萬給我拘束一點才是！」「知道了！別盡是損我好嗎？」蘇軟欄說，「我自己也是為人師表過的！」

他側耳傾聽廂房內的動靜，納悶為何盡是些嘰嘰喳喳的嘈雜之聲？

「緊來！緊來啦！」一個年輕哨長朝門外用力招手，吆喝著催人快進廂房來。鄭金榜端坐長案正中央，身後一面大紅令旗靠牆立著。「報告大人！偶不會殺人！連殺雞也不敢！」一個著束腰花布衫的村婦躬身上前對鄭金榜說，「偶只會煮飯！真的！」「那你就安心煮你的白米飯吧！驚啥溲？」哨長說，同時又招手催促門外的人快快進場。「驚啥溲？我驚……我會被倭寇抓去強姦！」花衫村婦說，環抱雙臂護著自己明顯已下垂的胸部。「咳！我看像你『這扮』的……免驚！免驚！倭寇那些少年兵可能只會呼你『阿嬤』！」哨長說，又拉長了脖頸朝門外叫了兩聲，「喂！喂！快進來嘛！又不是叫你們進屠宰場？快啦！」「偶只會落大肥！連雞毛都不曾拔過一根！」一個有些瞽矇的阿伯趨前說，腳上的臭屎味薰得眾人紛紛掩鼻走避。「閃！緊去！緊嗯去！」哨長捏著鼻子罵起來，「各位長輩！沾了大肥的臭腳，拜託先沖乾淨再進廟來！好嗎？那臭屎味……連媽祖也受不了！」「催人卡緊，又要嫌東嫌西？」瞽叟搖頭嘟囔，順便將一雙厚皮腳丫在地面又磨擦了幾下，才慢吞吞地退出了廂房。眾鄉親低頭竊笑，有人細聲說：「叫這阿伯用大肥去臭倭寇吧？伊們說不定就不敢來三角湧啦！」眾人扭腰擺臀地笑個不停，其間還穿插了好幾聲「噗噗噗」的響屁。「喂！喂！控制一下好嗎？廟堂裡放屁，大不敬！大不敬！」哨長說，雙手並用地試圖完全掩住自己凸出的口鼻部。「這沒辦法！近來，大家番薯簽實在吃太多！」花衫村婦說，一手插腰一手比劃著來表達抗議，「這都是倭寇害的！真夭壽——害偶們的腹腸都不安啦！」「人家千金小姐攏毋驚，你老查某一個……在緊嗯張什麼？」鄭金榜開口了，說的是一口濃重的泉州永春山地腔，「恁安溪人做生意嚇嚇叫，扮戲『餌敵』會有困難嗎？」「就是嘛！就是嘛！」哨長點頭如搗蒜，「這個『餌敵』……本來就是扮戲嘛！而且比那真正的扮戲……只會更簡單，不會更難！真的！連上妝畫臉都省了——幹恁的活、種恁的田、搬恁的貨……讓倭寇完全沒有警覺性，如此而已！有誰不會嗎？咳……」他打了個哈欠說，「真奇怪啊恁？」「這簡單？就這簡單？」眾鄉親低聲磋商，黃鼠狼般的眼睛不時飄向哨長，「我聽哩咧——吃恁的番薯簽、放哩的臭屁？恁讀冊人識得相殺，我才輸恁哩！」「誰人講的？」鄭金榜輕拍了一下桌子，「不管會不會，照命令做就是！從現在開始行使軍令，違令者斬！懂嗎？」眾鄉親縮起脖頸面面相覷，有人當下便用幾聲響屁回敬了鄭老師。鄭老師維持著莊嚴的坐姿，並未用手掌去遮自己的口鼻；他看到蘇氏兄弟的表情就像見了救兵似的，跳起身來就說：「來！快來！總算有讀過『孫子兵法』的有識之士……來囉！」「讚！讚啦！」哨長豎起大拇指說，「大家注意——這兩個蘇家的勇士……就是本營特別徵召來的虎仔！這麼厲害的角色……恁鄉愚安怎攏不知？」「騙肖！」人群中有人當場回嗆，「看伊倆趴呆趴呆的，恐怕連雞仔也不曾殺過一隻！還說是虎仔呢？」眾鄉親聽了又是一陣狂笑，有人甚至在太陽穴用食指畫起圈圈來。「啊……」鄭金榜搖頭長嘆一聲，隨即拉下了臉罵道：「不學不知道！恁這沒讀冊的……不來嚴格訓練一下，還真是不行！不行嗯！」「嗯……遵命！遵命！嗯……報告老師——現在咱就馬上開始訓練吧！」哨長挺直了腰桿說，先用力發聲清了清喉嚨，「嗯——徵召『餌敵營第一哨』，實到四十！廟門外候補的同數！」「你要多保重啦……」鄭金榜說，「好在那些挑大肥、收溲水的還沒進來，否則你這阿長恐怕得先清喉嚨一個時辰才夠！」「咳！是嘛……」哨長搗著口鼻乾笑了兩聲。「這大戰在即……爾等可有必勝的決心？」鄭金榜皺著眉環視眾人，「快的話……也許就在這兩三天吧？倭寇就要進三角湧了！到那時候，大家若是還笑得出來……就儘管笑吧！『餌敵』，其實就是勉強裝笑臉！講起來……並不會太難的！」「就只要笑？就這麼簡單？」花衫村婦大聲說，「那……誰不會呢？我看……那些賣笑的茶桌仔查某……免受訓練也會！」男人們當下紛紛擠眉弄眼地咧嘴笑起來，有人還發出「咿咿嗯嗯」好似呻吟的乾笑聲。「聽說倭寇向來行軍猴急，想來的話……一定是說到就到！」哨長說，開始用一根竹枝仔比劃牆上的一幅手繪地圖。「伊們難道都不用歇喘一下嗎？」人群中有人小聲問。「免肖想啦！」蘇根煌突然大聲說，「若是給伊們知影咱這裡有『粉味的』……手腳可能還會更加快一些！」那時，他已鑽過人群擠到了長案前，正睜大了眼盯著牆上的地圖看。「大家注意！注意！千真萬確——昨天大嵙崁溪兩岸，從海山口一直到大嵙崁，都已出現寇兵的蹤影了！真的！」鄭金榜拉高了嗓音說，「根據統領接獲的最新情報——倭寇的尖兵……那個『坂井聯隊』的田中中尉，此刻正率一隊人馬要往三角湧攻來呢！我暫時不能確定……那是偵察小隊或是大部隊前的先遣隊？但其實……這也沒什麼差別了不是？他們一定是會來的——軟土深掘，碰到能吃的……還可能會客氣不吃嗎？」「那麼說……真是夭壽啊！咱查某人的褲頭……可就要趕緊綁牢一點才行啦！」花衫村婦尖聲叫起來，「我我看……最最少也要多綁兩條粗麻繩才夠！」「嘿嘿……偶們沒在怕！閃——」茶桌仔的老鴇蔡婆突然從人群中探出一顆腦袋說，隨即扭著屁股奮力擠到了鄭老師的面前，「老輸！老輸！偶們願意、志願、心甘情願在最前線阻擋倭寇的『軟土深掘』！愈深愈好！但……是不是請您先教偶們一些日本話呢？偶們若能先在床上大敗倭寇……咱不就更有把握打得他們個個軟腳……統統趴倒在地等死了嗎？」男人們又是一陣大笑，許多人當場笑得兩腿發軟站不住腳了！

「日本話和咱漢語其實很像……」鄭金榜說，「但習性卻大不相同！他們愛排隊，就是找女人幹勾當……也會把隊伍排得好好的！哪像咱這裡……總似菜市場一般！」他躊躇地停頓了一下，接著說：「我年輕的時候也曾想到日本去留學過……

後來因為聽說那個『明治維新』根本改不了日本人『有禮無體』的毛病……也就是說——伊們克己復禮的那套，攏是假仙的啦！白天彬彬有禮，晚上酗酒好色！白天排隊守秩序，晚上卻又隨地小便。所以……我才決定不去日本了！因為咱孔子公教的，是要『文質彬彬』，不是日本人那套虛文假意！不過，現在你若要問我幾句日語，我還是可以記得一些的……」「安捏就讚啦！不過偶只要學簡單的……能做生意的幾句就可以啦！因為，偶並不是想去日本留學，也不打算要和那些阿本仔談情說愛！」蔡婆一本正經地說，「我想學實用的……比如說——『請來捧場』，日語要怎麼說呢？老輸！」「拜託！你嘛卡骨氣一點好嗎？」哨長鼻孔噴著氣罵起來，「有新人客，就不愛老恩客了嗎？」「你惦惦啦！不是說要『餌敵』嗎？想到哪裡去了？」蔡婆大聲回嗆，「你要是沒先給人爽到……要餌個鬼嘛？」「蔡老闆說的……也對！也對！」鄭金榜說，笑瞇瞇地盯著那蔡婆看，「阿姊！你真有把握讓倭寇都爽到軟腳嗎？」「沒把握？偶還用問你那麼多嗎？『會話』！哼！」蔡婆揚起下巴將頭撇到一邊去，「就問問哨長吧？你講！你講！你憑良心講——我的姑娘，眠床上的功夫有否達到很殺的水準？」「讚啦！讚啦！安捏就趣味啦！」男人們擊掌歡呼起來，個個都是一臉準備專心聽講的模樣。

「那是一堂很特別的日語教學。講笑之間，五味雜陳……」蘇軟欄寫到，「三角湧整軍備戰，看來已是全民動員了。怪不得那鄭老師臉上，也總算有了些笑意了。他在教日語之前，信心滿滿地說：『嗯！嗯！咱肯定能打贏這一仗！』「蔡同學！呼！呼！你聽好嘍——這『歡迎光臨』，日語就叫『伊拉下馬西』！」鄭老師終於開講了，口裡彷彿含著一根小木杵似的。「嗯誒！這聽起來……無準嘛！」蔡婆皺起了眉頭說，一副錙銖必較的表情，「老師講的……毋通！毋通！我是要阿本仔進來開查某，不是要他們來參觀考察！講『伊拉下馬西』，會不會讓他們以為可以進來看表演、看免錢的呢？那這生意……可就要……無睬工啦！」「可惜啊！可惜！」鄭老師仰天讚嘆起來，「有像你這樣的好學精神……只是去作老娼，實在是大……大才小用了！」他用手掌抵著額頭輕拍了幾下，攤了攤雙手說：「我也不豬道啦！你這題目……太專業了一點！」「偶豬道！」剛到外頭洗了臭腳的瞽叟走上前說，「這並不困難！只要你用手指這樣比劃一下……那些阿本仔豬哥一定就……完全明暸了！信嗎？」「對是對……但你那動作，未免也太粗魯……不雅觀嘛！咳……」鄭金榜說，側目苦笑的表情頓時引來咯咯一片笑。「我不是只會『伊拉下馬西』！我當然也會更難一點的！」鄭老師倏地收起了笑臉，看來顯然是並不服氣，「『想吃東西嗎？』日語叫作『他備胎的士嘎？』這可能是對咱中國人……最事關重大的一句日語了！嘿嘿……懂嗎？」他恢復了些許身為人師的神氣，點著頭抿住了兩片嘴唇。「哼！這誰人不知？吃東吃西……誰人不會？」瞽叟阿伯大聲回嗆，「『想吃屎……會講嗎？』他說，『屎嘎他備胎的士嘎？應該就對啦！誰人不會的是嘎？』」「好啦！好啦！算你卡勇！卡勇！若在打起仗之後，你還真敢叫倭寇吃屎，我才輸你！」哨長跳出來替長官助陣，「老大人……風度要顧！不要人講你腳臭，就亂發脾氣！無理嘛！」「是啊！是啊！老大人……風度愛顧嘛！」眾鄉親也來主持公道，亂紛紛地數落起瞽叟阿伯來。老鴇蔡婆兩粒眼珠子咕嚕咕嚕轉，「啊——我暸解啦！這日本話……其實一點不難嘛！」她說，「『要女人嗎』應該是比手勢外加『查某嘎他備胎的士嘎』？老輸！這樣對嗎？」她轉頭問鄭金榜，緊盯著老師等答覆。「嗯……應該就是了吧？不過，這『女人』日語該唸作『歐那』，不是『查某』！這……我是豬道的！你能講阿捏……應該是做得到阿本仔的生意啦！嗯……」鄭金榜說，輕搖著頭長嘆了一聲。「雖說那收復臺灣的『國姓爺』是南安人……」他說，「我還是得承認——在咱泉州人之中，安溪『生意虎』才是最厲害的！不簡單哪——小小的眠床上生意，就能不靠刀槍把敵人搞得軟腳認輸！無怪人都講……生意子難生啊！」

「屎嘎他備胎的士嘎？這是抗倭的絕招嗎？咳……」蘇軟欄用有些潦草的筆跡寫到，「鄭老師興味盎然地教完了一堂日語課，但望著眾鄉親熱絡的迴響，不禁又深深皺起了眉頭。那時，許多人笑呵呵地用日語彼此問候起來，似乎都渾然不覺鄭老師那張突然緊繃抿上了的嘴巴。」「恬恬啦！恁要講笑……嘛愛卡差不多嘛！」哨長雙手插腰罵將起來，「整軍備戰，有這麼好笑嗎？當兵殺敵……總得有點嚴肅、剛強架勢不是？對你們……要嚴加控管一下才行！」「有了！」鄭金榜突然叫起來，隨即用力拍了一下長案，「屎嘎他備胎的士嘎？好計！好計！」他躊躇地環視了眾人，最後還是招手叫蘇氏兄弟靠近長案前，說：「這是好計——如此這般……懂嗎？兵不厭詐嘛！恁就……快快去召集各庄所有下痢不止的病人！愈嚴重的愈好！」蘇根煌噗哧地笑出聲來，半搗著嘴說：「這可……不能講出來！不能講——雷公聽了會打人的！」「這任務……事關重大！你有把握嗎？」鄭金榜盯著蘇根煌的眼睛說。「這不難！我認識住街尾的一個叫『阿青』的小孩，只要他願意來幫忙，肯定能完成這任務！不過……」蘇根煌說，伏案挨近了鄭金榜耳邊，「不過，那囝仔的阿公真番……堅持就是不讓他孫子來參軍打仗！那阿公完全沒得參詳……簡直就是無講……無講理！」「咳！那還等什麼？就直接命令那孩子來出任務吧！軍令……別懷疑了！」鄭金榜揚了揚手大聲說。「阿青並不想繼續跟他阿公在南橋附近種番薯；他想的是參加打仗、想的是去殺倭寇，但他那番阿公就是一直反對阻擋……」蘇根煌又說。「笑死人！殺仗又不是拜拜，有什麼反對不反對的問題？」鄭金榜倏地拉下了臉說，「阿煌！你只管傳我軍令，跟那番阿公客客氣氣地說——『違令者斬，老人、小孩一樣』！他老人家……自然就『番』不起來了！就這麼簡單！」「那好辦！遵命！遵命！」蘇根煌興奮地說，拉起了蘇軟欄的手就準備要往外走。這時，蘇軟欄聽到哨長大聲說——「快收起牆上的作戰地圖吧！從現在開始，『餌敵營』要全面備戰起來——要讓倭寇完全沒戒心，讓他們以為三角湧全是只會拜拜和說『伊拉下馬西』的古意人！懂嗎？」「廢話！啊是要怎麼做嘛？也不說清楚一點！」瞽叟阿伯嗆聲說，「就講『屎嘎他備胎的土嘎』？」眾鄉親當下都笑得東倒西歪，只有瞽叟一人始終板著臉，似乎仍在氣惱有人罵他腳臭。「笑吧！笑吧！能笑著打勝仗……那是最好！」鄭金榜說，「笑，或許真能令倭寇沒一點戒心，那咱的贏面就大啦！」「那最簡單的做法……就是這條生意讓蔡婆統統包了！」瞽叟阿伯說，轉身指著茶桌仔老娼頭的一張大花臉，「伊是『專業』的！免指導！完全不用演練！伊那掛花姑娘生意做得兇，保證一眠就讓倭寇統統軟趴趴的！」

「那時，我似乎並未被激起什麼激情……」蘇軟欄用縮小的字體寫到，「這樣的部隊……真能和日軍一戰嗎？蘇根煌看來的確是興沖沖的；他不可能瞭解我的憂慮，因為他一直對我說：『成了！成了！你……得有點必勝的想像才行！』就在那時候，一個矮壯的身影匆匆跨進廂房，朝鄭金榜搖了搖手上的三角紅旗。那人正是陳有善，在白隆發來訪的那晚，一直默默跟在根銓大哥身旁的漢子。「老師！」他躬身說，「倭寇真來了！三日內……肯定進三角湧！」「是我大哥的換帖兄弟來了！」蘇根煌停住腳步低聲說，「看來很緊急的樣子？」「大家注意——來的是三角湧的『青年虎將』——陳幫統，有誰不認識他嗎？」鄭金榜邊說邊伸手收下了陳有善遞上的密函。「陳有善，誰不認識呢？雖然咱這厝邊……似乎打小話就不多！」蘇軟欄輕聲對堂弟說，「白隆發閱人無數，見了有善也是誇讚不已的！」鄭金榜當下拆閱了密函，批上幾個硃砂字後，就招手叫蘇軟欄上前說：「阿欄聽令——本營官轉達統領委命，令你為餌敵營『敵前傳令』！即刻攜此密函隨幫統大人前去……至隆恩埔面呈陳小埤分統！爾等用過齋飯……就一同前往吧！」

「陳有善是個斯文有禮的壯士。」蘇軟欄寫到，「看他吃素包子，慢條斯理的，彷彿每一口都咬得幾分不忍。他喝鐵觀音的神態謙和又凝重，若有所思的感覺就像是個修行的處士似的！」那個午後，蘇軟欄騎上了一匹牝馬，戰戰兢兢地隨陳有善往西面的河濱行去。他清楚陳幫統在義軍中崇高的地位，幾次勒緊馬轡想走在後頭一點，但始終無法如願！陳有善見了只是微笑不語，始終馭著胯下的馬匹與蘇軟欄並肩而行。「幫……幫統大人！」蘇軟欄說，「您也……太客氣啦！」

「喔……別！別！別這麼講！」陳有善說，「大家是同輩！我還該叫你聲『阿兄』呢！」「其實，不管打不打仗……做人的道理還是一樣的！」他說，「比如說那……鄭金榜是我老師，就算現在位居我之下……也是要比我這幫統大得多多啦！父母之外，老師最大嘛！哈哈……」「都講陳從（陳有善的小名）是謙謙君子，實在名副其實啊！」蘇軟欄用放大了的字體寫到，「無怪義軍裡人人都誇讚他，就是在他死後多年仍沒一點改變！」

「隆恩河畔，地勢低窪；主河道兩側支流歧出，形成了一片宛如蛛網似的奇景。這位於三角湧河和大嵙崁溪之間的通道，水流緩急不定、岸邊蘆葦叢生，東西綿延、深不可測，給人一種莫名駭異的感覺！」蘇軟欄寫到，「這樣的景致，不禁令我想起梁山泊裡的英雄好漢……納悶倭寇們真敢往這裡來嗎？我這麼胡思亂想地走著，竟咀嚼出絲絲不捨的心情來，直覺眼前如此奇特的景象宛若夢幻泡影，注定將會從三角湧地界永遠消失無蹤！」隆恩河畔的哨兵見了陳有善，就搶著過來請吃檳榔。「恁辛苦啦！」陳有善說，「解決倭寇之後，我跟『六角銓』一定請喝酒！通海飲，飲到爽！」他嚼著檳榔的模樣挺斯文，臉上完全不見誇張用力的表情。兩騎沿主河道又前行了數百步，便來到了清水港邊。陳有善從馬背後拿出一面紅旗，朝鳶山山頂和河道對岸各揮舞了幾圈。頃刻間，鳶山山頂便有人搖旗回應，「喔咿喔咿」的喊聲一陣接著一陣。幾乎是同時之間，那河道對岸的蘆葦叢也有了動靜，在一陣劇烈晃動之後衝出了三條尖頭舢舨。「幫統大人！幫統大人！有失遠迎！有失遠迎啊！」一個高大的漢子立在第一艘船頭吶喊起來，昂然六尺以上魁梧的身軀望之如船頭巨砲一般。「陳小埤來了！」陳有善對蘇軟欄說，招手示意下馬到岸邊去迎接來人；「看來……」他輕聲說，「隆恩埔一帶的部署……已近乎天羅地網了！」

「那是我第一次見到林久遠本人……」蘇軟欄寫到，「這位固守三鶯邊界桃仔腳庄多年的大哥，深鎖著眉頭立在第二艘船頭上。那張方臉看來緊繃，像那天色般陰沉沉的。」三條舢舨迅速攏上了岸邊，第二艘船頭的漢子率先跳下船來。「拜見幫統大人！」方臉漢子拱了拱手說，「在下桃仔腳的林久遠！叫我『林久』即可！」那人搓著雙手走向陳有善，胸膛微微起伏著。「久仰阿叔威名！」陳有善拱手回禮，「晚輩向分統大人請安了！」「阿久兄已和我擬妥了對策……」陳小埤挨近陳有善身邊說，「可說都協調好了！眼下是萬事俱備，就等幫統大人一聲吩咐了！」「不敢！不敢！」陳有善欠身再拜，展臂向陳小埤介紹了身旁的蘇軟欄。「喔——是阿欄啊！」陳小埤說，「既然阮阿母是蘇統領的堂姊……我叫統領『六舅』，和阿欄……本就是自家人嘛！算是同輩！同輩！」「阿欄現已加入義軍了，是鄭老師麾下的傳令官！」陳有善說，似乎將「官」字刻意加重了語氣。蘇軟欄向陳小埤雙手呈上攜來的密函，沒料到林久遠竟一個箭步挨近身來。陳小埤笑瞇瞇地側視林久遠，當下便拆閱了密函。「阿兄安啦！」他說，「據這鄭老師的情報……

倭寇是會先在三角湧街內輕鬆一晚的！」「你確定嗎？」林久遠說，「倭寇就一定照『老鼠榜』的推測行動嗎？眼下阮桃仔腳所有鄉親，已心焦地凍未條了！他們一再敦促我堅守……絕不可讓倭寇跨進桃仔腳半步！哼……」他似乎愈說愈激動，「幹伊娘的！老實講……倭寇就是只在桃仔腳待上半刻……我都會受不了！」「阿叔莫憂慮……」陳有善平靜地說，伸手輕拍了拍林久遠的胳臂，「眼下鄭老師的『餌敵營』已準備就緒……您只管守好清水港對岸防線，便可穩保倭寇不踏入桃仔腳半步……就將倭寇盡殲在隆恩河裡吧？」

「都說——陳小埤所率的『紅旗軍』，是『吃肉的部隊』！這說的是什麼呢？他陳家經商致富，擁有十八所茶行、兩座米倉，外加多處木材行、雜貨店、豬肉舖……『吃肉』？那不成問題！聽說陳家已挹注了巨資支應義軍，但看起來主要還是以『紅旗軍』自己人為主的……」蘇軟欄寫到，「據說，陳小埤打從開山撫番的諸戰役起，就備受劉銘傳撫臺的器重……這也難怪——他那從不吝惜花錢照顧自家人的氣魄，一旦打起仗來麾下誰人不奮勇爭先呢？」那日黃昏前，陳小埤似乎是刻意要帶眾人到他位於鳶山「北角」的大營去，一路上好幾次在馬背上嗅著空氣問到：「嗯……聞到大嵙崁溪的氣味了嗎？」「我稍早已聯絡好了對岸鶯歌庄南靖厝的義軍……」他說，「到時候……咱就可來個三面夾擊！」一行人在一大片竹林外下馬，手牽馬匹魚貫而行，左彎右拐地經過了幾處哨站，便來到一處幾乎被綠竹完全遮蔽的舊磚房前。那舊厝外觀頹圮，青苔、薜荔覆滿東西廂房外，望之已然是廢棄多年了。「咳咳……像不像間鬼屋呢？」陳小埤笑說，「倭寇最好是夜裡闖來這裡……不先嚇破膽也難！」蘇軟欄隨三位官長進入屋內，在一張烏心石大木桌旁坐下身來。「嘿嘿……傢伙，都藏在後頭茅坑周圍！」陳小埤笑咧咧地說，「那裡的陳年好氣味……肯定叫倭寇立刻逃離半里以上！」「有勇有謀！」陳有善豎起大拇指誇讚，側目看了眉頭深鎖的林久遠一眼。「我只盼倭寇都別踏進桃仔腳半步……」林久遠說，「就算要叫桃仔腳變成一個大糞坑……我也甘願！」陳小埤從懷裡取出一張手繪地圖攤平在桌上，說：「那就引倭寇往我這岸來吧！如何？那麼一來……恁桃仔腳就安啦！」「嗯……」林久遠沉吟不語了一會兒，突然睜大了眼說：「那就……殺光倭寇吧？一個不留！就這法子了！」他咬著牙根抵住了嘴，渾身微微顫抖起來。「這……得一步步來的！」陳小埤說，「就先想辦法滅了眼前的倭寇……後頭再來的……就看著應付吧！」「阿叔！別想太多了……就殺一個算一個吧！」陳有善輕聲說，轉頭望向門外蓊鬱的竹林，「無論如何，隆恩河這仗……咱的勝算是滿大的！真的！炎黃子孫……誰不想報黃海慘敗之仇呢？義無反顧，死而後已，如此而已！」「我近來想的是……」林久遠哽咽地說，「如若倭寇真進了桃仔腳……我寧可令所有女眷投水自盡……如此而已！」他低垂著頭喘氣，發出悶雷般的一陣聲響。陳有善沉默了好一會兒，才開始簡報土地公坑溪內山的防務。「這是關鍵的兩戰……」他說，緩緩站起了身來，「眼下形勢大有可為，我等就放手幹吧！現在我得再趕去分水崙……阿欄就隨我前去看看吧？」「喝碗熱茶再走吧？山裡或許還有些寒意呢……」陳小埤說，彎身從大龍壺裡倒出了四碗熱呼呼的鐵觀音來，「我和阿久兄敬兩位壯士！我們會在鳶山頂等著分水崙大捷的歡呼聲的！我相信……」陳有善、蘇軟欄拱手回拜，依序雙手接來了茶碗，無言地啜飲起來。

「那日黃昏，我本來是要隨陳有善到內山去的，但才出了竹林便見到一輛牛車咿咿呀呀地擋住了去路。」蘇軟欄寫到，「細看之下，發覺竟是蘇根煌來了！他打從百步之外，就揮手疾呼：『阿兄助我！助我！』，看來一定是碰到什麼大麻煩了！」蘇根煌在十步外煞住了牛車，隨即連滾帶爬地跌落地來。「拜……拜見幫統大人！」他匍匐在地說，誇張地行了個五體投地的大禮。「嘿！你這小子……竟玩起戰車來了？真……不簡單哪！」蘇軟欄說，上前伸手攙起了堂弟。「你搞什麼來的？表演雜耍嗎？」他輕聲說，「什麼急事？慢慢說吧！」「少爺免禮！」陳有善盯著蘇根煌笑，「快快起身……慢慢說！慢慢說！」「那阿阿青的阿公……真番！真番！根……根本就不聽令嘛！」蘇根煌喘著氣說，「他還當場嗆我：阮阿青只聽厝內序大和老師的話！『違令者斬』——我沒在信！要怎樣都可以！」「咳！這……就得靠老師幫忙啦！」陳有善搖頭苦笑，「請老師去好好開導開導吧？我聽說……那阿公連統領都不怕，就是怕老師！咱就……先各自去忙吧？」陳有善說罷拱了拱手，翻身上馬後朝南疾行而去。「我我跟你講真的——那阿公不講理……簡簡直就是土匪！」蘇根煌說，「他堅持說——小孩子絕不能去學殺人！除非，是老師說的！」「那阿公是幹過土匪！聽說以前還殺過不少人呢……」蘇軟欄說，抬頭望了望南方那暮色漸濃的天空，「我覺得那阿公挺趣味——我就是喜歡會關心小孩教育的老人家！」「但……就快打仗了不是？現在情勢如此緊急……他竟然還拗著幹！」蘇根煌說，「眼下軍情危急，延誤戰機……該當何罪呢？哼——誰有工夫再陪那番老翁這麼耗著？你看——剛才，連那拖車的老牛，都知道加快腳步呢！」

「我騎著駑馬緊跟在根煌的牛車後，朝三角湧街南的方向疾行而去！」蘇軟欄寫到，「我看見牛車後的幾盆雞蛋花一路顛顛倒倒彼此碰撞，因而著實折斷了不少枝葉！」「快！快！你這駑馬……竟跑得比牛還慢，當心給牽去充軍糧了！」蘇軟欄一路催著他胯下的牝馬，感覺就是跟不上堂弟那隻懂事的牛。三角湧市面，商家大多店門深鎖，透著詭譎不尋常的氣氛。兄弟倆到了南橋頭附近，碰巧撞見一列拖著輜重的兵馬，硬是給攔住了去路。那隊人馬個個氣喘噓噓的，看來是正往土地公坑溪上游內山疾行軍之中。蘇軟欄注意到一旁溪裡的鯽魚多有浮出水面吐泡泡的，不禁納悶：「莫非這魚……也知道要大難臨頭了嗎？」「閃啦！種花的，別擋路！」一個哨長策馬跳到牛車前大聲吆喝，朝牛車後東倒西歪的雞蛋花瞪了一眼。「你給我惦惦！我……正忙著緊急軍務呢！」蘇根煌大聲回嗆，「比運送槍砲要緊一百倍——『老鼠榜』祕密交辦的……你敢阻擋嗎？違令者斬！聽過嗎？」他鼻孔朝天噴著氣說話，揮著手掌示意那哨長快退到一邊去。「煌仔！聽說那頭『禮拜堂』的地窖裡還有些空位……我看你是趕著去搶位子的吧？哈哈……」哨長用下巴指了指南橋後的尖頂塔樓說，胯下的黑頭馬則揚起掃把尾趕起蒼蠅來。「行了！行了！各忙軍務去吧！誤了差事……誰擔待得起？」蘇軟欄說，隨即調轉馬頭跨越了南橋。

「阿青的家是間半坍的土角厝，相較於那新搭建的禮拜堂，直像顆帶土的番薯似的！」蘇軟欄寫到，「我在厝前已聞到陣陣蒸飯的香氣，心想這黃昏阿公還是準時開飯了！『種地的人三餐準時，恰如那廟裡的鐘鼓聲！』蘇根煌說，歪著脖子朝向祖師廟的方向，『聽——暮鼓聲響了，是祖師公在保庇咱呢！今晚說服那番仔公……非成不可！』」「煌仔！」蘇軟欄說，伸手試圖先攔住堂弟，「吃飯皇帝大……咱先在此等一下吧？」他能揣摩種地人面對米飯時的虔敬，突然覺得這時間來談什麼「抗倭」，實在是件太過冒犯的事了。「此時不談，更待何時？就這時候了！再等……倭寇就逼進他家門口啦！」蘇根煌說，直接將牛車駛到了土角厝門前。「阿青！今晚，你得把手洗得特別乾淨才行！下一頓米飯……說不定會在阿公成仙之後！」阿公的聲音從屋裡傳來，「聽說以後……倭寇將把所有米糧都搶去自己吃！因為，他們向來只吃米和魚，從不信吃番薯的軍隊能打勝仗！」「安捏？我就希望咱的米……都會讓倭寇落屎至少三天以上！」阿青大聲說，聽來明顯比那日清晨在番薯田踢癩蛤蟆時更加憤慨；祖孫間如此的對話令蘇根煌頓時精神抖擻起來，一骨碌跳下了牛車衝向後車斗，急著搬他的雞蛋花去！

「阿青的阿公！我帶老師來了！真的老師……大稻埕一流的漢學名師！」蘇根煌朝屋內大聲說，直接邁步跨進了昏暗暗的屋裡。「要是你們非得在這吃飯皇帝大的時候來教小孩殺人，可不可以至少先讓這總是吃不飽的孩子吃完這半鍋米飯呢？」阿公說，頭上的烏頭巾看來硬繃繃的，「這頓米飯，他已等了整整一個月了！」蘇軟欄盯著圓桌上僅有的一鍋米飯看，感覺那孩子似乎想連鍋子也一併吞下肚去。「我們不教小孩殺人！」蘇根煌說，「我們只是想讓咱的孩子有更多的米飯吃！」「哼！那是不可能的！」阿公不以為然地說，「殺伩，永遠只會讓米飯愈來愈少！用膝蓋想也知！我見過的殺伩……多得就像廟會！那就是——今天我殺你，明天你殺我……沒完沒了！」「阿公講的……是也沒錯！」蘇根煌說，「除非日本人不敢吃咱的米，除非伊們吃了咱的米就會落屎不停！」蘇軟欄聽著孩子狼吞虎嚥的聲響，感覺出阿公並沒有想爭吵的意思。「阿公自己不吃嗎？」蘇根煌問，折了兩節雞蛋花的枝條放上桌來。「我吃番薯簽！」阿公說，「我能看孫子吃米飯……就高興！希望他們永遠都有米飯吃！」「這，也正是我想的！」蘇根煌說，指了指桌上的雞蛋花，「我是要讓日本人……從今往後見了咱的米飯就怕！」「我拜託你把那『落屎花』拿遠一點好嗎？要是我的孫子開始落屎，你就知道……我會馬上把你打到落青屎！我講真的——我是作過土匪的人……打人，就像在吃飯一般！」

「這我知道！」蘇根煌點著頭說，「你們住在街外已經很多代了！這我明白！」「我阿公以前真的殺過人！連這地和厝……都是搶來的！」阿青嚼著米飯說，嘛起了沾著飯粒的鼻頭，「我阿公真的敢殺人！他不是只敢種番薯！」桌邊原本看來沒勁氣的油燈，彷彿因孩子的話而增添了些光亮。蘇軟欄注視著那張曾作過土匪的臉龐，納悶：「這樣的好漢……不去抗日殺敵也真怪？」「你既然連人都敢殺了，為何不願去參加殺倭寇呢？」蘇根煌問，緩緩將手上的雞蛋花撕成了碎片。「我只為搶好東西而殺人！我只為兒孫的幸福殺人！」阿公果斷地說，「殺倭寇只能搶到刀槍，搶不到我孫子吃飯的幸福！相信我！」「要是我能搶到一把真槍，就讓阿公也能吃上白米飯！我有把握……」阿青說，雙手合十地朝禮拜堂的方向點了點頭。「那些『吃教』的斯文人……早就各自跑了吧？」蘇根煌問。「不！他們都待在地窖裡唱聖歌，向啞唆（編注：神）禱告讓他們整天笑瞇瞇的！已經那麼快樂……好幾天了！」阿公說，低下頭來緊盯著他面前的兩條乾癟的烤番薯。「他們才是真正聰明的人哪！」他說，「禱告，至少比白白去送死好！」

「阿青！拜託留點鍋底的飯渣給我吧？」蘇根煌說，小心翼翼地拿好了手上那已淌出汁液的雞蛋花，「我今天……一定得試試我的祕密武器！這是整軍備戰中最要緊的一件事了！」「你自己要落屎就請便！」阿公說，用力咀嚼著口中的番薯，「不要在那裡拖屎連！只要阿青一吃飽，這油燈就得滅了！唸肖話，不必浪費我的燈油！」「且慢！且慢！」蘇根煌張開五根指頭說，「我還得用落屎花的汁液……做出個好飯丸呢！」「那……你得加一點鹽巴才行！」阿青說，嗅著街尾人家廚房飄出的香味，「我阿公曾跟人學做飯丸……聽說那人的阿公是去日本薩摩藩學的……對吧？阿公！」孩子轉身問阿公，像在講一個英雄事跡似的。「阿煌！麻煩你自己去買鹽吧！我的鹽從不用來做傻事！」阿公瞪著蘇根煌說。「抗倭是民族大義！不是傻事！」蘇軟欄用貓叫般的音量說，「國姓爺鬥紅毛番所做的……總不能說是傻事吧？」阿公很威嚴地站起了身來，說：「當然不算！國姓爺把臺灣搶回來，死多少人都不算傻事！你這阿弟要白白糟蹋我的米、鹽……怎不是傻事呢？現在全庄的人不種地……整天跑來跑去談殺人、談落屎……怎不算是在做傻事呢？」

「蘇根煌真的做成了一個小飯丸。」蘇軟欄寫到，「沾上雞蛋花汁液的米飯，看來與尋常的無異！」「嗯……沒加鹽巴的飯丸，果然難以下嚥！」蘇根煌一口吞下了自己做的小飯丸說，片刻後便雙手掐著自己的脖子宛如中了槍彈一般。「我看……你做的那飯丸，就是跪著求倭寇吃……他們也不會吃！我相信……」阿青說話像個老頭子似的。「只要真能讓倭寇落屎不止，我願意自己花錢將這祕密武器加上鹽巴！或或許連山葵也會加一點吧？」蘇根煌顫巍巍地說，雙手已移到了肚臍眼的位置，「在我毒發落屎不止前，可能還有些時間想想如何讓倭寇愛上這種『落屎飯丸』……」「呼！」阿公一口吹熄了油燈，「我聽說黑暗會讓傻子的腦袋清楚一些！」「也好！也好！」蘇根煌喘著氣說，「反正，從現在開始，我的模樣只會愈來愈僵、愈來愈醜！我相信……」「唉……這世間令人噴飯的，永遠是傻樣而不是醜樣！」阿公嘆了一口氣說，隨即正經八百地提醒阿青：「你可別發笑！忍著點……千萬別將剛吃下的飯吐出來！那……太可惜啦！」

「該怎麼善後？煌仔這小子，竟真拿自己做了試驗……」蘇軟欄寫到，「我在黑暗中朝教會的方向望去，擔心待會堂弟的呻吟會轉變成聲聲慘叫！」「阿……阿青！我發現我這祕密武器……有效！果然有效……」蘇根煌豎起拇指說，「拜託……你你明天就到媽媽祖店去……就用這汁液多包些飯丸吧！」「老師！教小孩讓人落屎不止，到底是對還是不對？」阿公突然厲聲問蘇軟欄，一邊伸出了手掌攔在孩子身前。「在這瞎燈黑火的土厝裡，難得有人還能想到如何教孩子的問題！」蘇軟欄寫到，「或許彼時……只有阿公的眼睛是清楚的吧？」「應應該……肯定是對的吧！」蘇軟欄應道，「這……這就就是所謂的『民豬大義』！」他當下真想立刻賞自己一巴掌，氣惱自己為何竟連發音都掌握不了！「就算是叫我去作『豬』……老師的話，我還是會聽的！」阿公說，腦袋幾乎已垂落到了桌面。「我我擔心——我剛吃下的飯丸，飯粒太少而那雞蛋花汁液又摻了太多……」蘇根煌摀著肚皮說，咬字因顫抖而糊成了一片，「我……擔心倭寇還沒落屎我就先落屎不止……我我擔心我現在就會……倒地不起！」「你要倒……也別在我這裡倒！」阿公大聲說，「去倒在我的番薯田裡吧！傻子落的屎一樣肥！」「你為什麼一直說我弟傻呢？」

蘇軟欄說，「他做的……都是為了『民豬大義』不是？」「我從不對老師大小聲……」阿公說，「但傻事終究是傻事！傻事，不可能硬被拗成是有智慧的事！你讓日本人落屎，他們就會讓你落血！你讓日本人落血，他們就會將你的厝燒光光！我講真的——這就是土匪一定會做的！我作過土匪……還會不明白嗎？」

「就在那時候，禮拜堂裡響起了陣陣歡唱聲。」蘇軟欄寫到，「歌頌啞唆，讓那頭的門窗顯得透亮，聽來就像是小孩子過年似的！「一群真正聰明的人！」阿公說，「日本人不會反對人去信啞唆的！相信我！」「我……就快倒下啦……」蘇根煌的聲音像呻吟，「信啞唆……可以讓我馬上不肚子痛嗎？待待會……我怕會連腸子都落落出來！」「能！肯定能！」阿公說，「那裡聽說有阿凸仔的特效藥！至少……那會沖水的馬桶也比我這兒的臭屎坑乾淨得多！」「真真的嗎？」蘇根煌似乎想確認什麼，「信啞唆的人，可以同時又又拜祖師公嗎？可可以這樣嗎？」「等你腹痛止了，再來傷這腦筋吧？傻子！」阿公說，轉身面對蘇軟欄，「快扶你這傻阿弟去對面求帖藥吧！我看——這樣的傻子……最好就一直待在那裡！別離開！」

第三章　漢奸的眼淚

「像土地公坑溪上游如此幽深的谷地，真沒幾個人能看得透徹！」蘇軟欄寫到，「那看來怒氣沖沖的激湍在『末站』以上，將兩側山壁深掘出落差達數百尺的危崖！開戰前某個午後，我隨陳有善從橫溪庄銜命而來，預計到內山陣地向蘇根銓面報三角湧東線備戰的狀況。」兩騎徐行在迂迴又峰巒夾峙的深谷之中，人和馬投射出的陰影顯得時而濃厚時而稀疏。那已落在西側山後的日頭，將山巔鑲上了金色的邊飾，谷底的山路呈現明暗分明的景象。「分野中峰變，陰晴眾壑殊！」蘇軟欄對陳有善說，「走到這兒，不禁愈發欽佩唐朝大詩人王維的才情了！只可惜啊……咱沒能有他老人家那份閒情逸致——欲投人處宿，隔水問樵夫！」「嗯……再說吧？等咱先滅了倭寇，再來學作詩人、隱士不遲！」陳有善說，眺望著遠處霧氣漸增的山頭，「眼下，咱既已聯繫了橫溪的蘇詣、蘇慶、林成祖各營，便叫那東、西兩路的防線整個齊整了！光是這點……我相信就會讓『六角銓』樂得跳起身來！」

「那也是……真好！只要他不發脾氣，就會讓我少挨些罵！」蘇軟欄放鬆了馬韁說，「我從小就莫名地怕我這堂哥……也不知是八字相沖了什麼？」「咳！誤會！誤會！」陳有善說，「其實……你阿兄最心軟了，對部下更是好得沒話說！」他露出一抹暖暖的笑意望著蘇軟欄，說：「真的——作六角銓的部屬……是件很幸福的事！」「前頭……便是白匏湖山了吧？」蘇軟欄換了話題，「嚄！真美！」他深吸了一口迎面而來的山嵐，說：「這氣味……是茶香吧？這兒的茶農也真行，短短幾年便將茶園闢得滿山滿谷的！」「現在已開闢到娘子坑啦！」陳有善說，「這裡的茶好，連日本人都很喜歡！聽說近年來茶價一直是水漲船高……」「嗯——這附近的茶園，看來都顧得不錯……」蘇軟欄應著，在一片齊整的茶園前停了下來。就在那時候，他注意到兩個人影從不遠處的紅磚厝走出來，看來是住這裡的茶農人家過來招呼客人了。「羅厝的人！」陳有善低聲說，「哼——鬼精的一家人！待會，不管他們講什麼五四三的……咱聽聽就好！」

「兩個漢子一前一後走上前來，」蘇軟欄寫到，「看來都不似勞作茶工的模樣。」「是陳從（陳有善的小名）老弟來了！我羅金來……竭誠歡迎！歡迎！」走在前頭的老者趨前拱手，玄色的短褂看來頗有幾分員外的貴氣。「我兒阿富！見過吧？」他隨即指著身後年輕俊秀的漢子說，「阿富！快過來見過兩位大人！是官人……都是官人！」那斯文的年輕人躬身點頭，一張完璧似的臉龐與老者如同一個模子而出！「咱……真要和日本人開戰了嗎？」茶員外皺起眉頭問，「怎都不多商量商量？」「這我不好講……」陳有善應道，「倭寇來犯……咱總不能就放炮歡迎吧？是嗎？」「就這般抗日？恐怕太輕率了吧？我瞭解日本……都去過那裡好幾回了！」茶員外說，歪斜著脖頸看了蘇軟欄一眼，「咦！這紳士挺面善的嘛？」他瞇起雙眼打量著蘇軟欄，拱了拱手說：「幸會！來寒舍泡茶吧？」「這位是六角銓的堂弟！新任的抗倭敵前傳令官！」陳有善說，將「官」字加大了音量。「泡茶，就免了！」他說，「大戰在即，已是箭在弦上……現在忙軍務都來不及了呢！」

「唉……那是徒勞——一堆粗漢衝動行事，將這山區踩踏得亂七八糟……能解決什麼問題嗎？六角銓年紀輕輕……遇上這緊要的事情，的確是需要人提醒一下的！我啊……正打算明天午後前去和他談談……你看這安排……方便嗎？」茶員外急問陳有善，脖頸上鼓脹出幾條青筋來。「隨你便吧！反正六角銓的脾氣……你是知道的……我能做的——就是先替你通報一下！」陳有善邊說邊調轉馬頭，朝蘇軟欄眨了眨眼，似乎是在示意他——該繼續趕路了！

「『漢奸——羅金來』是陳有善總結的評語。」蘇軟欄寫到，「彼時，他和他胯下的那匹靈駒，似乎都明顯給激起了些慍怒！」「大家一心抗倭……偏偏就是有人盡唱反調！」陳有善邊走邊罵，「沒人瞧得起的傢伙！不殺他幾個來明刑弼教……何以鼓舞民心士氣呢？」蘇軟欄沒見過陳有善如此惱怒過，直覺那羅金來肯定不是什麼等閒之輩。「哼！真聽不慣那軟中帶刺的海口腔！」陳有善說，「阿欄！你猜得出羅金來那傢伙是哪裡人嗎？」「轉音花溜！不像咱安溪腔那般實樸！」蘇軟欄說，「是泉州……惠安一帶的人吧？」「正是！正是！」陳有善睜大了眼說，「惠安生意人很厲害——多是些吃銅吃鐵的角色！聽說，羅金來那傢伙……連日文、阿凸仔話也能朗朗上口呢！據說，他曾經為了做生意，就在日本高喊『天皇萬歲』……喊得比日本人還大聲呢！咳！你在大稻埕……想必也見識過這類人物吧？」「見是見過……只覺得人各有志嘛——咱泉州人誰不愛做生意？生意人……不求利求啥？」蘇軟欄故作輕鬆狀，壓低了嗓音說：「白隆發曾對我提過一個叫『辜顯榮』的年輕人……誇讚他是個冒險家——看時機的眼力像利刃！」「哼！你這話……待會可千萬別在根銓大哥面前講！」陳有善鼻孔噴著氣說，「當心……他會立刻氣得揍你一拳！」

「兩騎朝分水崙的方向走了一段路，在娘子坑前轉向東北方的一條上坡道。」蘇軟欄寫到，「那是條隱蔽曲折的山徑，由娘子坑口再往前半里，便可見到山崙上人影晃動和一面突出於樹巔的大紅旗。」「那裡，就是白匏湖山了！」陳有善指著前頭的山崙說，「那山，有種說不出來的美……讓我常有種好似回到家裡的感覺！這話，根銓大哥也常講……和我真是感覺到一塊去了！我要是能一直待在那裡……

感覺其實也還真不錯！」「站住！口令？」前頭突然有喝令聲響起來，路旁草叢邊隱約可見兩個端槍的身影浮現。「殺漢奸！倭寇死了了！」陳有善大聲回應，同時平展雙臂擋到了蘇軟欄身前。「一個不留！吃肉啃骨！」哨兵揮手答令，「歡迎！歡迎！」蘇軟欄隨陳有善下馬步行，前行數百尺後便看見蘇根銓在大營門前朝兩人揮手招呼。「哈哈……總算到家了！真等死我啦！」蘇根銓展開雙臂說，隨即一個箭步上前和陳有善行了個豪邁的擊拳禮。「嗯……你也來了。」他冷冷地看了蘇軟欄一眼，便和陳有善撞著肩頭往前行去了。蘇軟欄跟在兩座魁梧的身軀後沉默地走著，突然間竟覺得心頭一陣莫名的酸楚——真想知道白其祥那夜在半邊井旁到底跟統領說了什麼？他行到一排看似臨時搭起的草寮前，不由地擔心那樣的營房或許連夜裡強一點的山風都可能抵擋不住！「瞭望台就在營房上頭！方便！」蘇根銓對陳有善說，揚起粗如樹根般的胳臂指著山頭，「現在靠我手上這玩意兒，整個山谷的動靜就盡在我眼裡了！嘿嘿……」他得意洋洋地將手上的單筒望遠鏡橫在陳有善面前，咧著嘴笑個不停。「你那是支……洋玩意兒！」陳有善用北京腔說，「聽說日軍那玩意兒多了去了！」「哈哈……那就來個大眼瞪小眼吧？誰怕誰呢？」蘇根銓放聲大笑，「真是那樣，到時肯定多搶它幾支來！」

「指揮所是最大的一間草寮。」蘇軟欄寫到，「兩個赤足的守衛立在門柱邊，見了來人就直呼：『大哥好！』」「這指揮所，位置居中，摺人方便！」蘇根銓說，「臨時搭建的……旁邊那草棚就當『灶腳』用！若倭寇攻來這兒……索性就放火燒了它們！」「喔！對了！阿欄已參軍了……在鄭老師麾下任敵前傳令官呢！」陳有善說，朝蘇軟欄眨著眼豎起了大拇指。「是喔！那好！那好……」蘇根銓說，側目看了堂弟一眼，「那……煌仔那個寶貝，現在可有啥長進？」「有啦！早有啦！他近來發明了會讓日軍落屎不止的祕密武器！哈哈……」陳有善壓低了嗓音說，「聽說……那肯定是不輸刀槍的利器！」「搞什麼鬼？」蘇根銓不以為然地罵起來，「煌仔那走經的……怎就從沒正常過？」三個人依序跨進了草寮，圍坐在一張烏心石木製的圓桌旁。蘇軟欄見蘇根銓看來心情不錯，揉了揉自已有些痠疼的腰桿，總算鬆了一口氣。陳有善喝過了蘇根銓親手斟滿的大碗茶，便開始向他報告東線備戰的情勢；同時間蘇軟欄也面呈了鄭金榜的密函。蘇根銓大咧咧地拆閱密函，喜形於色地頻頻點頭，大聲說：「阿弟們！今晚有心情喝酒吃肉了！我這兒的野味鮮……就來個『山珍席面』如何？哈哈……」

「其實，蘇根銓早就先備好了席面！」蘇軟欄寫到，「大哥是條熱血漢子，從不吝惜款待身邊的人。」「吃吧！吃吧！大口吃肉，大碗喝酒！」蘇根銓展開雙臂說，「不先吃飽，怎有體力殺倭寇？哈哈……」他喝起酒來如猛虎飲泉，連乾三大碗色容絲毫不變！「噫噓……」他沉吟地仰天長嘆一聲，抿了抿嘴說：「說來也趣味——昨夜，我竟夢到大啖倭寇肉呢！吃肉、啃骨……好不痛快！但……那種『白豬肉』偏鹹，就是沒咱的黑毛豬肉香！」「我想——倭寇作夢也料想不到……咱的先鋒主力竟埋伏在這荒山野地裡！」陳有善大口嚼著山豬腿肉說，不時望向屋外那愈來愈濃的山嵐氣。「你說——羅金來那廝明天午後要來……這確定了嗎？」蘇根銓問陳有善，隨手將一根白鼻心的後腿骨扔出了門去。「那正好！」他大聲說，「明天上頭幾個大人剛好也要來這裡視察……就看我怎麼當眾修理那俗辣吧！」

「大哥！就先說他兩句吧？別和那傢伙一般見識……不值！」陳有善說，「雖說人各有志……但那羅金來若真棄民族大義於不顧……我也不會饒他的！大哥您……不值得跟他一般見識！」「是啊！」蘇根銓嘆了一口氣說，「只要那傢伙不先惹我就好！」

「山裡的夜色說來就來，伸手不見五指的黑暗，著實令人驚心！」蘇軟欄寫到，「一個守衛進屋點上了三盞油燈，孩子氣的一雙眼睛不時盯著桌上的酒食看。」「看啥？菜尾，你的！丟不了的！」蘇根銓帶著幾分酒意說，在跳動的燈光下伏桌以食指蘸酒畫起地圖來。「咱三角湧這邊……沒問題的！至於大嵙崁那邊……」他說，「統領江國輝、副統呂建邦、營總簡玉和……我聯絡是聯絡了，但見他們信誓旦旦發毒誓……心裡還是有些不踏實！畢竟漳州人心眼深，說是會死守……天曉得會是個怎樣的守法？無論如何，咱一定得鎖住分水崙一線！呃……」「圍堵得好啊！」陳有善說，「我相信他們是說真的……除非倭寇先進了大嵙崁！」「哼！他們還有什麼除非不除非的顧念呢？」蘇根銓激動地嗆起聲來，

「我，都撇下家人不顧了！他們還要怎樣？嗚……」那是蘇軟欄第一回聽堂哥啜泣，直覺那如陣陣山風似的低吼聲摻合著濃重想家的情緒！「為何？為何？」蘇根銓突然仰望著屋頂大喊起來，「為何近日連酒也不能助我成眠了？就這麼連續好幾夜了——我特別想我那三個乖女兒、想我查某人王氏……嗚嗚……」他似乎執拗著不肯拭去眼角已滿溢出的淚水，雖也是不算陌生的神情，卻讓蘇軟欄頓時心如刀割！「我真納悶……這回將來的大殺仗……會是個什麼樣的光景呢？」蘇根銓用濃重的鼻音問。「就和一般的械鬥差不多吧？」陳有善說，搓了搓一雙厚實的手掌，「大哥，想那麼多幹嘛？殺仗就是殺仗嘛……」「可我聽說——那倭寇的『村田式連發火槍』真是要命……一次掃過便是數十條人命哪！那槍子比咱的鳥槍彈至少大三倍……」蘇根銓說，「一旦被那種槍彈給射到……不是當場沒命，就是斷手斷腳的！」他咬著牙根，身子微微顫抖起來，突然間放聲吼道：「釘孤枝吧？倭老大！有種就操同樣的傢伙，直接跟我『六角銓』來拚輸贏如何？哈哈……那我就是戰死……也爽快、甘願一點！嗚嗚……」

「那頓晚飯，吃得是五味雜陳！」蘇軟欄寫到，「大哥醉臥在靠牆的寬板凳上，依舊圓睜著雙眼說個不停。」陳有善輕聲說：「大哥，歇一會吧？我和阿欄一旁站崗……肯定讓您今晚作個好夢！」「有時候，我倒是希望自己能像煌仔那樣過日子……輕鬆一點，誰不想呢？」蘇根銓說著突然立起了身來，激動地伸手抓住了陳有善的手臂。「你得答應我！答應我！阿弟……」他哀求似地說，「時候到了……記得朝我心臟補上一槍啊！我可不想斷手斷腳的拖累別人……那也……太不痛快啦！嗚嗚……好夢？我……現現在還能有什麼好夢呢？盼著倭寇早點和我釘孤枝……能有什麼好夢嗎？」那時，蘇軟欄刻意將視線移向草寮門外，見到的是如墨色般深沉的夜色，迎著陣陣寒氣感覺那光照的咫尺之外已然都被鬼魅佔據了！蘇根銓頹然地又躺下身來了，闔上雙眼的那張方臉令蘇軟欄想起了粒姊。思念中那種帶著體香的擁抱依稀浮動在心頭，蘇軟欄再一次吃力地在心中拼湊那早已模糊不清的回憶。「阿欄！莫非你也……難以成眠了？咳……」陳有善輕聲說，嘴角露出一抹淺淺的笑意。他倚坐在蘇根銓的「床板」邊仰頭噓氣，說：「罷了……我也來歇一會吧?不囉嗦擾你的相思了!」

「次日清晨,蘇根銓沒等曙光完全跨進草寮內,就跳起身來衝出了屋外,隨即大步往山頭直奔而去!」蘇軟欄寫到,「我和陳有善跟在他身後疾走,行過一段崎嶇難行的石階路之後,便來到了位在山頂的瞭望台上。」「瞧著等著……」蘇根銓自語著,用手上的單筒望遠鏡朝山下來回掃視了好幾遍,「就等吧!大多時候……不都是這麼度過的嗎?」谷底的雲霧漸次攀升,羅金來的茶園顯得愈發清晰可見了。陳有善挨近蘇根銓身邊,若有所思地盯著西面娘子坑的方向看,說:「大哥!大嵙崁方面,真的靠得住嗎?都說是兩千兵馬傾力相助……可信嗎?」「哈哈……安啦!安啦!」蘇根銓笑得直白,「人都是好面子的……他江國輝江統領還要不要在江湖混呢?好漢親口答應人的……還能怎麼著呢?你也是親眼見過的——他以前率眾和生番拼戰時,可是從沒退卻過的!」「勇敢?這我信!」陳有善說,「但那娘子坑險地圍缺一角……還是不得不防啊!大哥注意到了嗎?那坑子,東、西、北面有山脊屏蔽,獨留南面一個缺口!而那條通往大嵙崁的山徑,又恰好從羅金來的茶園旁經過……懂我意思？」「哼！又是那『羅狗』！」蘇根銓罵起來，用力揮了揮手上的長管望遠鏡，「那個俗辣要是真敢當漢奸……我就先劈了他！」陳有善皺起眉頭看了蘇根銓一眼，欲言又止地抿住了嘴。

「從谷底緩緩升起的霧氣已過了山腰的位置，將羅家的茶圃全籠罩在其下一片白茫茫的霧氣之中。」蘇軟欄寫到，「蘇根銓仍氣得來回跺步，渾身就像棵隨時將傾倒的大樹般起伏晃動！」「大哥這般活法……可真沉重啊！」蘇軟欄想起根銓大哥自小在家族中所承受的一切，突然間覺得「煌仔」那小子好命得令人髮指！「煌仔他腹瀉……不知好點了嗎？」蘇根銓突然停下腳步問蘇軟欄，旋即一屁股癱坐在一塊大青石上，「我若頂不了……你們就得替我頂住！知道嗎？」「嗯……放心吧！大哥！」陳有善說，挺直了身子指著娘子坑的方向，「看——往南的那條山徑，一定得跨越烏塗窟黃家的地盤……那黃家能允准倭寇通過嗎？嘿嘿……」「是啊！我怎差點忘了？」蘇根銓從青石上跳起身，「黃鏡源阿叔是條漢子……是猛將中的猛將！」「你們或許不知……我聽老兄弟們提過——」他握起了沙包大的拳頭說，「他們黃家，可不是現在才猛的！幾十年前，那敢拚敢衝、威震艋舺的『龍頭』——黃龍安，正是他們的先人！」「喔！那是！那是！」陳有善叫起來，「怪不得每回見了黃鏡源那雙眼睛……就像給利刃捅了一刀似的！」

「三人一回到指揮所，蘇根銓便去張羅草棚下那口大鼎裡的滾湯。」蘇軟欄寫到，「『咱這種大鼎真好用！』他說，『就靠這，弟兄們便可整天熱食不斷！』」蘇根銓使長柄杓的動作挺熟練，空下的手還能將一堆葷素食材一一扔進滾燙的湯汁裡去。「嗯——真香！」陳有善說，「這是道地的『什錦煮』！叫我牽手、後生也來學著弄……我喜歡！」「那有什麼難呢？」蘇根銓哈哈大笑，「我欣羨你——娶某大姊，勝過坐金交椅！你啊……真該和弟妹傅氏多生幾個才對！咱既然決心要和日本人幹到底……不多生些吃糧的怎麼行呢？」陳有善苦笑著調頭走開，烏黑的髮辮上滿是如白霜似的水蒸氣。一列赤腳的兵伕手持大陶碗立在棚子外，個個舔著快滴落的口水眼巴巴地盯著蘇根銓看。「為何恁吃飯就手腳特別快呢？」蘇根銓板起臉說，「恁一頓吃過一頓，事頭有在做嗎？幹！一個個散形散形的！」「冤枉冤枉——咱一早『虎賁籬』都圍了三圈啦！」兵佚們齊聲說，「不然敢來這裡討皮痛嗎？」「那還差不多！哼……」蘇根銓用鼻音偷笑了兩聲，「待會我會去檢查——如果那籬笆能鑽得過一隻田鼠的話，就罰你們全部三天不准吃飯！」「是！遵命！老大！嘻嘻……」眾兵佚齊聲應諾，擠眉弄眼地舔著唇角。「陳從！你去那頭多搬些米粉來下鍋……」蘇根銓對陳有善說，指了指門邊靠牆而立的肖楠木菜櫥。「我們已經等得肚子咕咕叫了！那湯裡已經煮熟的……就讓我們先吃點吧？」一個孩子兵哀求似地說，立刻引來眾兵佚一陣狂笑。「吃！吃！就知道吃！」蘇根銓說，「你這囝仔，是專工來吃夠本的嗎？」兵佚們個個笑得站不住腳了，但可都牢牢緊抓著手上的大碗公不放！

「那早，蘇根銓特別為大夥碗裡多加了幾塊醃豬肉！」蘇軟欄寫到，「我莫名地開始有些喜歡這個『親哥哥』了！」「阿欄！我跟你講……」蘇根銓說，「別再像個娘們似的！幹點痛快的……阿兄我才歡喜！打仗也沒什麼……放輕鬆一點就好！」他一屁股坐到乾柴堆上，悠閒地盯著天上的白雲看。「吃飽了，又想作個好夢了！」陳有善望著天空發愣，「在這場戰事之後，我想去『中莊』……隨我岳父學醫去！」他輕聲說，就像正在向白匏湖山的山神起誓似的。「咳……誰沒夢想呢？」蘇根銓噓了一口氣說，「倭寇未滅……就只能等等嘍！我的夢想……和打打殺殺都不相干！我的夢想……其實只是作個廚師！就像現在這樣——看人吃得爽快……總比聽他哀哀叫有意思不是？」他停頓了一下，語帶哽咽地細聲說：「這事，可別告我爸去！其實打小……我就只羨慕鄰居那個總舖師！誰知道呢？阿欄！你知道嗎？說真的……」蘇軟欄無言以對，「我真沒注意到那些……罪過啊！」他想，突然間竟有了種心如刀割的感覺。陳有善詫異地轉頭看蘇根銓，臉色因浮雲而暗沉了些，「『養人』是大功德！」他說，「誰說不是呢？」「咳——講是這麼講的……」蘇根銓靦腆地笑了，「功德大未必面子大……恐怕才是多數人的想法吧？」他笑得微微喘起氣來，壓低了嗓音像在說悄悄話：「將來，或可用個假名開間客棧吧？就選在這白匏湖山，專賣此地的山產野味如何？當然，想吃這醃豬肉什錦米粉湯的話……也是有的！哈……這就是我一心想的夢想了！可笑吧？但真能如願的話……就是叫我一直待在這山區裡……也心甘情願！嗯……」他嘆了一口氣說。

「午後未時過半，蘇力、蘇俊和鄭金榜快馬疾行而來。」蘇軟欄寫到，「隨行在後的兵伕三十餘人，所攜糧草補給看來頗豐厚。」「阿爸！不用再增補啦！」蘇根銓說，搔著頭朝蘇力、蘇俊咧嘴笑，「這陣子，光我們自己獵到的野味……就幾乎吃不完啦！」「爸爸疼兒子，天經地義！」蘇俊說，一搖一擺地走到草棚下舀了勺熱湯就口；「讚！就愛這味！」他說，「想死我了——這六角銓煮的米粉湯！花大錢買……我也甘願！」蘇力上下打量著蘇根銓，半晌才開口說：「阿銓！你看來是……消瘦了些！」蘇根銓領眾官長進了指揮所，依序在圓桌周圍坐下身來。蘇軟欄坐在圓桌外圍靠角落的板凳上，感覺心頭冷冷的彷彿已結出了霜來。蘇力側目看了蘇軟欄一眼，便開口數落蘇根銓：「你這麼高大的人……怎不將指揮所建得寬闊一些呢？」蘇軟欄腦中浮現東家白其祥的身影，想起了過去遠在大稻埕時所受的禮遇。「分水崙包圍戰，得圍得密不漏透才行！」鄭金榜說，「要領是——死守防線，違令者斬！」「對！鄭老師講得好啊！」蘇俊豎起大拇指轉頭向蘇根銓致意，

「阿銓！你這裡的封鎖線……有把握嗎？」「當然有！」蘇根銓大聲說，「倭寇休想越我雷池一步！官長們儘管堵死倭寇的後路便行！」「氣魄！氣魄！哈哈……」蘇力放聲大笑，「生子當如『六角銓』啊！若能多幾個像這樣的兒子……我現在就輕鬆多多啦！」蘇軟欄感覺雙頰瞬間發熱起來，摁著板凳的雙手竟不聽使喚地抖個不停。他突然間恍然大悟——自己在這家中永遠只是根杵在角落的柱子罷了！他能做的便是反覆搓著板凳的毛邊，憂鬱莫名地問自己：「那個夜晚，東家對統領提出的『井邊三策』……到底說的是什麼呢？」

「蘇根銓拎著大龍壺斟茶，將隻隻茶碗都滿溢出茶湯來。」蘇軟欄寫到，「那被茶湯濡濕了的桌面，浮現出明暗相間的紋路，看起來堅緻油亮宛如玉石一般。」「這是烏心石！」鄭金榜邊喝茶邊盯著桌面看，「真是好木材啊！如此整塊大料……現在去哪找啊？」他說，用手指頭輕划過桌面，反覆數回仍意猶未盡。「聯三（鄭金榜字號）！」蘇力說，伸手拍了拍鄭金榜的胳膊，「這一年……也真辛苦你啦！弟妹仙逝已週年，後事……都辦妥當了吧？那福昌姪，現託誰照顧著呢？」

「嗯……都安置啦！安置好了！多謝大哥惦記！」鄭金榜說，「我兒福昌現由乳母陳氏照顧著……託您的福，也算是一切安好！那囝仔今年雖才滿四歲……這晌竟也吵著要隨我殺倭寇去呢！咳……我能講什麼呢？這年頭……孩子都不像孩子了！不是嗎？我是想讓那小子將來作個老老實實的木材商就行……別讓倭寇們盡把咱臺灣的好木材都便宜搶了去！」他說著低頭苦笑起來，合起手掌拭去了低落桌面的幾滴淚水。「咳……老師！想這麼多幹嘛？說不定你兒將來還不願作木材商呢？」蘇根銓說，搖著手掌朝鄭金榜咧嘴笑起來。「不得無禮……阿銓！子承父志，自古而然嘛！」蘇力說。「嘿嘿……」蘇俊揚起雙眉笑起來，「那也簡單——若兒子違抗不聽令，就直說——『違令者斬』吧？如何？哈哈……」

「羅金來父子抵達白匏湖山營地時，著實激起了裡裡外外一陣騷動！」蘇軟欄寫到，「感覺一開始就是有些不對勁——這難道不是早安排好的到訪嗎？」「報——有……鄰近『士紳』來訪！」報馬仔突然在指揮所門外吶喊起來，口氣就像在跟人吵架似的。「大人們都在這裡……你哭夭這麼大聲幹嘛？」蘇根銓跳起身來朝門外嗆聲，隨即便氣怫怫地直接往門外衝了過去。「沒見過這臭屁的人……真想修理他！幹……」報馬仔大聲說，發出宛如哮喘般的聲調。「這傢伙……果真來了！統以為有兩仙錢，就可囂擺當老大了！」蘇根銓說，「你去跟他講——禮品免了！統統攜回自用或扔棄山溝……悉聽尊便！那些跟屁的隨從雜役……給我乖乖在營外候著！領羅金來和他龜兒子徒步來這裡說話——有話快說，有屁快放！記得——不准他們東張西望，也不准問東問西……懂嗎？」「是！遵命！」報馬仔大聲應諾，旋即壓低了嗓音喃喃自語——「忍住！忍住！先不要打他們……先不要打人……」

「漢奸自來請罪，被打也是剛好！」蘇根銓怒氣沖沖地說，一折回屋裡便拱手向蘇力稟報：「羅金來——那渾蛋漢奸，果然來了！」

「那日，羅金來看來頗為氣定神閒——手上搖著一把蘇州摺扇，敲著拍子一路邁八字步而來……」蘇軟欄寫到，「蘇根銓等在指揮所內，來回跺步著……一張臉就像顆火紅的砲彈似的！」羅金來身穿暗花絲綢褂衫，頭戴簇新緞子瓜皮帽、腳蹬玄色絨布鞋，腦勺後那短得不能再短的小辮子隨步晃盪，的確頗有幾分老員外的派頭！「嘿！來得巧啊！巧啊！」他說（帶著裝腔作勢的北京花腔），一跨進門檻便招搖出一隻細皮嫩手來，「阿富！阿富！快！快來見過統領大人、各位官長們……幸會！真是幸會啊！」「歡迎！歡迎！金來兄……我早想先登門就教啦！」蘇力起身招呼，「看座！看座！沏上好茶來……」「別！別！」羅金來躬身致意，「蘇老現在是官職在身，但有何吩咐差遣的……小民奔走不辭！奔走不辭啊……」他拱手作揖推辭再三，才顫巍巍地在圓桌旁緩緩坐下身來。「都講──『知己知彼，百戰百勝！』」蘇俊開口說，「早聽說羅員外對倭國知之甚詳……眼下既然大戰在即，可有啥克敵良策指教呢？」「指教是不敢當，但肺腑之言倒是有的！」羅金來應道，抿了抿嘴低頭啜飲了一口茶湯。「這是碧螺春……去年冬天的碧螺春！嗯……」他搖頭輕嘆了一聲，「小的今日原是特備了上好的春茶來的……沒想到剛才那那……管門的莽夫硬是不准讓人攜入……也不懂這是礙著什麼規矩了？都是自家鄉親嘛！」「這是軍規！」蘇根銓大聲說，「咱抗倭義軍，秋毫無犯！一介不取！就這規矩！懂嗎？」「不！不得無禮！不得無禮！」蘇力說，搖著手朝蘇根銓眨了眨眼。「無礙！無礙！」羅金來以扇擊掌說，「死生事大，面子事小！面子事小啊……」「那你……到底是有什麼大事相告？就……直說了吧！」蘇根銓再嗆，雙拳插在腰際瞪大了眼睛。

羅金來用雙手提了提馬褂的下擺，倚著孔雀椅的椅背緩緩翹起了二郎腿來。他先是歪著脖頸環視了竹篾編成的泥巴牆，然後嘴角微微上揚地露出了一抹似有若無的笑意。蘇力對門而坐，左側依序坐著蘇俊、鄭金榜和陳有善；他特別要蘇根銓坐到他身後靠牆的寬板凳上，並且幾度以手勢示意兒子最好安坐莫起。「像這種泥巴牆……擋得住砲彈嘛？」羅金來說著，用食指指示兒子在靠近他的板凳坐下來，「剛才我在外圍見到的防禦工事……也都只是這麼弄的！這……怎麼行呢？」「不這麼弄，又該怎麼弄呢？咱這裡就產竹嘛！」蘇俊反問，一雙三角眉緊繃得宛如鐵絲一般。「嘻嘻……」羅金來乾笑起來，停頓了一下，說：「其實也沒差——那大清北洋的鐵甲船不都照樣給日軍的砲彈轟出了窟窿……統統沉落黃海浪底涼快去了不是？」「你不用廢話這麼多……」蘇根銓突然大聲說，同時以拳頭重擊了板凳一下，「你……若真敢吃裡扒外搞亂子……就先看看我的鐵拳饒不饒你？」「坐下！坐下！阿銓……」蘇力說，立起身來摁著兒子的肩膀，「你也先聽聽阿叔的高見吧？大家多參詳參詳……總是好的！」

「一直到那時候，羅金來看來還是頗為自信和輕鬆。」蘇軟欄寫到，「他先是皮笑肉不笑似地咧嘴環視了眾人，隨後竟然就轉向這頭盯著我看了。」「我……也算是個見過世面的人，對吧？」羅金來說，「相信我——我這趟到訪……完全是出於一番好意！我聽說稍早那大稻埕的隆發頭也來過……真想冒昧地請教傳令大人一句——他老人家的高見，又是怎麼個說法呢？」蘇軟欄直覺自己頓時成了眾人目光的焦點，於是他決定用一種近乎抗議的口吻來應答：「羅員外說這，也實在是……廢話！這還用說嗎？隆發頭他老人家一向深明大義，所以他的意思簡單明瞭——『抗倭……好極了！血戰！好極了！眼下，就這路可走了！咱全體臺民，人人寧願戰死而失臺，絕不甘拱手而讓臺！』他老人家可說得是憤慨極了——我炎黃子孫，有誰願去作亡國奴呢？」蘇軟欄注意到羅金來近乎發噱的神情，突然感覺眾人那爽快的大笑聲聽來竟有些沉重起來。「咳……人啊，總是會老的！莫非那白其祥……已有些老番癲啦？」羅金來笑咧咧地說，「也行！也行！他怎麼說都行！但我總覺得眼下這『抗日』備戰……根本就不是咱小老百姓該做的生意！因為，既然朝廷都議和了……咱就沒有不從的道理對不？繼續死戰……完全就是進退失據、沒必要的莽撞之舉嘛！」「護鄉禦侮，怎說是沒必要呢？」鄭金榜突然挺直了腰桿說，「生意！生意？姓羅的……你你心裡還有個民族大義嗎？」「好說！好說！」羅金來抖了抖簇新的絨布鞋說，「這『義』字，說的是正道！什麼叫『大義』呢？叫那些赤腳的鄉愚白白去送命……算是大義嗎？算嗎？」「鄭老師是問你抗倭為何沒必要？金來！你別東拉西扯走閃……說個理來服人嘛！哼！」蘇俊板著臉說。「嗯哎！是擺俊啊……總算有個聰明又講理的人開口啦！」羅金來諂媚地說，「論理——那日本人又沒說要殺咱……咱又為何要先去殺他們呢？這有理嗎？白其祥來三角湧到底說了什麼？我不知道！但他老人家真正的意思……一定只有『求生』兩個字！不可能還有別的！我認識他老人家不是一年兩年的事了！」他說著竟向蘇軟欄緩緩舉起了茶碗，「賢弟！我敬你……」他笑著說，「你是個老實人！難得的……俊傑之士啊！」

「那時，鄭金榜、蘇俊看來是有些氣了！」蘇軟欄寫到，「他們不再正眼瞧羅金來一眼，都緊緊抿上了嘴轉身望著蘇力。」「日本人不殺我們……是有條件的！」蘇力仰望著從屋頂垂落的蜘蛛網說，「聽話的走狗……他們才不殺！不是嗎？請問——這裡有人願意作走狗嗎？」「不！死也不願意！」眾人幾乎是齊聲回答，有人還拉出了高八度的岔音。「嘿嘿……不聽話的狗，誰不殺呢？」羅金來冷笑著說，「咱若不聽大清朝廷的話，豈不一樣掉——腦——袋！」眾官長皆帶著怒氣無言以對良久，之後竟又漸漸聚焦到蘇軟欄顫巍巍的身上來。「我……這……你……」蘇軟欄結結巴巴地說，感覺發熱的雙頰已腫大如豬皮似的，「恁娘的——你們這些忠肝義膽的頭人……簡直是把我當成豬八戒的孫子了！」他當下在心裡破口大罵起來，腦袋裡竟浮現出蘇根煌腹瀉不止的狼狽模樣。「沒錯！為朝廷掉腦袋就是『忠』！為抗倭落屎就是『義』！」他突然大聲說，「為忠義而死，咱們心甘情願！爽啦！」「哈哈……」羅金來笑得幾乎是要熱淚盈眶了，「我我聽說……除了『老番癲』，現在還出現一種叫叫『早發型老番癲』的毛病！哈哈……呃！」他笑得當場岔了氣！

「蘇力直挺挺地盯著羅金來看，但在那當下並沒要大發脾氣的樣子，這說來是有點出乎意料了！」蘇軟欄寫到，「他看來似乎有些躊躇……但也並沒有明顯的情緒起伏。」「羅員外！潤潤喉吧？」蘇力起身替羅金來斟茶，「咱都有年歲了……要多保重啊！」「是啊！是啊！」羅金來雙手接來了茶碗，收斂起笑容低頭啜了口茶湯，說：「大人！眼前這仗……真是不能打的！『慷慨赴死』……那可不是咱生意人的路啊！」「夫復何言？夫復何言？」鄭金榜突然仰頭長嘆：「唉……有些人或許將文天祥的『正氣歌』當個屁看吧？」他瞇起一雙細眼瞪著羅金來說，「咱若只看利益而全不講綱倫，那豈不都……真成了『狗』了嗎？」「問題是——是誰叫我們作『狗』的呢？」羅金來平靜地說，「咱臺灣作過自己的主子嗎？真能自己作主嗎？不能！不能！不能！從古到今，這……從來就不曾改變過！」「恁娘的！無理！無理！無理！」蘇根銓暴跳如雷，「姓羅的！做臺灣人……有你講的這衰小嗎？」他握起了拳頭說，「咱只要敢和倭寇拚一場，就是自己作主的開始！誰說不能？誰說不能？」「好！好！」羅金來說，抿嘴點了點頭，「你說！你說！能怎麼個拚戰法呢？拚個同歸於盡嗎？這就算自己作主了嗎？」

「我警覺到——指揮所裡的氣氛，是愈來愈緊張了！」蘇軟欄寫到，「眾官長都憋著氣等人給個說法，就是統領本人看來似乎已是無言了！」羅金來微笑著環視圓桌周圍，獨獨避開了蘇根銓佇立的一角。蘇軟欄不時盯著蘇根銓緊握的拳頭看，一時間真不知還能將視線安頓到哪裡去？「兵者，國之大事！那……絕不是小老百姓管得了的！誰若是白目勉強插手……那肯定只會倒大楣！歷史中這樣的教訓……多得數不清！」羅金來似乎終於打算說出他的結論了，「在眼下這兵荒馬亂的時局中，咱小老百姓，只能求個安生日子……如此而已！」「去死吧！你這無父、無君的傢伙！」蘇根銓掄起了拳頭怒吼，作勢立刻就要直衝羅金來而去。但，他依然只是渾身僵硬地立在原地，隨之用一種哀求似的口吻問蘇力：「統……統領！現現在……可以開戰了嗎？」「不可以！」蘇力大聲說，橫出一臂攔在蘇根銓的胳臂之前。「那時，蘇根銓扭曲起來的一張臉，就像立刻要哭出聲來似的！」蘇軟欄寫到，「真令人揪心的一幕啊——作個部屬，難！作個長子……更難！」他突然間有種想哭的感覺，不忍再面對眼前如此不知所措的蘇根銓，以及那似乎已全然無解的對話！

「羅金來仍一派輕鬆地咧嘴微笑著，似乎完全沒注意到他身後的兒子已然繃緊了身軀。」蘇軟欄寫到，「那羅阿富移坐到了板凳前緣的三分之一處，就像隨時要跳起身來似的！」「大公子……言重了！」羅金來啜了口已然有些退熱的茶湯說，「咱臺灣人一向就是自求生活，並不是靠朝廷供養活命的！何苦父呀君呀掛在嘴皮上叨唸呢？不造反搗亂——那才是王道！」眾官長不約而同地瞪大了眼睛，有人嘴角還發出了嘶嘶的噴氣聲。鄭金榜突然朝羅金來拱了拱手，大聲說：「照員外的意思……咱臺民豈不天生就是無君無父的孤兒了嗎？事實上，在讀書人心中自有一股凜然氣節……誰人無父？誰人無君呢？你……你的書唸到背上去了嗎？」「我說的是實情——咱臺灣人本來就是孤兒！」羅金來板起了臉說，「不僅是孤兒……簡直就是棄兒！咱眼前的境況……不正是如此嗎？」他說著停頓了一下，揮著手上的摺扇仰望那從屋頂垂落的蜘蛛絲，說：「隨風搖曳，順勢而為！才是我們的生存之道……」

「那個午後，感覺山裡的日頭是提早偏斜了！」蘇軟欄寫到，「人們在驟然昏暗下來的茅屋裡面面相覷，等待的似乎已不僅僅是說理了！這是殺伐的前奏曲嗎？羅金來看來已在眾人的心頭打上了死結，或許在蘇根銓揮拳撲向他之前……仍渾然不覺挨打已是眾鄉親期盼多於迴避的結局了！」蘇力側身擋在兒子的身軀之前，令人不解地緊抿著嘴——他是打定主意只作個聽人說話的人？抑或是早已在心裡盤算該如何修理羅金來這傢伙才對？「『隨風搖曳』是什麼意思？金來！你想作日本人嗎？」鄭金榜突然厲聲問，直挺挺地立起了身來。「老師！老師！您……安坐！安坐！」羅金來朝鄭金榜拱手哈腰，舉手投足極盡多禮之能事。「老師！作不作日本人……其實完全不是我想不想的問題！情勢使然爾！」他說，「咱能有什麼選擇呢？更遠的紅毛時代不說……咱祖先不也作過明鄭的人嗎？歷史上明寫的——時候到了，叫咱臺灣人作什麼人，咱就只能作什麼人，如此而已！這就是歷史教訓！這就是我說的『隨風搖曳』！」「好你個『隨風搖曳』！沒骨氣的傢伙——漢奸！漢奸！」蘇根銓暴跳叫罵，隔著父親的肩膀朝羅金來頻頻掄拳比劃。「咱……走吧？阿爸！」羅阿富低著頭說，幾乎是貼著父親的耳朵說話了，「該說的……您已……都說了！咱走吧？」羅金來伸出五根手指頭往身後搖晃了一下，仰天安坐之間似乎也並沒立刻調頭走人的意思。鄭金榜突然間伸手指著羅金來的鼻頭，說：「金來！你說的這歪理……是老老師教的嗎？」「鄭老師！我不過是老實人講老實話罷了——我講的……也只是簡簡單單的事實嘛！」羅金來慢條斯理地應著，「若真是老師講的話，我當然也聽囉……老師最大嘛？」「這……你說的？好！好！」鄭金榜猛點頭，隨即轉身盯著蘇軟欄看。

「我永遠記得那天鄭老師盯著我看的眼神……」蘇軟欄寫到，「記得……他過去從不曾那麼瞧人的——那雙帶著殺氣、直接逼視的眼睛，似乎明示著『違令者斬』，一切沒得商量！那時，我感覺彷彿是被一把匕首抵住了胸口，恍然大悟這戰爭的確是能讓人說變就變！」「阿欄！」蘇力說，「你也是老師，說說話吧……開導開導那些腦子不清楚的人，也是解惑之道嘛？」蘇軟欄感覺自己已立在懸崖邊緣了；「現在開始，只要走錯一步……」他提醒自己，「可能便要粉身碎骨了！」他不記得是否曾試圖用一種求饒的眼神回看伯父，因為滿腦子已盡是「違令者斬違令者斬」的怒吼聲。那時，蘇根銓的拳頭是愈握愈緊了，帶著幾近按捺不住的怒氣一次又一次逼近了羅金來的身軀！「姓羅的！你有屁快放，這就……快滾吧！」蘇根銓的吼聲聽來宛如地鳴，「在我打斷你的狗脊骨之前，快快縮起頭來……閃吧？」「咳！今日參詳……本也是好事一樁嘛！年輕人……又何必氣成那樣呢？」羅金來冷笑著說，「大公子！你可明白……自己是在氣什麼嗎？」「我氣……氣你沒骨氣！氣你這傢伙——竟自甘作賤……竟要去作條狗！」蘇根銓大聲說，「狗！狗！狗……」「唉……也罷！也罷！狗也罷？豬也罷？」羅金來搖著頭長嘆，「咱作『清國人』……又何嘗不像條狗呢？既然同樣要作狗，至少也選擇作個好命一點的狗嘛！不是嗎？」「嗚哇……」鄭金榜當下揮淚泣下，「這是人話嗎？我為你……羞愧呀！見笑啊！」他再用顫巍巍的手指著羅金來說，「你這是……數典忘祖啊！這是斯文淪喪、教育失敗……我等忝為人師，將有何面目再入太廟？有何面目再講夫子之道呢？」他喘著氣垂下了腦袋，說：「我已無言……阿阿欄，你就看著辦吧？」蘇軟欄注意到羅阿富悄悄移身到父親身旁，明顯已對蘇根銓擺出了防衛的姿態。於是，他乾笑了兩聲，說：「咳咳……人各有志！人各有志嘛！大家說的……也算是各有各的理嘛！」「你這話怎講？甘為走狗也有理嗎？」蘇力大聲說，先轉頭瞪了姪兒一眼，隨即便又撇過頭去看蘇俊。蘇俊抿著嘴笑而不答，依舊翹起那條瘸腿安坐微笑著。「老師！你也覺得我剛說的……有幾分理吧？」羅金來說，轉身朝蘇軟欄拱了拱手。「哼！反了！反了！阿欄！你說你說……」蘇根銓側身怒嗆，以手指當匕首朝蘇軟欄比劃起來，「直說了──你若也想當漢奸，瞧我這就先劈了你……信嗎？」「誤會！誤會！阿兄！」蘇軟欄勉強擠出一臉笑容說，「我不是那個意思……各任其能嘛──有人能打先鋒，有人只能作『餌敵營』嘛！今日若非員外多加指點……咱的『餌敵營』如何能扮得透徹呢？哈哈……」「你是在說——扮戲欺敵嗎？」羅金來一臉迷惑地望著蘇軟欄，「你是說——親日不抵抗，也算是扮好戲嗎？」他若有所思地拉了拉後腦勺的小辮子，隨即竟又咧嘴笑了起來，「咳……也對！也對？人生如戲嘛！咱做生意……不也似逢場作戲嗎？也對！也對！」「沒錯！」蘇軟欄說，「員外這身段……就合當『餌敵營』尖兵！如此人選……打著燈籠也難找啊！難得！難得呀！只要員外也肯出面應戰，就一定能讓倭寇全無戒心的了！」「嘿嘿……有意思！有意思！」蘇俊突然開口說，「怕就怕在——有人作狗作舒坦了……就假戲真做、欲罷不能啦！那就……不好應付囉？」他側目朝蘇軟欄眨了眨眼。「唉……」蘇軟欄長嘆一聲，「這戲啊，本來就有長、有短，但……終究也是有散戲下台的時候嘛！時候一到，看是要舒坦地活著或是痛快地戰死？那就……人各有志啦！」「老師說的……哈哈……」羅金來板起臉乾笑了幾聲，朝蘇軟欄又拱了拱手，說：「也對！也對！」「那時候，眾官長無不瞋目瞪視著羅金來……」蘇軟欄寫到，「我慶幸那般敵意的目光並沒聚焦到我身上來，只是一心亟待自己滿臉的赧色能儘快不露痕跡地褪去！」

「草寮外頭，天色漸漸陰濕、昏暗下來，看過去是已起了陣陣濛濛細雨了！」蘇軟欄寫到，「可那草寮裡的氣氛……又顯然並不是個適合留客暢飲的好夜晚！」蘇力先環視了眾人，然後挺直了腰桿緩緩立起身來，說：「我今日來此，是要向大家宣佈：咱抗倭的各路兵馬，已然部署妥當了！眼下，這一仗已是箭在弦上……有進無退了！」「那……金來兄不是該速洽『餌敵營』報到接任務了嗎？哈哈……」蘇俊說，朝羅金來冷冷地拱了拱手。「前月二十二，臺北城挺鬧熱的——那倭酋『樺山資紀』率眾長驅直入，就那麼輕易地進了臺北城！」他說，「聽說，那日的天色和今日頗有幾分相似——原本好端端的天氣……忽然間就下起了濛濛細雨來！也算是……天地同悲了吧？」「是啊……這是國仇家恨了！」鄭金榜說，「聽說就在那三日後……倭寇們還忝不知恥地廣邀中外人等，辦了個狗屁不通的『始政式』！這簡直就是……明目張膽的盜匪行徑！眼下，咱所有炎黃子孫唯有奮起抗戰……寧可人人戰死而失臺，絕不能拱手屈膝而讓臺！」「說得好！說得好！寧可犧牲……不作順民！不作順民！」蘇軟欄大聲說，突然注意到堂兄一雙瞪大的眼睛就像立刻要噴出火焰來似的。

「記得那段沉默幾乎持續了一刻鐘！」蘇軟欄寫到，「所以，接下來蘇俊的發言不僅顯得突兀，簡直就像霹靂驟響似的！」「且慢上燈吧！」蘇俊說，伸手制止了過來點燈的衛兵，「就暗點吧！也許昏暗一點……更能辨忠奸吧？」「嗯……殺敵報國，更待何時？」蘇力搓著雙掌說，躊躇地緩緩坐下身來，「倭寇進逼三角湧，肯定就在這兩天了！我得到的最新情報——倭寇親王所率領的近衛師團，已由滬尾兵分三路南下了！這消息，是熟識英國茶商的探子捎來的……準錯不了！」「真的？那日軍……真要來了！」羅金來興奮地說，幾乎是瞬間翹起屁股坐不穩了。「安啦！我敢跟各位保證——日本軍隊是絕不會……濫殺無辜的！這我多少是有信心的……」他噘起了鼻頭仰望屋頂，「那日本……現在已是個文明的國家，一切都是照規矩來行事的！咱要應付那樣的官府……就只能用文明的手段才是！只有那樣……才是真正對咱有利的！記住——大家千萬別輕舉妄動……那就好辦了！」

「放屁！姓羅的狗……你你……去死一死比較快！」蘇根銓看來已是怒不可遏，「別忘了──咱可是清國人啊！你……還認你的祖宗嗎？」「咳……清國？清國！清國是哪國？」羅金來揚起嘴角反問，「是泉州幫？漳州幫？還是上海幫？至於北京的那些韃子權貴……又幾時把咱視作同一國了？作了這麼多年的『清國奴』……你當自己就真算個『主』了嗎？」「羅金來已走上一條顫巍巍的鋼索上了。」蘇軟欄如此寫到，「他或許仍渾然不覺──現場不只是蘇根銓一個人，早已緊緊握起了拳頭來了。」蘇根銓在父親身後氣喘噓噓的，因為他一定得強忍著等一下……至少也得等父親先將該講的一次說完。「金來！咱多少都是唸過一點聖賢書的……不是嗎？眼下這處境……你怎就……沒一絲悲痛想哭的感慨呢？」蘇力話說得像飲泣，「家國沉淪至此……金來你……就不曾為此悲憤流淚過嗎？」「不！我從不為一廂情願、糊里糊塗的事……流下丁點淚水！」羅金來平靜地說，隨即以食指蘸茶水在暗暗的桌面寫下了「漢字」兩個工整、帶著些許反光的方塊字，「其實……對咱們漢人而言，日本人是比滿、蒙族還容易親近的！咱若用漢字和日本人溝通，大致上是沒有問題的！但若說起滿、蒙語文，就是咱們之間作老師的……又有幾個人真能懂呢？所以……嗯！日本人來了……只不過是更大的生機來了！沒什麼大不了的！怎算是什麼生死存亡的大災難嘛？」

「那日，山中的日頭似乎沉落得特別快……」蘇軟欄寫到，「酉時，屋內、屋外感覺已是昏暗一片了！我記得——蘇根銓終於在黑暗中撲向了羅金來，朦朧的身影宛如疾風中傾倒的巨木，瞬間便掃過了眾人面前！」「漢奸！別以為靠山要來，就可以先囂張了？」蘇根銓怒吼著，看來並未再受到任何攔阻了！「你說的……夠了！煩了！」他說，「抗倭，就得先修理你這狗漢奸！」羅金來以雙臂護頭，疾呼：「統領！統領！您不是在檄示上說——『挾仇尋釁立誅流紅』嗎？快管管吧！就算我不為此流淚求饒……您怎能撒手不管呢？」「嗯……」蘇力揚了揚右手掌，說：「我只管我看得清楚的事……將在外，君命有所不受嘛！這話，你明白嗎？眼前這黑燈瞎火……我只看得清我茶碗裡清清白白的碧螺春！」

「那個黃昏，蘇根銓揮出的重拳……至少超過百斤以上吧？」蘇軟欄寫到，

「歷史的轉折點經常就在於——那不該發生的事，終究還是發生了！」就在蘇根銓出手的剎那間，羅阿富突然一個箭步飛撲向前去，用他那完璧似的一張臉替父親擋住了那記重拳！然後，一個斯文的軀體，就在他父親面前、在眾目睽睽之下，啪的一聲倒了下來。「哇唷！」羅金來發出一聲淒厲的叫聲，直像見鬼了似的；他那原本自信挺立的身軀，旋即便撲倒在兒子已噴出鮮血的身子上去了。當草寮裡的油燈終於被點亮之後，羅金來抱著兒子的身影仍不停顫抖嗚咽著，扭曲的兩頰看去已沾了不少點點濺散的血漬。「嗚……阿阿富！阿富……嗚……」他的哭聲因淚水源源湧出而停滯不連貫，就像是從舌頭和齒縫間磨擦而出似的。「夠了！見紅就收吧！」蘇力冷冷地說，伸出手臂示意蘇根銓莫再繼續攻擊了。「阿銓，聽令！」他說，「立刻……回座去吧！」陳有善因岳父為儒醫而略諳醫術，當下便由他令人取來止血草藥替羅阿富敷理傷口。「鼻樑斷了！」他冷淡地說，似乎並不想多看那傷口一眼，「這口子不小……就像多開了一眼似的！」「能癒合嗎？能嗎？」羅金來咬了咬下唇問，脖頸上兩條青筋依稀可見。「看來是……沒傷到面骨！任何皮肉傷口……敷上膏藥，都會慢慢癒合的！快睜大眼來吧？」陳有善說，低頭看了看羅阿富那已微微睜開的雙眼，「需要時間！回家好好休養去吧！這沒什麼……按時敷藥，便是！」

「羅金來渾身癱軟地望著兒子被扛上擔架，得靠兩個人硬攙著才勉強跨出了草寮。」蘇軟欄寫到，「他始終緊抿著兩片薄唇不語，但從顫巍巍的兩側嘴角不時發出『嘶嘶』的喘氣聲。」羅家的家丁數人迎在濛濛細雨中，高舉著火把怒目瞪視著眼前的景象。廣場四周，火光與黑影交織糾纏；草寮前蘇力和眾官長默然站立，但其間並不見蘇根銓高大的身影。就在羅家家丁正準備搬動擔架時，羅金來突然發出一串淒厲的叫聲。「等一下！」他大聲說，渾身僵硬地在擔架旁緊緊握著兒子的手，「我要看清楚一點！清楚一點！永遠給我記住……今天發生的事！」他說著深深垂下頭來，幾乎就像要貼上兒子那張明顯已非完璧的臉龐，端詳再三之後……突然間仰天哭喊起來：「這樣……便能抗日了嗎？我兒好好的一張臉……誰能復原？誰能？嗚嗚……」

「那是我這輩子唯一一次眼見羅金來當眾哭泣！在往後漫長的歲月裡，據說不曾有人再見他那般痛哭流淚過！」蘇軟欄寫到，「據我所知——就在那場戰事之後，羅金來發達了；之後不僅常去日本，也頻繁往來於唐山和臺灣之間。他仍然只是個一心做生意的人，不再和任何人談論什麼個人觀感的問題，充其量只是偶而會提醒身邊熟識的夥伴，說：『千萬……別小看了日本人哪！』當然，日本人在臺灣當權了之後，他家的境況的確是紅火得可以了——一般平頭小民想見他或是他那永遠沉默少言的寶貝兒子……談何容易！」

第四章　可愛的順民

「在日本人牢實地掌控三角湧之前，若有人敢預言——劉扁獅這大菸鬼就將走出鴻運來……鬼才信！」蘇軟欄寫到，「以下是我親眼所見，以及在戰後多年陸續得知的事情。我得承認——這些紀錄，寫的是有些凌亂、混淆，而且多少也參雜了我個人的揣摩在內。我只能說——對戰爭的回憶，本就是件難事；更遑論其他那些不堪到令人難以啟齒、或是太過激情紛擾的面貌了！」

「光緒二十一年（歲次乙未，西元一八九五年）閏五月二十日（陽曆七月十二日）薄暮時分，日軍兵分水、陸兩路，長驅直入地進了位於臺北府城西南二十三公里處依山傍河的三角湧地界。」蘇軟欄寫到，「從兩天前抗倭義民營的誓師大會開始，文案兼『餌敵營』管帶鄭金榜就四處奔走，幾乎是興奮得坐立難安了。統領蘇力下令宰殺一條豬公祭旗，並不接受原先有人建議的誅殺羅金來以明志！「這是對外抗戰，不是庄頭械鬥！」他說，「咱只殺倭寇，不殺自己人！」「雖然大家都同仇敵愾氣不過，就暫時好好憋在心裡吧？別露出破綻，別壞了餌敵大計！」鄭金榜一再耳提面命部屬，但似乎仍對某些特別激動的鄉親並沒有信心。然而，就在那節骨眼上，一個讓他更沒信心、向來惡名昭彰的鴉片鬼劉扁獅，竟主動向他請纓來了！「我可任通譯！」他說，「我以前在大稻埕的酒樓、菸館和日本商社的人交際過！『泥轟狗（日本語）』，一點問題都沒！」

「日軍的運糧船隊由劫來的十八艘紅船組成，上頭滿載共約數百包的白米和數十桶的梅乾。」蘇軟欄寫到，「那些拉伕來的臺灣人船工，原本是在滬尾、大稻埕河上欺壓商旅的爺們，如今在日軍長長的刺刀下都順從得像龜孫子似的！看他們個個擠出一臉比哭還難看的笑容，顯然跟了日本人主子並不是件挺愉快的事！據義軍的情報顯示：那船隊一路溯大嵙崁溪而上，與大河兩岸向南疾行的大隊兵馬並行而進。事實上，蘇力早已注意到了這肥羊似的標的，從船隊夜泊興直堡海山口開始，就下令探子將它牢牢盯住了！」閏五月二十薄暮，這支日軍所謂的「水上監護隊」浮現三角湧河面，隨即在晚風中秩序井然地逐條靠上祖師廟前的碼頭。稍早，蘇軟欄已在鳶山山頂見識了前來的大隊日軍步兵，概略估算其總兵力應該至少有九百員以上。日軍的各式機砲和輜重跟隨在隊伍後頭，行在鳶山腳和隆恩河之間發出令人驚心的轔轔車聲。這黃昏，因日軍的「利箭」眼看已直指三角湧街而來，感覺那原本和暖的晚風竟透出了絲絲隆冬般的寒意。蘇軟欄在鳶山山頂瞭望台向分統陳小埤面呈了鄭金榜的密函，見陳小埤時而點頭時而搖頭面色顯得十分凝重。他先是喃喃自語了幾句，隨後便遙指著日軍的隊伍說：「此乃雄師也！這仗看來……並不好打啊！我大清為何就不見如此儼然的部隊呢？我之前隨劉撫臺（劉銘傳）開山撫番多年，感覺似乎就是不曾見過這樣的部隊？」「二哥！咱沒在怕！我來應付吧！」陳小埤身旁一個眼露兇光的漢子開口說，「三角湧是咱的地盤！就是摸黑幹起來，咱也肯定佔上風！」「嗯……」陳小埤仰天噓氣，「都講我三弟『小惡』是『惡鬼』

……要是靠惡鬼便能打勝仗，那就好嘍！」蘇軟欄感覺那陳小惡的眼神就像猛獸要吃人一般，才看上一眼便覺得寒氣逼人！「三角湧陳家『紅旗軍』……果然個個是虎將！」他說，刻意又朝陳小埤身後的一面大紅旗誇張地行了個抱拳禮。陳小埤等日軍隊伍完全行過之後，才長長噓了一口氣，若有所思地說：「嗯……和這樣的部隊作戰，可能的話……千萬別輕易開第一槍！」

「『三角湧各界恭迎大日本軍入境安民』，斗大的字在巨幅紅布條上隨風招搖。」蘇軟欄寫到，「這兩天前就高掛三角湧街頭的佈置，是劉扁獅個人堅持下完成的傑作，著實令許多鄉親咬牙切齒地咒罵了整整兩天了！他還要人排出長長的迎接人龍，要從街口一直排到祖師廟埕前的河岸才行！」「人人必須手持『紅蛋旗』！」劉扁獅大聲吩咐著，「在路邊擺上清香供品也可以！家家門前都要掛上新『國旗』！知道嗎？違令者，定斬不赦！」他宛如下達軍令似的，還挨家挨戶提醒：「沒有『紅蛋旗』的人家，就馬上給我自己畫一面！這個很簡單！日本國旗是全世界最容易畫的旗子！要是連這麼簡單的旗子都不會畫，就乾脆直接被日本兵抓去槍斃，去死一死比較快！」「恁娘的！你自己先去死吧！大菸鬼！」眾鄉親忍不住當場回嗆，「我們連清國的旗子都搞不清楚……誰知道日本旗子是鴨蛋還是鵝蛋？」許多鄉親顯然對劉扁獅這號「幹部」頗不服氣，有人甚至直接去向鄭金榜表達了抗議！

「劉扁獅，男，四十出頭？三角湧自甘墮落的典型，是『序大人』教訓子孫必定提起的孬型！」蘇軟欄寫到，「因為他常在三角湧『橫溪』一帶偷拐誆騙作惡，『溪北』、『溪南』的劉姓族人早就對他憤慨有加，巴不得這不肖子孫趕快自己去投河了斷才是！然而，據說他原本也曾是個很能讀書的童子，甚至曾在家族厚望下被送到艋舺的書院去唸書過。不料，他不但書沒讀好，竟然還染上了鴉片癮；三十出頭時便將他那一房分得的家產敗了個精光！於是，近十多年來，劉扁獅便漸漸成了如今這副『顧人怨』的模樣，成了三角湧所有親族人人走避的瘟神！這三角湧劉姓一族，向來便是地方上有頭有臉的望族，論勢力也絕不在『林、陳、蘇、王』等大姓之下！三角湧拜豬公的傳統，有句話說──『劉頭王尾』，就可見這姓族人長久以來在此地受人尊崇的地位。當然，四十出頭的劉扁獅，已不被任何一房劉家人所接納了；罵他的族長們，將他墮落的原因統統推給了『後天因素』，甚至質疑那艋舺書院裡的老師誤人子弟，教學生抽鴉片菸是件風雅又有益健康的事！』」

「我早就見過劉扁獅幾回，雖素無往來，但對他那機靈的眼神還頗有些印象！」蘇軟欄寫到，「感覺他是個有自己想法的人，即使是在眾人嗤笑、鄙視之下，依然顯得自在深沉！日本人來到三角湧的那個黃昏，感覺時間是過得特別漫長，眼看那日頭硬巴著鳶山脊背，就是久久沒有墜落的意思！」蘇軟欄奉了鄭金榜的密令趕到祖師廟前廣場，正好聽見劉扁獅帶頭對日軍高喊「萬歲、萬歲，伊拉下馬西、伊拉下馬西」！那時，他看見人手一支「紅蛋旗」揮舞著——那「紅蛋」有的畫得像鵝蛋、有的像鴨蛋、有的像顆鵪鶉蛋，他感受到一身襤褸挨近他的鄭金榜正強忍著惱怒，渾身微微顫抖著。「那時，日軍運糧船隊在歡呼聲中已攏上了碼頭，面對的是船舷邊許多嘴笑眼笑等著幫忙下貨的本地力伕。」蘇軟欄寫到，「鄭金榜看來並不高興，牙縫間噴著氣說：『哼！哼！幹伊娘的！這些狗奴才也真假仙！好像是要給我假戲真做起來似的！』的確，我也覺得那天的歡迎場面是有點太『熱烈』了一點，感覺就是在辦喜事——人人歡欣鼓舞的喜事！」「排隊！排隊！巴嘎野鹿！」劉扁獅對鄉民吆喝著，一轉向日本軍又立刻將一顆腦袋幾乎低垂到了腰際！「一褲子（幾個）？」他用日語恭敬地請示那個昂首站立在第一艘紅船上蓄著八字鬍的日軍曹長（胸前名牌所示），還並用雙手地頻頻比劃出搬米的動作。「這鬼……到底在講啥溲？」人群中有力伕如此問道，「一褲子？是要讓倭寇落屎落得一褲子嗎？」眾人笑得更自然了，有人還當場學著說：「一褲子？一褲子？」「哇嘎！哇嘎……」八字鬍曹長（坊城大隊特務曹長——櫻井茂夫）揚起下巴應著，不屑似地瞇起一雙細得不能再細的眼睛，頻頻點起頭來。

「記得——那日三角湧的碼頭被打掃得格外潔淨！」蘇軟欄寫到，「力伕們很主動地從船上搬下了三十七包白米和幾桶梅乾，遵令將它們都齊整地擱置在岸邊，然後跪求曹長大人一一再清點了一次！」「咳！咳！無料！無料！伊拉下馬西！」劉扁獅始終像在招呼貴賓似的，在每一回躬身展臂之間，嘴縫幾乎都要開裂到耳垂邊去了！「哇嘎！哇嘎！」八字鬍曹長摁著腰際的武士刀大聲說，然後像踏著馬靴走高蹺似的，當眾放了個號角似的響屁。「這是個好兆頭！」鄭金榜說，「倭寇的腸胃看來並不怎麼好……蓋頭鰻，不知死活！等著瞧吧！」鄭老師溜轉著眼珠朝前頭的人群望去，罵起粗話的他感覺比朗誦古文時機靈得多！就在那時候，蘇軟欄注意到阿青也來了，見他那矮小的身軀不時踮起腳尖朝米糧的方向瞧去。「阿青！阿青來了！」蘇軟欄挨近鄭金榜的耳邊說，「老師……有譜！有譜啦！看——阿青都來了……那阿煌的妙計有譜了不是？」鄭金榜盯著白米包微微點頭，輕聲說：「看來倭寇是沒打算久留的！才卸下一小部分口糧……」

「日軍陸上大隊較船隊稍晚抵達。」蘇軟欄寫到，「大隊人馬行過三角湧街口，夸達夸達的巨響當場就驚哭了幾個原本安睡在母親揹巾裡的嬰兒！」「巴嘎野鹿！」劉扁獅拍著手掌罵起來，示意眾人速速如他那般屈身跪下身來。「蠻代！蠻代！」他高舉雙臂作膜拜狀，還不時擺頭側目，盯梢他人的動作是否做得真誠確實。「幹！這種高頭大馬，比牛還有肉……一匹至少可吃上個把月吧？」人群中有人說。「臭屁！臭屁！」有人趴在地上搖著頭應聲，「恁娘的——自以為是天將天兵下凡了嗎？」「我對馬隊後頭的大隊步兵也印象深刻！」蘇軟欄寫到，「整齊劃一、昂首闊步，宛如一艘艘艨艟破浪而來！他們個個頭戴白色盤型帽、身著藍色呢外套、腳蹬黑色長馬靴，肩頭槍尖上的長刺刀著實令人膽戰心驚！我不敢去想像這種部隊作戰殺人的模樣，心頭不禁起了一陣哎呀嗚的悲嘆——和這種部隊比起來，咱的義勇軍……簡直就是『乞食兵』啦！」

「日軍的大隊長看來斯文，沒見他大聲嚷嚷，對迎接的群眾偶而還會優雅地頷首點頭。」蘇軟欄寫到，「我感覺心頭的仇恨並沒被這樣的『敵軍』惹火起來，真受不了的反而是那一張張急著當漢奸的嘴臉……」「你們這裡的匪徒……如今在嘎？」日軍的隨軍通譯「賴桑」大聲質問劉扁獅，從唇齒間硬生生地磨出了一句帶著日本腔的中國話。「歸順！早就……統統歸順了！」劉扁獅說，指了指「媽祖店」前的一堆「破銅爛鐵」，「報告大人——繳械所得：鳥槍十支、掃刀十五把、長矛斧頭鐵扒菜刀……合計數十！」「優兮！」賴桑大聲說，立刻躬身回報了日軍大隊長（多年後蘇軟欄才知道他就是坊城後章少佐）。大隊長露出淺淺的笑意側目瞧了一眼，揚了揚手似乎在示意不必細看！「統統扔下河去吧？」賴桑又大聲說，還準確地將一陣唾沫子濺灑到劉扁獅的臉孔上。「快！快！快遵命照辦！」劉扁獅一連巴了幾顆腦袋，對跪在周圍的鄉親吼道：「快將那些破銅爛鐵統統扔下河去吧！快！還等？等著領賞嗎？」

「日軍在當日酉時末就完成了宿營部署。」蘇軟欄寫到，「這，也多虧了許多『可愛的順民』很主動的協助，一切看來就真像是『簞食壺漿』恭迎王師似的！」蘇軟欄注意到祖師廟前搭起了辦桌用的大帳棚，瞧見根煌正在那棚架下忙著使喚人，看他那勁頭儼然如辦喜宴一般！他扛起一包白米走上前去，挨近了根煌輕聲說：「老大！您的落屎……何時止住啦？」「別鬧！」堂弟精神地甩了甩手說，隨即又調頭嚷嚷起來：「快！快！皇軍吃飯不能等的，多等一秒就要人掉腦袋！懂嗎？大鼎、小鼎緊備好，大小湯鍋……快給我上火！上火！」廚工們都「乒乒乓乓」地忙得不可開交，其中又屬根煌一人渾身上下看來是最帶勁！「瞧那總鋪師！」劉扁獅向賴桑邀功，「大日本皇軍……今晚有口福啦！孝敬新主子嘛……應該！應該！」「優兮！優兮！」賴桑嘛起鼻頭頻頻點頭說，似乎早已忘了自己是中國人了。他背著雙臂往前跨出了好似走高蹺的一步，突然伸出食指點了點蘇根煌，大聲問：「這總鋪的……為什麼會這麼瘦？」「報告大人——他人老實，從不偷吃！」劉扁獅答道，同時朝賴桑行了個日本軍禮。「妙答！妙答！」蘇軟欄當下暗自叫好，「嘿！嘿！這劉扁獅……的確是個人才哪！多虧鄭老師好眼光！」「哇——人才們……都來了嘛！」蘇軟欄忽然間心頭一震，「這廚工隊裡頭，該來的都來囉——花衫村婦、瞽叟阿伯、老鴇蔡婆、阿青……都來啦！眾將官……來——囉！」他樂得在心裡唱起「歌仔戲」來，同時朝堂弟暗暗豎起大拇指比劃了一下。「排隊！排隊！檢查！檢查！」賴桑突然吆喝起來，「大家給我聽好了——日本人最要求的事，不是『排隊』就是『檢查』！都給我牢牢記住！」「怪哩？你這老查某……為什麼給我腰繫兩條褲帶？」他皺起眉頭指著花衫村婦的腰間質問。「我我……只會煮飯！只會煮飯！歹勢啦……」花衫村婦托著腮幫子說，「而且，我這這兩天……剛剛好身子不乾淨！真的！」「好啦！好啦！你……會煮飯就行！就行！」賴桑揚了揚手說，「像你這年歲的大美人，身子乾不乾淨已經不重要了！記得把手洗乾淨一點就好！」「報告！」老鴇蔡婆突然挺身而出大聲說，「報告大人——今日，偶的身子倒是很乾淨的！要辦眠床上的事……很方便！真的很方便！而且，偶向來只穿薄裙一條，連一條褲帶也沒繫！」賴桑斜眼看了蔡婆一眼，搓了搓鼻頭說：「哎……你，也該考慮退休了吧？能退就快退，免得惹人笑了不是？」原本正立正聽訓的眾鄉親瞬間爆出了笑聲，許多人甚至摀著自己的肚子站都站不住腳了！蔡婆先是發出聽來很壓抑的「嗯嗯」笑聲，旋即突然間發飆似地嗆道：「笑？笑啥溲？眠床上是看功夫，不是看年紀！懂嗎？」「呦呦呦……笑得上火了嗎？講正經的——一切愛衛生！乾乾淨淨，最重要！」賴桑說，「恁愛瞭解——日本人愛乾淨……是出了名的！」

「我趁著那陣混亂再挨近了蘇根煌身邊，說：『嗨！總舖師大人！落屎飯丸都備妥了嗎？』」蘇軟欄寫到，「『噓！』堂弟噘起嘴唇，『不想落屎，就別靠太近！』那時蘇根煌少見地緊繃著一張臉，說起話來像在鬧脾氣似的！」「你這任務，事關重大啊……」蘇軟欄說，用手肘輕頂了堂弟一下，「老實講——驚也不驚？」「驚啥？」蘇根煌說，用手肘在暗處回敬了堂哥一下，然後加大了音量說：「我現在信啞唆……我驚啥？連媳婦都快娶了，我驚啥？這是祈禱的力量……懂嗎？」「喔——轟斗？」賴桑睜大了眼說，「原來總舖師是信啞唆的！那……我就放心了！」他說著轉身朝劉扁獅揚了揚手，大聲說：「安全檢查，通過了！」「劉頭人！不瞞你講……」他隨即又是一陣嘀咕，「本來那個坊城大隊長……根本就不相信各位！因為，日前日軍的騎兵斥候小隊（近衛師團坂井聯隊的田中中尉所率），才在三角湧之前的擺接堡一帶遭遇了伏擊！那事嚴重……聽說是出了人命了！我現在才明白過來——原來那都是一些不信啞唆的匪徒搞的鬼！人信了啞唆，當然就溫順得多了嘛！不是嗎？」「是嗯啊！是嗯啊！」劉扁獅用一種鼻子過敏似的聲音說，「臺灣人應該統統去信啞唆才對！抗什麼日嘛？」

「夜幕低垂戌時將近時，日軍已完成了三角湧街及周邊據點（祖師廟、玄天上帝宮、李家大厝等）的戒嚴部署了！」蘇軟欄寫到，「我親眼看到劉扁獅為此事四處奔走張羅，第一回感覺他辦起事來也是挺認真的！」「戒嚴！戒嚴！關門閉戶，在家靜候！」劉扁獅幾乎是挨家挨戶地大聲宣令，「入夜後，未經核准、未經傳喚，不得跨出家門半步！違令者，槍斃不赦！」「槍斃你的卵鳥！去死吧菸鬼！」鄉民們隔著自家門板大聲回嗆，「拜拜不行嗎？買藥不行嗎？買塩不行嗎？學你去捧日本人卵葩不行嗎？死菸鬼！給我們記住！」就在戒嚴令佈達前不久，日軍坊城大隊長迎著習習晚風勉強接受了「廚工大隊」的熱食慰勞；但他堅持要先落實的條件是——所有料理人員，必須在刺刀尖之前，用力洗手十次以上！

「事實上，那個黃昏，誰也沒閒著！」蘇軟欄寫到，「我在丑時之前已奉鄭金榜之令——緊盯劉扁師的一舉一動，並在日軍沿店街廊下設崗放哨之前，儘速押解劉某到鳶山北角覆命！不得有誤！」蘇軟欄親自對劉扁獅轉達上頭的指令，是在三角湧街外圍的一間茅廁門板前。那時，劉扁獅顯然正在門板後補充「鴉片癮」，長長的喘息聲透過門縫聽來格外溫柔。「劉扁獅聽令！」蘇軟欄壓低了嗓音說，感覺那鴉片菸似乎讓糞坑透出了些許甜味來，「丑時末，汝即隨我至鳶山北角山麓竹林覆命！違令即斬！」「嗯……太急了！急了！」劉扁獅喘著氣說，「屆時，那些『八字鬍』老鬼……恐怕還沒爽夠呢？我一旁伺候著……比比較妥當嘛！」蘇軟欄聽到鴉片菸管撞到門板的聲響，說：「喂！別『茫』去了，聽好嘍——寅時結束前，你反正一定得向鄭老師覆命便是！否則，之後你若沒大菸可抽……就別怪人對你無情喔！」蘇軟欄感覺這樣說話的口氣令自己嫌惡，不忍去多想劉扁獅那一身瘦骨在門板後慌亂哆嗦的模樣。

「我不知道戰爭是讓人更像自我還是變得不像原來的自己了？」蘇軟欄寫到，潦草的字體間似乎刻意留下了幾處嘆息似的空白，「我納悶的是——在這場戰事之後，『過日子』將會是怎樣的面貌呢？鄭老師還能在塾堂上授業解惑嗎？他該怎麼對孩子們解說『違令者斬』的意義呢？」蘇軟欄在夜色掩護下暫別了劉扁獅，獨自往鳶山巨大的黑影匆匆行去。他心裡盤算著緊接而來可能的處境，想著想著竟對那剛露出東方山脊的下弦月啞然失笑：「眼下這狀況……該算是吉兆還是凶兆呢？」「那條山徑從街外菜園邊的茅廁開始，沿鳶山山麓蜿蜒起伏往西北大嵙崁河河岸而去。」蘇軟欄寫到，「算是一條從店街通往『北角』竹林『陳家軍』大本營的捷徑吧！」蘇軟欄走過一段上坡路，在一處茅屋前停下了腳步。他藉著稀微的月光四下望去，瞧見一老一少兩個婦人正忙著將幾件鍋皿之類的器物搬上一輛拖板車去；她們身旁的番薯園看來是東禿一塊西禿一塊，感覺整片田地都已被踐踏得面目全非了！「恁好！」蘇軟欄主動上前招呼，「怎還沒歇睏呢？」「咱在等……月娘走到中天！」老婦人隨口應道，「阮阿孫大陣……哪敢休息？要是飼不飽伊們……半暝也會驚醒呦！」「嗯……」少婦點著頭長嘆，「現在不能種地了……將來吃屎都無！」她說著抬頭瞧了月娘一眼，「阮一定得在天亮前……去搶點好料的菜尾才行！你……不知祖師廟前今晚有辦桌嗎？」「原原來……是這樣啊！」蘇軟欄說，突然間覺得舌根好似打結了起來，「但千萬別吃……別吃那菜尾！知道嗎？嗯……」他張開五根手指頭猛搖，腦海裡卻轟然響起鄭金榜三令五申「洩密者斬」的軍令。他往前才走了兩步，就渾身僵硬地停下了腳步，回過身來拱手問道：「恁不是後菜園劉家嗎？老爺在嗎？阿兄在嗎？」老婦人長嘆了一口氣，搖著頭說：「講那沒用……都不在了！」「不在了？」蘇軟欄皺起眉頭再問，轉頭看了看那排閴黑的茅屋。「查甫人只顧面子拚輸贏……放一陣囝仔沒得吃！唉……無理嘛！無理嘛！」老婦人嘟囔著，順手又抓了一只陶甕到板車上，還不時踮起腳尖朝祖師廟的方向望去。「今晚，你們最好別去那裡！別去！別去！」蘇軟欄說，誇張地用手刀比了個抹脖子的動作，「聽說倭寇兵見人就咬，個個像餓鬼一般！別說是留菜尾……就是盤面的菜汁肯定都已被舔得精光了！」「那……我們就搶豬骨來熬湯！若還有些剩飯……那就更好啦！」老婦人說，伸長了脖頸盯著祖師廟的方向。「那就……更危險，更危險了！」蘇軟欄用食指敲著自己的腦袋說，「那倭寇兵個個頭殼直直，一看到有人來搶豬骨，就會以為是土匪搶劫，就會立刻開槍把人都打成了馬蜂窩！」「是安捏？」老婦人說，「那我們就乖乖在旁邊等，等他們去休息了，再來撿豬骨！魚骨、帶毛的豬皮嘛可以！」「你們要等他們去睡覺？那就真是……太危險，太危險啦！」蘇軟欄說，「你們不知道嗎？那倭寇兵一旦吃飽、喝足之後，就愛抓查某人來陪睡覺！聽說還經常會……排起長隊，輪流糟蹋人呢！真的！不騙你們！」「那……我們還是得去試試！」兩個婦人齊聲說，「只要阮的囝仔吃得飽……什麼我們都沒在怕！真的！」「這……」蘇軟欄彎身作揖，幾乎就要趴下身來了，「恁嘛給我拜託一下……拜託啦！拜託啦！今晚那裡的菜尾……囝仔是絕對不能吃的！吃了……一定會落屎不止的！」他還沒來得及把話說完，就驚覺一旁榕樹後跳出了一個人影來。那漢子緊盯著蘇軟欄，冷冷地說：「傳令官！鄭管帶叫我來接你……速走！」蘇軟欄當下認出那漢子是個哨長，記起不久前在鄭金榜身邊見過這號人物。於是，他板起臉來應道：「自己人……幹嘛藏藏躲躲的？」那哨長沒應他，逕自走到老婦人身前遞上了幾塊碎銀，說：「媽祖店的鄭老師有令——今晚任何人不准撿菜尾！違令者，斬！若是恁厝的囝仔真不夠吃……就去『劉厝埔』找陳家軍討吧！」「我們不是乞丐！」老婦人一手推開了碎銀說，調過頭去望著車上的空器皿，「我們就是餓死，也不會去求陳家……我們就是被他們趕出『劉厝埔』的……」

「我對那哨長的確動了氣，直說：『你啊……藏得真好啊！到底跟蹤我多久了？』」蘇軟欄寫到，「記得我在那當下幾乎是氣得攔人不讓過了，還指手劃腳地就是一陣編排：『那上頭的爺們……若連我也信不過，又幹嘛叫人東奔西跑的呢？都自個兒抗倭去吧？這猜疑心……真令人寒心！寒心！』」「這……跟我嘮叨沒意思！我怎知呢？」哨長搔了搔脖頸說，「軍隊裡，下屬人不過就是奉命當差嘛！不是嗎？」「是啊！是啊！」蘇軟欄說，轉頭看那兩個有些不知所措的婦人，「都先歇息去吧！明早，我求那營裡的爺們送幾袋番薯簽來便是……聽到沒？搞清楚——現在是六親不認、義理全無的時候……就剩『違令者斬』這條道理啦！懂嗎？」蘇軟欄揚了揚手掌，下達了「違令者斬」的軍令；突然間，他察覺到四周似乎又多了好幾個鬼鬼祟祟的人影，於是便緊緊抿住了嘴不再繼續抱怨什麼了！

「我沉默著跟在那哨長身後走，見那已近中天的下弦月將人影照得愈發短小了！」蘇軟欄寫到，「先是行過一段崎嶇不平的上坡路，接著便見那山徑一路蜿蜒向下，不久就嗅到那北面大河飄來的水氣似乎是愈來愈濃重了！」蘇軟欄在一處向北突出的彎路邊駐足北望，忍不住驚嘆眼前那一大片閃爍的網狀河岸，映照在月光下簡直美得令人喘不過氣來！「阿欄！辛苦了！」陳有善熟悉的聲音突然在蘇軟欄身後響起來，矮壯的身軀旋即挨近了他身旁。蘇軟欄猛一回頭，驚見陳有善竟是一身黑忽忽的穿戴——頭上是烏頭巾壓眉，身著墨色束腰短褂，其下緊紮的綁腿透出了隨時準備投身殺伐的狠勁！「幫統大人！我……一點不辛苦！他才辛苦呢！」蘇軟欄指著哨長說，搖著頭撇開了視線。「報告大人！」哨長說，「人……帶到了！」「很好！」陳有善說，「時候看來也差不多了！你現在就去提劉扁獅來！」「是！遵命！」哨長大聲應諾，隨即轉身快跑而去。「就這麼急？」蘇軟欄問。「要……動手了！」陳有善說，「消息沒錯的話，日軍的運糧船隊在寅時末就要啟航了！咱快走吧？去陳小埤大營議事……」蘇軟欄立在原地不動，望著陳有善說：「為什麼派人監視我？若不信任我……就不必再給我任務了！」「別那麼想！阿欄哥！」陳有善說，「這可……千萬別怪鄭老師！他的安排……只是為了安全！你想想……若有人要對出任務的人不利，是不是也比較有個防備？」蘇軟欄沒再說什麼，伸出了攤開的右手示意陳有善先行。「阿兄！咱邊走邊聊！」陳有善說，堅持只肯與蘇軟欄並肩而行。「怪不得才二十又五的年紀，就當上幫統大人兼營務總管！」蘇軟欄心想，「欽佩！欽佩！」他說，「愚兄雖虛長幫統大人三歲……實在是……自認不如啊！」

陳有善在一個陡坡前停下了腳步，指著北面的河畔說：「看！月光下那片銀色的蛛網——隆恩河水域，什麼時辰看都美！這片如珠簾散置般的窪地，美得簡直就像飄浮在雲間的幻影似的！這令我常莫名地起了種預感——這樣的美景是長久不了的……或許不久後就將永遠從三角湧大地上消失也說不定？」「嗯……的確真美！」蘇軟欄說，輕撫著陳有善的胳膊，「不過，我也聽過另種說法——說那裡在多年後可能會成為三角湧全境最繁華的地方也說不定？」「或許吧……」陳有善若有所思地應著，「我……每回打從她身邊經過，忍不住就是想再多看一眼……彷彿深怕轉眼間這一切就再也見不到了！」那時候，蘇軟欄第一回見到陳有善的雙眼泛起了淚光，那向來堅定、單純的眼神……已然在昏暗中糊成了一片！

須臾後，兩人緩步走下了陡坡，側身走進了一片綿延似海的竹林中。蘇軟欄跟著陳有善轉來轉去，在竹林間又往西走了一段路。「阿欄！到了！前頭這些厝便是！」陳有善突然指著前頭幾棟連在一起的紅磚房說。「這是陳小埤的大營？你確定嗎？」蘇軟欄狐疑地問，直盯著眼前陌生的院落看，「怎和我上回來的地點不同嘛？」「這……說來話長！咳……」陳有善說，抬起頭來似乎在估摸下弦月此刻的位置，「記得……上回桃仔腳的林久遠也一道來嗎？就是這原故！陳家和林家以前械鬥過多次……懂我意思？」說話間，那屋前的竹叢後響起了低沈的喊聲：「站住！口令？」陳有善示意蘇軟欄停在原地，立刻高舉起雙手說：「清水自清！聽到請回答！」「濁水自濁！」竹叢後傳來答話，旋即閃出了兩條人影。「是幫統大人！」帶頭的哨兵說，「統領已在等您啦！」

蘇軟欄隨陳有善進了中央堂屋，屏息走過高掛神桌上方的「陳氏同堂」匾額之下。「怎……到陳家祠堂來了？」他心裡有些忐忑不安起來，隱約感到屋內已然充滿了一股肅殺之氣。兩人從檽窗屏風右側走過，來到一間長方形的大廳。那大廳約四丈長、兩丈寬，前頭正中置一張大方桌，兩側靠牆擺設了兩排太師椅和茶几。蘇力坐在方桌右側的官帽椅上，陳小埤倚著桌面坐在左側，蘇俊、鄭金榜、幾個外庄來的頭人依序列坐兩側太師椅上。陳小惡立在兄長陳小埤身後，不時鷹視狼顧似地四下張望著。當陳有善領著蘇軟欄趨前致意時，蘇力正開口問陳小埤：「林久為何沒來？」陳有善抿著嘴朝主桌拱了拱手，就眨眼示意蘇軟欄到下頭去坐下來。「六舅放心！都協調好了！今日上午，林久遠已派了石頭溪庄（今樹林之柑園一帶）的許氏兄弟過河來約議……」陳小埤說，同時在方桌上攤開了一張手繪地圖，「統領！咱部署的位置大約是如此……對岸的兵力，除林久遠、林井（林金井）的林家軍外，還有許丕欽兄弟所率領的許家軍，合計應有千餘眾無疑！」「號令誰發？」蘇力問。「這……」陳小埤遲疑地停頓了一下，隨即擠出了一臉笑意，說：「到時候……再看情形吧？」「那……誰開第一槍呢？」蘇俊盯著陳小埤問。「這……就隨機而動吧？三角湧和桃仔腳的戰士……哪邊的手抖得厲害，哪邊就先開第一槍吧！哈哈……」陳小埤乾笑了兩聲，旋即仰頭長噓了一口氣。眾人無言地面面相覷，最後視線都集中到了方桌的方向。「是啊！是啊！誰的手能不顫抖呢？」蘇力說，「我的這雙手……該是會顫抖得最厲害的吧？」他抿著嘴環視了眾人，然後仰頭沉吟了片刻，輕聲說：「我為何要這麼說呢？那是因為……這回是我蘇力親自帶頭的殺仗，又將要面對至少十倍於我的火力威脅！唉……犧牲在所難免啊！我寧願那第一個犧牲的，是咱三角湧在庄人……真的！至於別的庄頭若是有所傷亡，也希望是愈少愈好才是！」眾人緊抿著嘴挺直了腰桿，面面相覷在一片靜寂之中。

過了感覺極漫長的片刻，一個寬面、大耳的中年漢子突然起身說：「各位英雄！在下是烏塗窟的黃鏡源！抗倭是義舉，是大義凜然的千秋偉業！這是值得的！我烏塗窟義無反顧，支持蘇統領奮戰到底，絕無後言！而今而後，咱毋須再分彼此了！國之不存，何以家為？何以家為嘛？」「說得好！說得好！」鄭金榜立起身來撫掌叫好，「鏡源兄一介秀才，毀家紓難、投筆從戎，真……不負祖上英名啊！」「是啊！是啊！」眾人隨之鼓掌叫好，「烏塗窟黃家，是忠義傳家！忠義傳家啊！」「過譽！過譽！」黃鏡源搖了搖手說，「這……不過是讀書人的本份罷了！若我父黃龍安如今尚在人世……肯定就是戰到只剩一副牙齒，也要咬死那些膽敢跨進烏塗窟半步的倭寇的！我相信……」「這我信！我信！」這時，一個坐在前列滿頭華髮的美髯翁開口說，並起身朝黃鏡源拱了拱手。「六少（小暗坑翁景新的綽號）有何指教？直言無妨！」蘇力說，伸長了右臂恭請美髯翁再多說些話。「各位朋友！在下小暗坑的『翁景新』！呼我『汝明』即可！雖我父曾受封『朝議大夫（文職四品）』，但我無才無德……被人叫『六少』實在是當之有愧！當之有愧啊！」美髯翁胸膛微微起伏著說，「我翁姓一族源出泉州南安，和那國姓爺本就是同鄉！因此，國姓爺的民族志節，便是我『翁家軍』精神所繫，是絕不敢須臾忘懷的祖訓！此番變作，景新痛不欲生……而今所以隱忍苟活，但恨殺敵報國之志未伸爾！嗚……」「同念！同念！」蘇力當下動容，握起了拳頭說：「我等有志一同……誓死不作亡國奴！」「地不分庄頭，人無分老少，寧願人人戰死而失臺，絕不拱手而讓臺！」鄭金榜振臂高呼起來，並領著眾人連喊了數起口號。大廳內一時間宛如刮起了陣陣烈風似的，原本沉鬱的氣氛頓時間一掃而空！「翁副帥！」蘇俊拱手問，「戰事難料……敢問翁家軍進退方略如何？」「我可沒想太多，但憑蘇統吩咐，絕無異議！」翁景新說，「我已嚴令翁家軍——若師出小暗坑，即聽任蘇統領調遣，一心一念協同義軍進擊南北！如若退守內山，則必據險堅守，全力支應維護！絕無貳心！」「感佩！感佩！六少說的……算是萬全之策！」蘇力說，起身撫掌向翁景新行了個作揖大禮，「我也早有此考量……喔！對了！兩位頭人待會離去時，別忘帶上一些『烤牛角』吧！那是我兒根銓新發明的乾糧——打仗時攜帶方便，在口裡愈嚼愈香，又可立即止饑餓！試試看！不錯吃的！」「的確如此！六少！你也快試吃一塊如何？」黃鏡源對翁景新說，「剛才我已吃過一塊了，那滋味實在真讚！老實說……我真佩服根銓的手藝！這麼好吃的『點心』……將來肯定是一門可以『起家』的好生意啊！」「都說咱泉州人是『生意虎』，想想也是不錯……說什麼都扯得上生意，趣味！趣味！啊哈哈……」翁景新撫著美髯笑說，「但拚抗倭的狠勁，一定要強於拚生意數倍，對吧？哈哈……」蘇力吩咐下人取來了兩大袋的烤牛角，當即親手分送烏塗窟黃家和暗坑仔翁家一家一袋。接著，他兩眼泛紅地舉起了酒杯，哽咽地說：「英雄情義相挺……我蘇力與三角湧諸鄉親，泣血感佩、永誌不忘……」他話沒說完便已泣下數行，顫巍巍地仰起頭來，旋即將手中滿斟的酒一飲而盡。

「黃鏡源、翁景新凝重地離去時，正有幾隻夜鷺嘎啦嘎啦地從他們頭頂飛過；那悲鳴似的叫聲一陣接著一陣，聽來的確有種格外悲愴的感覺。」蘇軟欄寫到，「也正是從那一刻起，陳小埤兄弟倆便緊盯著大廳入口板起了臉來。」「報——」一個衛兵在門屏外大喊起來，「哨長將人提到！人已提到！」「快傳！快傳！」蘇力說，轉頭朝陳小埤、陳小惡兄弟眨了眨眼。劉扁獅果真來了，乾癟的身軀被摁著脖頸壓跪在大廳中央。「無理！無理！我明明是餌敵有功，為何還要被如此折騰？」劉扁獅大聲說，「我帶了緊急軍情來……快讓我面告統領吧！」「那好……辛苦你了！」蘇力平淡地說，指手示意陳小埤接著問訊。「嗯嗯……哨長兄弟，辛苦了！先歇息喝茶去吧！」陳小埤朝哨長拱了拱手，隨即瞇起了雙眼盯著劉扁獅看，說：「喔——原來是『劉頭人』來了！看座！快看座！」陳小惡沒好氣地扔下一張只有三隻腳的破藤椅到劉扁獅身前，大聲說：「坐好嘍！劉……大人！」「劉頭人！您是要飲碧螺春呢？還是要喝鐵觀音？」陳小埤用一種走音的北京腔問，頓時引發眾人一陣帶著鼻音的笑聲。「不敢！不敢！我……不是真正的頭人！餌敵講笑……逢場作戲罷了！」劉扁獅低聲下氣地說，挪動半個屁股將那三腳破藤椅勉強平衡好了。「那些倭寇蠢蛋，中了你的計了嗎？」陳小埤問。「咳！咳！中計了！當然中計了！他們敢不中計嗎？」劉扁獅哈著氣說，諂媚地抬頭看了陳小埤一眼。「怎麼個中計法？照實說！」陳小惡大聲喝令起來，瞪大的一雙眼睛像要噴出火來似的。「倭寇們……個個已醉得作狗爬！」劉扁獅哈著腰雙手幾乎觸及地面，「至於那些沒有很醉的……也正被老鴇蔡婆那幫姑娘快操到軟腳了！」「真的？沒騙人？嘻嘻……」陳小埤側目笑出聲來，「怪就怪在……你為何要逼那些娘們高喊大日本軍萬歲萬歲萬萬歲呢？是要向咱全三角湧的男子漢誇耀——日本男人在眠床上的功夫比較強嗎？」「為了餌敵……那也是沒辦法的！」劉扁獅咧著嘴搖了搖頭，「不那麼喊，他們就不找女人……不那麼喊，他們就不會中計嘛！」「而且我這番苦心……完完全全就是公而忘私的！」他嘟囔著試圖解釋，「我本就是個斯文人，不過就愛抽抽大菸罷了……對女人可說是一點興趣也無！更別說唉……我怎會去想什麼眠床上強不強的問題呢？」「斯文人？是啊！是啊！你也算是學過聖人之道的『讀冊人』嘛！我……還真差點忘了！」陳小埤說。「姊夫！」劉扁獅垮下雙肩對陳小埤說，「莫再消遣我啦！我雖說是沒出息……但至少也沒殺人、放火不是？至於那個壞習慣……我這不已經漸漸要改了嗎？姊夫！」「拜託你……別再叫我姊夫了！我真他媽的……擔待不起！」陳小埤噴著口水說，「雖然我妻子娘家姓劉，但眼下全三角湧又有哪個姓劉的願意再認你這親戚呢？光是那些被你偷拐搶騙、有借無還的親友……就個個是『飽又醉』啦！誰還敢再跟你有啥瓜葛呢？不是嗎？」「你啊，也不算是什麼『斯文人』……是『斯文掃地』之人才對！」陳小惡說，「你這丟人現眼的傢伙……若是敢再喊我阿兄一聲『姊夫』，就別怪我當場踢破你的卵葩！」「那倭寇有我老弟這麼兇嗎？他們會用硬馬靴踢你的命根嗎？」陳小埤咧咧地問劉扁獅，「我看你現在滿面紅光的……想必這晚酒也喝得爽歪歪了吧？」「倭寇是不至於隨便去踢……不！不！他們就是愛踢人！真是可惡極了！」劉扁獅說，「而且還真狠呢！就像在練拳腳似的！我親眼看見許多人被他們踢得趴在地上唉唉叫！」「會踢人不算什麼！莊稼漢也會……」陳小埤收起笑臉說，「你有看到什麼重型武器嗎？那些大傢伙和咱的兵器比較起來，如何？」鄭金榜一聽到這，倏地坐直了身子，緊盯著劉扁獅看。「咳！也別太擔心了……看來不過都是些中看不中用的累贅罷了！」劉扁獅說，溜轉著眼珠偷瞧眾人的表情，「那倭寇自以為把短劍安在槍頭上就能唬人……別他娘的作大夢啦！再長也沒咱的掃刀長嘛！對不對？對不對？所以說，我覺得這場戰事……咱應該是穩贏的啦！」「那些山砲和粗管機槍……大約有幾門？」陳小埤問。「各有幾十門吧？」劉扁獅說，隨即又噘起嘴來猛搖頭，「笨重得很！用他們的駑馬在平地拉著……都讓那些畜牲們氣喘噓噓了，何況是要走山路呢？」「別信口開河了！誰跟你說是要走山路的？」鄭金榜突然厲聲喝斥，「你的嘴……最好還是牢實一點才是！」「是是……」劉扁獅連聲應諾，一顆腦袋幾乎垂落到肚臍眼前了。「照你說的，那倭軍個個是既愛踢人又愛嫖妓……是這樣嗎？那他們如何還有體力去作戰呢？莫非他們個個都練就一身鐵打的體魄了嗎？」陳小埤冷笑著說，「如此……就難了！難了！咱要打敗『鐵人』之師……談何容易？」「嘿嘿嘿……安啦！安啦！」劉扁獅縮短了脖頸偷笑，「姊夫喔不，大人、大人！您沒聽過『鐵打的身體經不起三日落屎』這句俗話嗎？嘿……餌敵營的總舖師……就要立大功啦！懂我的意思？」「真的？」鄭金榜睜大了眼問，「煌仔的祕密武器……真的有效嗎？」「從丑時開始，倭軍就有人開始腹痛落屎了！真的！」劉扁獅邊說邊扭屁股，「起先，有個倭軍小隊長似乎是起了疑心……他一再嘰哩呱啦地叨唸，甚至還數度抓起了我的領口像要揍人似的！後來，一個戴眼鏡的軍醫官長被請來鑑定，情勢才突然緩和了下來。那醫官皺著眉頭東瞧西看，半晌才說：『虎烈拉的士嘎？』（編注：是虎烈拉嗎？）於是，那個小隊長宛如聽了聖旨般地鬆開了拳頭，還頻頻點頭讚頌『哄逗哄逗』（編注：真的真的）？好像『落屎』是件增長學問的好事似的！真怪？可能是祖師公顯靈了吧？」「是啊！是啊！有保庇！有保庇了！」大廳內讚頌聲四起，直到報馬仔的叫喊聲突然在門口響了起來。

「報……」報馬仔趴下身來氣喘噓噓地喊道，「動了！動了！寅時半，倭寇船隊開始調頭朝西……看來就要駛進隆恩河這片水域了！」「好哇！」陳小埤脫口而出說，「天助我也！果然不出所料……」他突然間抿嘴停住了話，斜視了劉扁獅一眼。「那……倭寇的陸上大隊呢？動了嗎？」蘇力急問，「動向如何？動向如何？」「看來應該是……向南！」報馬仔應道，轉頭瞪了劉扁獅一眼，「倭寇的先頭部隊……有些已在店街尾的南橋附近集結了……」他說著邊挪移身子邊噘起了嘴來，沒好氣地說：「伊娘卡好——這鬼怎也在這裡？我可不想沾了這死無人哭的穢氣了！」蘇力哈哈大笑，揚了揚手說：「那麼，扁獅就先下去休息吧！扁獅啊！你這回……也算是立了大功啦！辛苦你了！」「不敢當！不敢當！」劉扁獅縮著脖頸緩緩立起身來，雙唇顫巍巍地看了看蘇力又看了看陳小埤。「如如果……非打不可的話，我能留下來……做些什麼嗎？」他搓著雙手不敢直視主桌的方向，口裡嘀嘀咕咕地細聲說：「雖說是穩贏……但最最好還是不要打比較好！眼下的日本軍隊看來也只是想路過罷了……讓他們快走、快快離去，豈不對誰都更有利嗎？大人！求您們……再考慮考慮好嗎？」眾官長都緊抿著嘴默不作聲，似乎連側目再瞧劉扁獅一眼都嫌惡了。「來人啊！速將這白賊七仔扣押起來吧！」陳小惡突然大聲喝令起來，「伊講的……攏是白賊！沒一句事實！無怪人早就提醒——鴉片鬼講的話若是可聽，那屎就可吃啦！伊——劉扁獅，就是那種最不可靠的小人！開戰之前，非把這傢伙立刻押起來不可！這種敗類……留著只會壞事！」陳小惡以手當劍指著劉扁獅一陣罵，就像立刻要撲上前去殺人似的！「眼下，戰事的確已迫在眉睫了……」陳小埤轉頭望著鄭金榜說，「鄭老師！照您的意思……這白賊寶貝該怎麼處置呢？」鄭金榜拉下了臉站起身來，一個箭步上前挨近了劉扁獅，說：「阿獅！咱倆曾是同窗……這可是沒法改變的事實啊！不管我認不認你……都一樣！」他說著停頓下來長噓了口氣，「我現在只想聽你說一句正經的——不欺騙同窗、不欺騙你自己的真話！以你親眼所見、憑你的智慧來判斷……這仗，咱到底是能打不能打？真的有贏面嗎？」「這仗……」劉扁獅溜轉著眼珠子看了看鄭金榜又看了看陳小埤兄弟，「這仗其實……真不能打！我我說實話……那不是好辦法！那簡直就是……『以卵擊石』！講真的……差太多了！」「白賊！你說——是什麼差太多了？」陳小惡大吼，「你剛剛不是才講『安啦安啦』嗎？不是說『穩贏』嗎？你到底安著什麼心？是在跟自己人『裝肖維』嗎？」「嗚嗚……我這麼說是因為……蘇統一向待我不薄……」劉扁獅抽抽噎噎地應道，「我我……已經有整整十年……沒……沒聽過一句說我好的話了！真的！嗚……」他說著倏地將雙膝跪落地來，掩著面朝蘇力磕了數個響頭！「假仙！白賊七仔！」陳小惡瞬間衝向劉扁獅蜷曲在地的身子，「鴉片鬼講的話……我統統不信！」「統統不信？那那也是……不可能，也改變不了事實的！」劉扁獅顫巍巍地說，「這場仗是穩贏或是穩輸……你只能不相信其中一種說法！不可能統統不信！請大人三思！」「阿獅這話……說的也是有理……有理啊！」鄭金榜說，「我這同窗……腦筋一向比我好！佩服！佩服！但若要指望這種人才去抗倭、去壯烈犧牲的話……簡直就是做夢！所以……我沒意見了！他該去哪就去哪吧！」鄭金榜說完把手一撇，轉身朝蘇力拱了拱手就退行著往外頭而去。「按計劃行事吧！」蘇力說。「遵命！」鄭金榜應道，臨出大廳前轉頭交代蘇軟欄：「你且留下……有事速報！我這同窗……就煩勞你再開導開導吧？」

陳小埤緩緩坐直了身軀，伸手掏出了懷裡的打簧錶看了一眼，說：「寅時將盡，該是時候了！」陳小惡幾乎沒等兄長完全說完話，便以惡虎撲羊之勢衝到了劉扁獅身前，旋即揪起了他的衣領將他按壓在地。「這……這話怎麼說的？姊夫！姊夫！饒了我！饒了我！」劉扁獅死命大喊起來，「我雖說了些渾話……但也沒犯軍規嘛！冤枉啊！我我這不還有功勞不是？」「鄭老師剛才已經說得很清楚了——不管我認不認你這親戚……該做的，都一樣！」陳小埤說，側著臉看了蘇力一眼，「去吧！這裡既然是祠堂……就按家法行事便是！」「走吧？漢奸頭人！大廳後，狗籠伺候！」陳小惡說，隨即招手呼叫門外的衛兵進來押人。「慢！慢！我我還有重要情報！重要情報！」劉扁獅掙扎著朝陳小埤高聲吶喊起來，「報——這仗能打！肯定能打！穩贏！穩贏！那運糧船上，並沒重武器……不打可惜！能打！能打總行了吧？救我啊！」「哼！你這傢伙講話顛三倒四……是故意助敵來拖延時間？」陳小埤冷笑著說，朝劉扁獅揮了揮手，「快去吧！你若真還有什麼重要情報……就儘管跟傳令官大人說去！接下來，你的時間……多著呢！」

兩個小卒過來押人，摁著劉扁獅的腦袋一路碎碎唸，直往大廳後頭而去。他們使著蠻力拉扯劉扁獅的胳膊，還得小心翼翼地防著那傢伙嘴裡不時噴出的口水。「我說——能打！不能打！穩贏？穩輸？我說……冤枉啊！大人！我到底說了什麼？阿欄……救我！快救我！」劉扁獅歪斜著脖子對蘇軟欄說，「阿欄……不！傳令官大人！快替我說情！快替我說情啊！至少，也得供我菸嘛……菸！菸！菸！」「供他！」蘇力咧嘴轉頭看了陳小埤一眼，說：「今後，你得提防好了這傢伙……不是嗎？」

「報……」報馬仔的喊聲陸續來了好幾回，聽來的確是一陣比一陣急促！「咯噔咯噔」的腳步聲聽得蘇軟欄心裡直打鼓，坐在牢籠前的長板凳上一刻也安坐不下來。他傾力聽著大廳那頭的所有動靜，同時又得留意籠中那雙手老抓著鐵欄杆站立的劉扁獅。「船隊沿主河道逼近中……」片段戰報因高亢而穿透牆壁而來，「倭寇陸上大隊陸續集結南橋……是選擇了捷徑……沒錯！沒錯！土地公坑溪上游……熱鬧了！幹吧……」「陳從！快支援『六角銓』去！走山徑這般……快些！」蘇力的喊聲宛如驚呼。「知道了……」陳有善的腳步聲聽來直如急雨。「小埤……快……就選在清水港動手吧？那兒水流緩滯……他們跑不快的！想逃？先見閻王爺去吧！」蘇力的聲音頃刻間已移到了門口，前頭大廳聽來乒乒乓乓一陣亂。

「姊夫！你不夠意思！你們三角湧姓『陳』的……都不講情義嗎？」劉扁獅突然間大吼起來，「日本人都沒關我……你們憑什麼隨便扣人？你就這般無情地……對待你的小舅子嗎？你們陳家這麼過河拆橋……以後還怎麼在江湖跟人家混呢？」

「人都走遠了！省省力吧？」蘇軟欄對劉扁獅說，指了指籠子內鋪著乾稻草的地面。「抗日？伊娘的——你們懂個屁啊？我劉扁獅……才是真懂抗日的！」劉扁獅朝籠外猛吐口水，「蘇力！你頭腦不清楚……肯定要害慘自己人的！你……你和『擺俊』，根本就是黑白來……蠻幹！不懂，還硬要帶頭！是存心叫人跟你蘇家一起去送死嗎？恁這掛憨人啊……實在比我還壞十倍！十倍以上！」「也好！也好！你在陳家祠堂改罵我蘇家……勉強也算比較對得起祖宗了！咳……」蘇軟欄說得有些發噓起來，「劉大哥！您先別激動！您說自己才是真懂抗日……這渾話又是怎講的呢？」「哼！蘇力要帶大家去跟日本人硬拚——那不是抗日，那是送死！」劉扁獅揚起了下巴說，「其實我啊……早想到了一個真正有效又保證不會死人的抗日妙方！妙方又兼佛心來著……」「胡扯！你真有什麼妙方？」蘇軟欄問，從長板凳上立起了身來。「抗日真正有效的辦法——就是莫抵抗，放乎爛！讓日本人爽爽快快地……和咱一起爛去吧！爛去？懂嗎？像我這般……嗯！嗯！」劉扁獅帶著詭譎的鼻音說，倒吸了一口已流出鼻孔的稀薄鼻水，「告訴你——眼下就只這辦法可行了！信嗎？」

「我突然覺得這陳家祠堂的『責過監』裡……一切看來都更加昏暗模糊起來了！」蘇軟欄寫到，「只有那看似高不可攀的小小窗檯外，泛起魚肚白的天色透出了令人驚心的光亮！」「嗯……對對了！阿阿欄！」劉扁獅用雙臂環抱著自己乾癟的身軀顫巍巍地說，「蘇力剛才……可是親口答應我的——你你……快去討支菸槍來吧！我我還有兩則最最重要的情報……願願意說出來當作交換禮！我我……保證是說真的！說到做到！」「那好……一言為定！您稍候……」蘇軟欄說，「我這就替你張羅去！我伯父……的確是那麼交代的！」「唉……阿欄！你你是個頭腦清楚的……好人！其實……你伯父也是這樣的人……我看得出來……時候到了，記得一定要拉你伯父一把！」劉扁獅躊躇地說。「但，你可別想要我啊！哈哈……」蘇軟欄搖著頭笑說，「現實！我伯父供菸給你……你就說他好！咳……」「好吧！既然你不放心……這兩則情報，我就先告訴你也無所謂！這樣……夠誠意了吧？哈哈……」劉扁獅眨著眼咧嘴笑起來，「跟你講真的——那些運糧船隊的艄公，都是被日軍押來幫忙的！他們為了報復或是自保……已暗中交代我——以炊煙升起作為攻擊發動信號！地點就在……清水港！就在清水港！不會錯的！」「真……真的？」蘇軟欄幾乎要跳起身來了，「你這……早該說了不是？這可是……急上加急的情報，攸關人命的大事啊！」他旋即呼叫衛兵取來鎖在藥櫃裡的鴉片膏，板起臉對劉扁獅說：「這菸……給你！省著點用……最好就此戒了吧？我現在得立刻趕到清水港去！」

當蘇軟欄正要衝出陳家祠堂時，聽到了劉扁獅幾乎要嘔出鮮血般的大喊聲——「阿欄！等等！等等！第二則情報更緊要……你你們……真的關錯人了！應該立刻去……把羅金來抓來殺了……才對！」

第五章　染血的河畔

「在隆恩河上抗日的槍聲真正響起之前，三角湧義軍分統陳小埤熟知的是如何和深山裡的『達燕』族作戰！過去他曾追隨劉銘傳大人深入大嵙崁山區『撫番』多次，能告知義軍部隊許多關於焚屋、殺人的實戰經驗。雖然他也講過倭寇揮舞長刀肆意劫掠的故事，但卻始終說不清何以倭寇海賊之流竟能擊敗咱堂堂天朝大國？那時，他沒擺在心上的，肯定還有妻舅劉扁獅對他積蓄已久的惱恨；或許在他心中那傢伙不過是個無可救藥的菸鬼瘸三，只是個完全不值得多慮的小人物！」蘇軟欄寫到，「但，戰火可能燒出的仇恨，無疑是超乎想像的！那殺伐濺血的場面一旦發生，人們對相互殘害便將習以為常；要想在喘口氣之後能放下嫌隙，的確是難上加難的奢求了！以下拉拉雜雜的紀錄，是我親眼所見以及多年來暗自蒐集的資料。也算是我在那場『民族聖戰』中所做的一點『工作』。至於我個人對那場抗戰是否說得上有什麼貢獻？老實講……那似乎並不重要！因為，即便是在多年之後，連我自己也還是不明白！」

光緒二十一年，歲次乙未，西元一八九五年。閏五月二十一日（陽曆七月十三日）拂曉，隸屬征臺日軍近衛師團山根信成少將所率領的混成支隊，由坊城後章步兵少佐率領的第三大隊從三角湧拔營南進，其運糧船隊（由特務曹長櫻井茂夫帶隊）的十八艘劫掠而來的臺灣「紅船」在稍早天明前已悄悄駛進了清水港附近的隆恩河河道。當蘇軟欄從陳家祠堂匆匆趕到隆恩河右岸高地時，眼見五六百名陳家軍的義勇已匍匐在地完成了作戰部署。他趕去向陳小埤面告劉扁獅挨到最後才說出的情報，卻意外發覺分統大人似乎連聽都不想聽！「天才微亮，林久嗯……似乎已迫不及待了！」陳小埤用單筒望遠鏡盯著對岸的蘆葦叢說，「看來……林久遠是想要搶下第一功？聽探子說——他日昨已對林家列祖列宗起了誓了！他公開講：要身先士卒來拚命，連『訣別書』都已預先寫好了！」

卯時過半，十八艘紅船陸續浮現東方河面，一艘跟著一艘，看來是逐漸放緩了航速。「雲層低……這天看似快下雨了？」陳小埤說，不時抬頭注視那朵朵沉重得像是快要墜落下來的浮雲，「雨中的炊煙，或許更模糊難辨些吧？」「咱該怎麼做……才能儘速將這消息傳到對岸去呢？」蘇軟欄挨近陳小埤身邊問。「嗯……看來是差別不大！他們終究是會先動手的……」陳小埤沉吟地搖了搖頭，突然間伸手指著河面的方向叫起來：「看！那些船，真的停下來了！就在清水港旁？果然在清水港！」

紅船在偏左岸的河面陸續錨定下來，第一艘船頭上一個蓄八字鬍的官長不時抬頭看那不太明朗的天色。臺灣人船夫躬著身從船艙內搬出了炭爐，在刺刀尖之前個個看來都縮短了脖頸！「算起來……一共是三十九個寇兵！」陳小埤掐著手指頭說，「若就看這河上的一戰論輸贏……我有把握——咱應可穩操勝券！」就在這時候，陳小埤身後走上來兩個漢子——兇神惡煞樣的，是他胞弟陳小惡；老成一點的，則儼然是個斯文的老紳士。「我跟大哥趕過來看看！」陳小惡說，指了指身旁微笑不語的老紳士，「差不多是時候了……該動手了吧？二哥！」「這位是我大哥『陳年園』！我家兄弟抗倭……算是都到齊了！」陳小埤對蘇軟欄說，咧嘴露出一抹得意的笑容。「欽仰！欽仰！」蘇軟欄拱手問候，見那弟兄三人腰際都配著令人心驚的四尺大刀。「傳令官投筆從戎、保鄉衛民，那才叫令人欽佩的啊！」老紳士鎖著眉頭勉強擠出了一絲笑容。「短兵相接時，大刀肯定更好使一些！哈哈……」陳小惡拍了拍腰際的大刀說，陰沉冰冷的笑聲令蘇軟欄當下一陣哆嗦。

「炊煙升起了嗎？看見白煙了嗎？」陳小埤盯著河面頻頻催問左右之人。「這近乎濕透的天氣……」陳年園應道，「恐怕也不易起火吧？真能分得清煙和霧嗎？」蘇軟欄朝河面望去，見那桃仔腳的平疇綠野盡都倒映在波平如鏡的河水中，感覺眼前的景象清晰寧靜宛如一幅漁家早炊的和樂圖畫！「哎……那種在水上用的早飯，感覺就是格外可口！嚐過嗎？」陳小埤嘆了一口氣用耳語般的聲音說，「如果可能的話，索性就此放行也罷？大家都先安心享用一頓早飯如何？咳咳……」

「的確！從沒見過如此迷人的隆恩河啊！」蘇軟欄寫到，「那原本應該只是個尋常的清晨吧？卻因為一股愈來愈濃的肅殺之氣，而令人漸漸產生一種快喘不過氣來的感覺。」隆恩河右岸高地上的義勇們，個個屏息以待著陳小埤一聲令下。那是一段極其漫長又無可奈何的等候，不知是否有人會和蘇軟欄一般祈禱——那眼前片刻的寧靜索性就此停頓下來也罷？「二哥！二哥！看——你看對岸！」陳小惡令人顫慄的叫聲聽來宛如夜鷺驚啼，「林久大哥到了！五六十個槍兵，已逼近岸邊了！」也就在那一剎那之間，河面上升起了陣陣炊煙，從各船甲板上裊裊升起的煙氣，蒼白得令人喘不過氣來，而且一條緊接著一條、一陣白似一陣！

蘇軟欄在陳小埤下達攻擊令之前，就已看到對岸蘆葦叢中乍現的點點閃光；他感覺那些光點像極一群受驚飛竄開來的螢火蟲，瞬間便怒氣沖沖地貼著河面如驟雨般呼嘯而來！「眾兄弟！作伙拚吧！」陳小埤在槍聲中放聲大吼，渾身硬邦邦地將一面紅旗高舉過頭。蘇軟欄注意到許多臺灣人船夫紛紛從船緣朝水中躍去，其中不少動作慢一步的才攀上船舷，便在硝煙中仆倒下來，看來一動也不動了！日軍先向左岸開火還擊，隨之才開始轟擊右岸。日本兵個個執槍匍匐在甲板上，年輕的身軀在朝船艙走避之間，劃出了令人驚心的汪汪血泊。蘇軟欄扒著泥巴地往前，以一塊大石作為掩護，一顆心狂跳到了咽喉的位置；他第一次嗅到死亡的腥味，衝鼻而來，突然間恍然大悟——「再神聖的戰爭，其實不過就是在逃命罷了！如此而已！」

義軍所用的鳥槍放起來，聲響宛如手指頭急敲門板，較之日軍「砰咻砰咻」的回擊聲，聽來宛如是兩種截然不同的武器！日軍的槍擊聲，帶著令人頭皮發麻的尾音而來，如閃電般應聲便可取人性命！「放！放！」陳小埤在陣前頻頻振臂高呼，手上的大紅令旗如掃刀般上下舞動著。幾乎是在頃刻之間，清水港右岸已是滾燙一片了——火光在硝煙中忽明忽滅，從鳶山山頂貼地而來「咚咚咚咚咚」的戰鼓聲將河上的雲層愈震愈低，夾雜其間鬼祟般的低吼聲，轉眼之間便已逼到了河岸邊。蘇軟欄看到載浮載沉的軀體在河中游移，河上各船甲板但見仆倒的藍呢外套、長馬靴和滾落一旁的白色盤型帽。「我總覺得看那些倒下的人影任憑槍彈掃過，是件極其駭異的事！」蘇軟欄寫到，「直到多年之後，我仍忍不住要在夢魘中反覆揣摩面對死亡時的那種心境。或許真到了那樣的關頭，人與人之間何止僅僅是相似呢？那場殺伐的開場白，也沒啥令人揪心的罪惡感，卻一次又一次地癱瘓了我的靈魂！」

槍聲大作之後不久，一個年輕義勇笑嘻嘻地上前問陳小埤：「阿叔！可以衝了嗎？都準備好久了……快憋不住了！」「下去！下去！渾蛋！誰叫你上來的？再等等……」陳小埤摁下那顆年輕的腦袋，用手掌猛拍了地面幾下。他話都還沒說完，身旁就「咻」地一陣熱風驟至。「哇……啥咪鬼？阿……母啊！」年輕義勇慘叫應聲，雙手壓著自己的左大腿渾身顫抖起來。「阿秦！阿秦！別……別亂動！」陳小埤迅速將孩子的腦袋呵護在胳臂之下，「來人！來人啊！快將陳秦抬下去！快！阮姪仔……中槍了！」「這不……還是張笑臉的嗎？真恐怖！真……」蘇軟欄感覺陳秦扭曲的一張臉像個小老頭似的；「這戰爭中的恐怖……總來得迅雷不及掩耳！」蘇軟欄寫到，「誰能想到……下一刻會是怎樣的光景呢？這人命……該擱到哪裡去呢？」

日軍以船艙作掩護持續向兩岸開槍還擊，日近中天時射出的火線漸漸稀疏下來了。偶而穿雲而出的日光筆直灑落，照見那十八艘動彈不得的船，甲板上陸續有人像下餃子似地往水裡跳去。蘇軟欄突然瞧見一個褐色的身影朝岸邊緩緩靠過來，並且在波光間隱約分辨出拖在水面的一條辮子。那人顫巍巍地朝岸上揮著手，手臂上流淌下的血跡依稀可見！「分統大人！分統大人！」蘇軟欄迅即匍匐到陳小埤身後大喊，「快下令——別往那裡打！千萬別打到自己人……留意！留意！」「住口！你給我……住口！」陳小埤厲聲回答，「退下！快退下！快！已經廢了一個，還不夠嗎？」「我……」蘇軟欄正想要再解釋自己的意思，便被一陣突如其來的硝煙嗆到，突然之間竟覺得連哭都哭不出聲來了！船上的日軍朝這頭連放了數十槍，槍戰持續到河面起風了才停歇下來。蘇軟欄感覺那回硝煙似乎消散得特別慢，就算盯著岸邊看了又看，幾乎望穿任何一寸泥巴，就是再也尋不到方才那個揮手求救的身影了！

第一艘紅船上，那個看似大隊長的日本軍人，平伸著雙腿斜倚在艙門邊，顯然是已中彈負傷了。他吃力地撐起半截身軀朝後頭的船隻呼喊著，似乎試圖藉傳話的方式將作戰命令持續傳遞到船隊的末端去。日軍看來並未陣勢大亂，始終是均分成兩路伺機還擊中。那個帶頭朝右岸射擊的分隊長（一等步兵軍曹江橋勇太郎）在第十艘紅船上邊開火邊指揮，還不時拖著長槍桿匍匐穿梭在死屍橫陳的甲板上。「看——傷我姪兒的，就是那鬼頭！沒錯！就是第十船的那傢伙……害的！」陳小埤突然指著第十艘紅船大吼起來，「兄弟們！集中放槍……呼伊死！呼伊死！」在隆恩河右岸的陳家軍陣地中，所有火槍一一轉向了，幾乎只在一瞬間便都朝向了第十艘紅船。接著就在陳小埤一聲令下，綿密的轟擊便如暴雨般直衝而去了！那第十艘紅船在硝煙中先是顫巍巍地傾向一側，隨後宛如一條已全然放棄所有掙扎的大魚般垂落下了尾巴，在眾人注視之下頃刻間就沒入水中去了。那船，以及上頭所有能動不能動的身軀，看來是該慶幸再也不用挨槍子了！

日軍的槍擊聲，隨著幾艘船的陸續沉沒，顯得是愈來愈稀疏了。在義軍戰鼓聲暫歇的片刻間，左右兩岸的蘆葦叢中漸漸聽得見一種不安的聲響，那參雜其間陡然激昂起來的叫喊宛如鬼哭神嚎一般！岸上的義勇們紛紛逼近了水岸，參差不齊的身影冒出了蘆葦叢，在陣陣鏗鏘的拔刀聲中，個個僵硬地弓起了身來。「在岸上用槍隔空殺人，對抗倭義軍弟兄而言，總還是少了份激情吧？我想──」蘇軟欄寫到，「那時候，看得出人人臉上已浮現出一種更加熱切的渴望了──那是他們一向熟悉從事的雪恥方式！近身搏殺，白刀進紅刀出……如此才算是『殺敵』不是嗎？我只能說彼時那種幾近亢奮的氣氛的確令我喘不過氣來……在惴惴不安的惶惑之餘，當下竟隱約莫名地有了一絲想哭的衝動！」

巳時，哨兵來報──有東、西兩路援軍已疾馳而至！彼時，隆恩河兩岸歡呼聲此起彼落，水線附近處處可見人影喧騰、旌旗晃動。「我感覺自己彷彿陷落在一種似曾相識的夢魘裡……」蘇軟欄寫到，「來自記憶深處的啜泣聲，聽來像是貓叫似的！」「哇咧讚啦！」陳小埤的吶喊聲突然響起來，「風匱店的王雲梯、土仔城的廖石溪……果然準時來啦！兄弟們！穩贏啦！穩贏啦！」巳時過半之後，日軍的還擊聲似乎已全然銷聲匿跡了，河面上逐漸消散開來的硝煙已掩蓋不住一艘艘如傾頹幻影般的船殼，在幾處船舷邊依稀可見魅影般的潛行者悄無聲息地拖移著身軀，朝水中遁去。「追殺，也該是時候了！」陳小惡瞪視著前方說，「恁娘的倭寇納命來……一個也別想跑！」他說著便率眾朝陳公厝後竹林外的漁寮直衝而去，手上高高舉起的大刀在逼近蘆葦叢生的河岸時寒光乍現。「阿弟小心！」陳年園邊跑邊朝前頭叫喊，「留意伏擊！留意……」「傳令官速速跟上！」陳小埤轉頭喝令蘇軟欄，「務必提醒——我估算至少有十個寇兵已入水潛逃！務必要圍殺到底，不許留一個活口！若有狀況，汝即速回報我！」蘇軟欄隨即躬著身追上了陳小惡的隊伍，並尾隨其後開始沿著隆恩河右岸一路搜索西行；其間他看到兩條尖頭舢舨從對岸抄近路疾行而來，見各船頭站立的身影頻頻朝這頭揮手招呼。「是……許丕欽兄弟來了！何事急成那樣？」陳小惡瞇起了雙眼說，也朝舢舨那頭揮了揮手。「當心一點！我們看見寇兵往你們這岸過來……」船頭的漢子握著短銃指了指河面。那時候，河面的硝煙已然都散去了，但不遠處已靜止不動的十八艘紅船看來卻是顯得格外陰森。就在那兩艘尖頭舢舨即將攏上岸時，突然間從某艘紅船上竄起了一陣硝煙，緊接著呼嘯而來的槍子竟不偏不倚地貫穿了許丕欽正微微低垂的頭顱！「砰砰砰砰砰砰」

五聲巨響隨之而起，在巨大的爆破聲之後，有五艘紅船便傾向一側逐漸沒入河中去了。「這是自沉！」陳年園說，「哼！土匪還怕人搶糧草呢？」「殺……」岸邊的義勇們發出了低沈的嘶吼聲，幾個漢子已揮著長刀躍進了蘆葦叢生的水中。就在那時候，蘇軟欄瞥見了那個上身赤裸、下著白長褲的人影——一個載沉載浮哆嗦在蘆葦叢裡的日本軍人！「那裡有人……有……倭寇！」他顫巍巍地指著一處蘆葦叢脫口而出，旋即竟又伸出手掌到自己的嘴巴前。「快！去砍了那顆豬頭吧！」陳小惡大聲說，「給我拖過來……整塊鮮肉都拖過來！」三個立在水中的刀兵立刻依令飛撲而去，濺起的水花讓蘇軟欄當下眼前一片矇矓，忍不住摀著胸口驚呼：「啞唆！啞唆！」

「我親眼看到眾人爭相在岸上拖行那已『去頭』的『大塊鮮肉』！看見一路滴滴答答淌著鮮血的大刀晃過眼前！」蘇軟欄寫到，「我突然明白過來——那長久以來流傳在每回『漢番戰役』之後關於『吃肉』的故事，的確還真有其事！多年來，我就只能憶起那幾個割裂又極其逼真的畫面，卻始終無法在腦海中拼湊出整個河邊殺戮的全貌！我對自己和所有遭遇到的人很難再有一種穩定的信任了，只感覺某一段因驚恐而生的『失憶』似乎已烙印成了心病——永遠遺留在隆恩河畔的蘆葦叢裡了！」

「事實上，那日發生在隆恩河的戰鬥，應該說是持續了整個漫漫長夜，而且日軍運糧船隊顯然也並未全軍覆沒！」蘇軟欄的兒子在父親留下的記事本空白頁如此寫到，「二十八年後，日人在三角湧鳶山山麓立起了『表忠碑』，冀望能對所有臺灣人永久表彰在該戰役中『為國剿寇』而壯烈戰歿的『皇軍忠魂』！又二十二年後，臺灣重歸祖國懷抱，人們隨即將此『表忠碑』搗毀棄置於荒煙蔓草之中！當然，我父親到死也不知道將來會有立碑和毀碑的事；作兒子的後來在他的『回憶錄』裡記載加註，也不可能事先拿給他過目。兒子能做的，只是將那後續的紀錄恭謹地謄抄下來，然後在焚過清香之後燒給了父親！到了那時候，兒子和孫子都已重新作了中國人，回味那段曾經作了多年『日本人』的記憶，也只能說是無可奈何了！」

「三角湧表忠之碑：『嗚呼！鬼神泣壯烈者，三角湧血戰之事蹟也！臺灣鎮撫之時，坊城支隊殉大嵙崁諸邑，特務曹長櫻井茂夫等三十九名，蹴舟運餉，敵欲絕糧道，兩岸夾擊，我舟應戰悉殪，生存者僅四名，孰無不創痍矣！時明治二十八年七月十三日也。臺灣軍司令官、陸軍大將福田雅太郎勒石，以表其忠勇云。』」這樣的碑文曾令兒子一度不敢燒給父親，但在再三細讀了父親的「回憶錄」後，還是決定那麼做了！他曾於身不由己的情況下參加了立碑祭典，因而有機會親耳聽到隆恩河戰役日軍倖存者「山崎運平」和「田中石松」兩人因哽咽而中斷多次的報告。兒子將日本人講的和父親所記載的比對起來，發覺相同之處竟然都只是「恐懼」兩個字！

「那夜，隆恩河畔的殺伐在入夜之後，看來已然成了一種類似狩獵的追殺！」兒子寫到，「據父親說，許不欽的遺體是在滂沱大雨中被運回了隆恩河左岸。彼時，義勇們哭聲震天，個個氣得像抓狂了似的！」就在逐漸昏暗下來的水天之間，日軍步兵一等兵「山崎運平」潛匿在靠左岸的一處蘆葦叢中。他用勉強維持在水面邊緣的兩隻眼睛盯著岸上的動靜，直覺自己若是給岸上那些嚎啕大哭的傢伙抓了去，肯定就是要屍骨無存了！他矮小結實的年輕身軀因恐懼而更加敏銳起來，原本全然不像日本人的一雙大眼睛變得又圓又亮！山崎估算岸上祭拜屍體的人數，少說也有兩百個以上！所以，他始終一動也不敢動，一直浸在水中任憑魚蝦啃蝕他左肩傷口上散裂出的肉屑。「還好……只是麻麻的！」他安慰自己，「至少沒比打針痛！」他想像自己成了蘆葦叢裡的一根漂流木，追想出許多兒時在故鄉玩躲藏遊戲時的技倆。稍早，他一度被岸上突如其來的喊叫聲嚇得尿失禁，沒想到藉著那尿液的暖流卻讓他憶起了故鄉溫泉的氣味！「我一定要……活著回去再泡回湯！一定要……」他用磨牙來堅定繼續活下去的意志，幻想著再多撒幾泡尿便可讓那周圍幾近冰冷的河水更溫暖一些！

「大約就在天黑之前吧？」兒子寫到，「山崎運平感覺岸上的人影愈發躁動了。許多揮著大刀的人竄進了蘆葦叢裡，揮砍的聲音步步逼近，令他一度畏縮到幾乎要永遠滅頂的深處！」山崎運平曾在一次準備換氣時，隔著水面瞧見了一雙向下瞪視的眼睛；那時他原本真以為自己瞬間就將一命嗚呼了，但藉著一種平素訓練而來的反射動作，硬憋下氣，頃刻間，他的身子如鉛錘般往河底直墜遁去！那時，天色看來尚未全然暗下來，由河底向上望依稀還能分辨出水面上物體的顏色。就在那攸關生死的一瞬間，一具四肢看來完全鬆弛且已明顯有些扭曲的軀體飄然而至，就在山崎運平的頭頂，像一朵染紅的傘蓋為他遮擋了死神的威脅。山崎緊咬著自己的嘴唇，在水中啜泣起來，雖然依舊只能一動也不動地縮著頭，但腦海中卻漸漸浮現愈來愈濃厚、相信自己必將得救的企望！他一直等到水面上晃動的人影都離開了，才緩緩鬆開了雙唇試圖追尋那流水中或仍殘留的一絲血腥味；他真想知道——「方才那具將他從鬼門關前拉回來的死屍到底是誰？」

天色已近乎全暗了，從水下朝岸上望去，只見點點跳動的火光和那不時挨近蘆葦叢的黑影。山崎運平巴望著全然的黑暗早點降臨，並不在乎那失去光亮的河水將會多麼冰冷！「黑暗有黑暗的好——若能暗成像墨汁一般……那就更好了！」他用手指、腳趾代替眼睛摸索著去路，悄無聲息地踏著水緩緩向西移動，祈望能儘快接近另一支（第七中隊）由海山口南進的日軍隊伍。「問題是……那個隊伍還存在嗎？走到哪兒了呢？也遭遇了伏擊嗎？」他的思慮也曾一度像黑暗中的雜草一般，最終真想破口大罵自己了；「擔心……無益之至！」他咬緊牙關告訴自己，「不要停！繼續走……就對了！」山崎順著水流持續前進，一刻也不讓自己的腳步停頓下來，直到耳中隱約響起了一種「嘩嘩嗡嗡」的聲響。他極力憑藉著聽覺去想像前方不遠處那條大河可能的模樣，在令人亢奮起來的嘶鳴聲中，一腳踏上了河汊前的一片沙渚邊緣。就在那時候，他看到了瑟縮在蘆葦叢深處的兩個身影；藉著辨識那頭頂上極短的髮式所反射出的微弱光亮，當下他幾乎完全可以確認了——那是兩個日本兵沒錯！

山崎運平與二兵水島清左衛門、奧田覺太郎重逢在黑暗的蘆葦叢中，三個人幾乎都不敢直視彼此驚恐萬狀的眼神，能做的只是隔著河水緊緊擁抱，為彼此打氣。山崎發覺兩位弟兄已傷得很重了，從他們抖個不停的身軀上，明顯感受到了一種近乎絕望的驚恐。「不要放棄！」他用命令的口吻開口說，「繼續走！否則，死路一條！那淌著鮮血的槍傷算不得什麼？要死早死了……『絕望』，才是最嚴重的！」

大河的吼聲由遠而近，聽來的確是愈來愈大聲了。「真好！又多了些掩護了！走吧！快……」山崎說，盯著岸上的火炬隊一走過，就架起兩隻胳膊繼續向前行。

「呃……我……不敢再過去了！」水島清左衛門呻吟著說。「我……也不敢！不敢……就在前輩到此之前，我們聽到了前頭汊口那裡的槍聲……先行的幾個，肯定已然是被槍殺了……真的！」奧田覺太郎說。「剛才……大江軍曹和幾個膽大的一等兵，才從我們身前離開沒多久嘛……現在恐怕……凶多吉少了！在、在那陣密集的槍響之後……還、還能有什麼好結果呢？」水島清左衛門說。「真、真的？他們想必是要……直奔海山口去……去求救兵的吧？唉……」山崎運平哽咽起來，看了看大河的方向緊蹙著眉，長嘆了一聲，「那大江長三郎兄長……可是我新潟的同鄉啊！就是他……是他……帶我走出故鄉……來到這裡的！嗚嗚……」

山崎運平強忍著淚水攙著兩個顫巍巍的身軀繼續前行，其間見那岸上的火炬隊在蘆葦叢邊緣又來來回回了好幾遍。他感覺那瞬間閃過的光亮似乎一直緊追不捨，直將那蘆葦叢照得更像座牢籠了！「走下去！一定得走下去！」他說，「不繼續走……就是等死！光這愈來愈冰冷的河水……就肯定會讓我們見不到明天的日出！」「就沒……沒別的辦法了嗎？咱……就在此……等到天亮吧？」奧田覺太郎央求著說，「我真的走不下去了……我……想起了故鄉大阪的拉麵了！那拉麵……永遠是熱騰騰的……不是嗎？」「那……你就繼續想吧！」山崎運平說，伸手拍了拍奧田的後腦勺，「我可以答應帶你……和水島清一起，活著回大阪吃碗拉麵去！我發誓——由我請客！」「不……不想吃拉麵……算不算抗命？」水島清左衛門用游絲般的聲音說。「抗命？哼……馬鹿野郎！」山崎運平用老軍曹的口吻罵起來，「你們兩個渾蛋若敢不繼續走……就是抗命！我這一等兵……立刻就可以了斷了你們！」他說著伸展臂膀抱緊了兩位同袍，在墨色般冰冷的河水中咬著嘴唇繼續向前行去。

以上是蘇軟欄的兒子在立碑祭典上聽山崎運平親口說的故事，據說：三個日本軍人後來碰到了一場滂沱大雨，然後在幾近滅頂的情況下，被河水沖到了大嵙崁溪某處河岸，這才幸運地與剛從二甲九莊遇襲敗退下來的第七中隊會合了！之後，山崎運平繼續他的征臺之旅；水島清左衛門因傷重，月餘後死於臺北病院；奧田覺太郎被送到日本東京的預備病院，不數月便因傷口嚴重感染而不治殞命。山崎運平顯然並沒忘了他對這兩位患難兄弟的誓言，每年陽曆七月十三日必定會用兩碗拉麵來遙祭他們，據說終其一生都是如此！

「另一位生還者——日軍近衛師團步兵二等兵『田中石松』，據說之後在嚴重的憂鬱症中永久脫離了軍旅！」兒子寫到，「那個神情茫然若失的『病人』，雖也來參加了立碑當天的祭典，但顯然並沒準備帶來什麼英勇的故事！」「我……只記得心中的『恐懼』……」他在極簡短的致詞中說，據說那時的他一整年也說不到十句話，「我只覺得……我對那場戰事的感慨便是——任何勉強得來的……都不是真正的幸福！」

兒子將以上的「補述」附記在父親的記事本中，說：「也身為人父了……雖然並不能確定這麼做一定妥當，但總覺得若能讓父親的在天之靈寬慰一些……知悉在那麼一場恐怖的殺戮之後其實仍有生還者……總是件值得的事吧？」

「那場戰事接近尾聲時，我摀住胸口喊出了『啞唆啞唆』！」蘇軟欄寫到，「就像心頭給狠狠螫了一下……感覺那時陰沈的天氣也傷得快淌出血來了！」陳小埤朝蘇軟欄身旁走來，開口問：「阿欄！你也中彈了嗎？去那頭『救治站』看看吧？」蘇軟欄搖著頭咧嘴傻笑，見陳小埤對部屬說：「都報上戰功吧！我陳家軍，從不讓作伙打拚的兄弟平白流血！」一個哨長趨前向陳小埤報告：「陳秦負傷，已送救治！」「這我知……其他的傷亡呢？」陳小埤問。哨長猶豫了一下，答道：「對岸的許丕欽中彈身亡……他的弟弟許丕聲聽說大腿被槍擊重傷，現在只剩半條命了……」「就只有這樣嗎？」陳小埤再問。「這……」哨長聳了聳肩說，「那些自己跑來打的……還有那些看熱鬧、吶喊助陣的小孩……就很難一一計算了！」「是啊！看來是有些亂……」陳小埤說，似笑非笑地嘆了一口氣，「哎呀……這仗怎打得像械鬥似的？」就在那時候，蘇軟欄突然給義勇們的尖叫聲嚇了一跳，轉頭見那頭岸邊許多人正高舉著火把在一口看來已湯水鼎沸的大鍋四周歡呼雀躍不已。「到底還有沒有脫逃的倭寇？」陳年園挨上前問陳小埤。「嘿嘿……能有差別嗎？咱已經大贏啦！哈——大贏啦！」陳小惡大喊起來，同時將手上的一顆人頭高舉過了頭，「兄弟們……看吧！倭寇就在這裡！我手上這豬頭皮……有什麼可怕的呢？」陳年園大聲提醒陳小埤：「咱得留意——那脫逃者可能會討救兵攻回來的！」「這我懂！嘿嘿……」陳小埤冷笑著說，伸手指了指不遠處的湯鍋，「屆時，那口大鍋裡的『白豬肉』……就夠嚇唬嚇唬他們了！不是嗎？」「救兵？照理講……咱的救兵應該更多才是嘛！」陳年園捋了捋鬍鬚說，「可那許多外庄的部隊……看來只顧固守自己的家園不是？總覺得……倭寇就像握起拖團的拳頭，而咱們仍只是一根根分散開來的手指頭！」

當陳小埤兄弟三人正在交談的時候，一個面黑的年輕人倨傲地扛著一把「毛瑟槍」走過來，一靠近就大聲抱怨道：「敵人是我軍殺的多，為何那戰利品卻要與對岸均分呢？」「哇！是劉大俠——神槍手來了！息怒！息怒！」陳小埤欠身說，「劉塗！咱是自家兄弟……你有話慢慢說！慢慢說！別急！」「十八艘糧船，毀了六艘，剩下來十二艘！為何我們只能拖回半數呢？」劉烏塗說，「不是我在臭彈

——只要見到那頭部中彈的倭寇……肯定就是給我收拾下的！這去檢查一下，就很清楚了嘛！我這人從不佔人便宜，也不愛被人佔便宜……就這樣了！我這也不是什麼貪利……只因為那毛瑟槍的子彈真的很貴！很貴！」陳小埤仰天大笑起來，伸手拍了拍劉烏塗的胳膊，說：「隆恩河大捷，我劉塗老弟實居首功！這歷史是會記下的！那不就值了嗎？」劉烏塗抿嘴淺笑，「其實我也不是愛計較的人……」他說，皺起了眉頭轉身朝高地南側陳家祠堂的方向看了一眼，「我有一個請求……不知分統大人可否斟酌一下？」「好說！什麼請求？儘管說吧！」陳小埤笑瞇瞇地說，盯著劉烏塗頻頻點頭，「劉塗！既然你有功……不管什麼要求，都儘管說吧！」「請分統大人您……就放了劉扁獅吧？」劉烏塗壓低了嗓音說，「雖然我早不認他這親戚了……但也不能否認他還姓『劉』嘛！」「這我懂！我懂！」陳小埤點著頭說，躊躇地轉身望著蘇軟欄，「阿欄……接令吧！令你即刻拿我的『令條』到陳家祠堂……這就放了劉扁獅吧！」「嗯……」他說著長長噓了一口氣，「跟你們直講——我可是跟過劉銘傳劉撫臺的！咱清國軍隊裡，慣常講的那套『人情世故』……我自然也是懂的！」

「其實，劉烏塗可說是個很謙虛的人。」蘇軟欄寫到，「每當我誇他是個『神槍手』時，見到的往往只是無言、靦腆的回應。」那日黃昏，蘇軟欄和劉烏塗在往陳家祠堂的路上，聊到了射擊的要領；那時，他們已沉默著走了好一會兒了，前頭那一路下坡的小徑似乎顯得是格外晦暗崎嶇。「活在這亂世裡，我真想也學點射擊的功夫！」蘇軟欄說，「請教神槍手——要想準確命中目標，可有什麼要領或是祕訣呢？」「一把好槍！」劉烏塗說，「我這把跟日本商人買的『毛瑟槍』便是！聽說這是歐羅巴洲的德意志國製造的！那國家專門製造好槍……」「槍要好，是沒錯！」蘇軟欄說，「但人的射擊技巧也很重要……不是嗎？」「其實那也沒什麼……」劉烏塗似乎刻意降低了音量，「你得先忘了瞄準的是個活生生的人……如此而已！」他說著突然煞住了腳步，緩緩從褲袋裡掏出了一串銅板，點著頭將那錢遞給了蘇軟欄，說：「老師！這……就替我轉交給劉扁獅吧！拜託——別說是我給的！我這就……先走一步了！」

蘇軟欄獨自來到了陳家祠堂的「責過監」前，見那劉扁獅正渾身硬邦邦地圓睜著一雙佈滿血絲的眼睛。「陳分統令我這就……即刻釋放了你！」他說，「喏！這些銅板是……他特別交代我帶來的賞金！是給你零花用的……給！」劉扁獅先是直愣愣地盯著那串銅錢半晌，然後突然間伸手一把抓下了它們。他將那些銅板緊緊捏在青筋畢露的拳頭裡，使勁之大甚至讓嘴角都隱約滲出了絲絲鮮血來！「嘶……真幹起來了嗎？」劉扁師鼻孔噴著氣問道，兩眼凝視著蘇軟欄像在做某種決斷前的最後確認。「嗯……」蘇軟欄撇開視線說，「動手了！看來……咱是打了個大勝仗了！嗯……應該算是吧？」「那好！好！好極了……」劉扁獅點著頭說，話沒說完，猛一轉身便將手中的銅板都朝牆上砸了過去，「我被欺壓的日子……算是忍到頭了！到頭啦！」「你快走吧！」蘇軟欄說，「這裡是祠堂……你最好小聲一點！」「嘿嘿……」劉扁獅冷笑起來，拍了拍身上的灰塵，大步跨出了牢房。「阿欄！冤有頭債有主……我不會對你們『蘇家』怎樣的！」他說，邊走邊加大了音量，「蠢蛋！姊夫！我不欠你了！等著瞧吧！看日本人回頭怎麼收拾你們吧？蠢蛋！等著吧！」那時候，蘇軟欄突然覺得力乏至極了；他幾乎是瞬間癱倒在「責過監」前的長板凳上，闔著雙眼反覆咀嚼著劉扁獅剛剛說過的每一句話。他感到自己似乎已陷入了一個更大的牢籠中，一時間也看不出有任何可脫逃的出路！

當蘇軟欄被一串拉扯喚醒過來時，一睜開雙眼就發覺是蘇根煌正在拉他的胳膊。「阿欄！阿欄！」蘇根煌急著說，「贏了！贏了！咱在山谷裡……也打了大勝仗了！」「真的贏了？你聽誰說的？」蘇軟欄直盯著蘇根煌的眼睛問，隨即緩緩坐起了身來，「那土地公坑溪的溪谷……不是深得看不到盡頭嗎？你確定……咱真的已經打贏了嗎？」「贏了！贏了！騙你是傻蛋！」蘇根煌當下幾乎手舞足蹈起來，「你……這花癡！快跟我走吧？有個你一定會想見的人，說是今晚立馬就要見到你……愈快愈好！你是走還是不走？」

第六章　深谷裡的哭聲

「哭聲迴響在深谷裡，聽來是有幾分壓抑含糊，卻又是綿延不絕的！那樣的哭聲一旦聽進了心坎裡，是想忘也忘不掉的。光緒二十一年閏五月二十一，陽曆七月十三日，三角湧蘇家經歷了悲喜交集又難以忘懷的一天！」蘇軟欄寫到，「蘇家人是以緊抿著嘴唇的笑容接受了根銓大哥的死訊，在短暫勝利的歡呼聲中咀嚼著各自心裡幽深的傷痛。那是我質疑那場聖戰的起點，質疑它本質上太冒進，形式上又不脫庄頭械鬥般的肆虐。不管殺人或是被殺，都讓活下來的人愈發沉重，真正獲得的不過只是一種綿長又難以釋懷的『心病』罷了！」

「那日傍晚，滂沱大雨一陣接著一陣，雨水滲入棕簑，感覺宛如人的軀體在淌血！」蘇軟欄寫到，「我跟著蘇根煌離開陳家祠堂，跨馬朝土地公坑溪谷疾行而去。」堂兄弟倆循大路往店街尾走，沿途照面的都是咧嘴笑呵呵的鄉親。「你說——到底是誰急著要見我？」蘇軟欄一路上問了蘇根煌好幾次，得到的只是那寶貝存心吊胃口似的「笑而不答」。他注意到土地公坑溪的溪水變得洶湧了，水面上載浮載沉地多了不少漂流物。「嘿嘿……」蘇根煌曖昧地笑起來，轉頭望著南橋對面禮拜堂高聳的屋頂，說：「打仗也有打仗的好處！什麼事都可便宜行事了……痛快！」他停頓了一下，說：「就直接告訴哥哥你吧——我那好媳婦就快入門啦……不過，她得暫時在那尖頂下避避！她現在啊……每天盡是禱告，一心祝禱咱快快打個大勝仗吧！」「那……就先恭喜啦！花癡！」蘇軟欄說，「不過，那拜見弟妹的事得緩緩才是……今夜，肯定是不行！」他說著挨近了蘇根煌身旁，小聲問到：「寶貝！你剛才講咱在溪谷已打了勝仗……是聽誰說的？」「哼！就你一個不知！稍早街上鞭炮都放過了！」蘇根煌白了蘇軟欄一眼，尖削的下巴揚得老高，「簞食壺漿勞軍的人，還有那大嗓門的報馬仔……午時末就鳴鑼報喜了好幾回了！這消息……能錯嗎？」

「向晚短暫雨霽之後，土地公坑溪左岸吹起了微微南風，帶著山嵐氣的暮靄中瀰漫起一股詭譎的氣氛！」蘇軟欄寫到，「我和根煌朝上游行去，不時看到高漲的水面上有不完整的屍體順流漂來。」「我看……上游已發生了大戰！」蘇軟欄指著水面說，「在這昏天暗地的急流邊……感覺是有些陰森恐怖了！」「咱趁著還有點天光，再趕上一段路吧！」蘇根煌說，指著前頭一條蜿蜒、泥濘的上坡路，「這山徑並不很狹窄，都有一丈五寬吧？」堂兄弟倆一前一後地點上了火把，策馬朝「頭站店（今麻竹腳）」疾走，胯下的馬匹每一步都顯得氣喘噓噓的。不久，蘇軟欄突然發覺前頭數百步外墨色般的空中出現了點點跳動的火光，當下即驚呼：「看到頭站了！看——黑壓壓一片防禦工事……見到篝火了！沒錯！沒錯！」「喂——停住！停住！小心——不可再往前了！」蘇軟欄叫住了蘇根煌，「再往前一點……恐怕隨時會挨槍彈的？」「咳！你驚啥？看我的！」蘇根煌說，高舉起手上的火把在頭頂畫起圈圈來。「這是我堂叔蘇慶教我的暗號！」他說，「等等……你看看，便明白了！等那頭的火光也畫起圈圈來，那就安啦！咱先在此喘口氣……再繼續走不遲！」

「蘇慶親自到柵欄外迎接我們，身後的義軍營地看來是黑壓壓的一片凌亂！」蘇軟欄寫到，「這老叔我打小即認得，和我生父差不多歲數吧？但，那六尺以上昂然的身軀，看來真是頤養有方、威猛不減當年啊！」蘇慶先和蘇根煌點了點頭，便匆匆走上前問蘇軟欄：「隆恩河那邊，打贏了嗎？真贏了嗎？」蘇軟欄注意到老叔跛行得很明顯，便忍不住直瞧他那被棉花布條纏繞包紮的左大腿。「阿叔！您的腿……怎麼了？」他一面翻身下馬一面如此問道，並且伸出了雙手趨前要去攙扶蘇慶。「不對！不對！」蘇慶笑咧咧地說，露出缺了兩顆門牙的牙齒，「阿欄！你該叫我『阿伯』才對！我小蘇力三歲，但大你爸一歲！所以，你可不能跟阿煌喊一樣的！懂嗎？哈哈……」「歹勢！歹勢！」蘇軟欄應著，低下頭看到蘇慶的雙手正緊握著自己的手臂不放。「阿欄！你長得……真像你爸！」蘇慶突然間激動地說，「我其實……真想你阿爸！真是思念啊……就算再過幾十年，我想我……還是會記得那場械鬥的……記得我那個……最勇敢的堂弟！你阿爸始終就是那樣……勇敢！

真勇敢！嗚嗚……」

蘇慶領兩位姪兒到一處草棚下，斟茶時任憑棚頂滲落的水滴滑過他的雙頰。「你倆……最好就在頭站這兒等天亮吧？前頭的狀況……有點亂，並不明朗！」「不是講打贏了嗎？怎又是不明朗呢？」蘇軟欄問。「第一回合……算是贏了吧？」蘇慶躊躇地說，「剛聽到的消息──眼下，倭寇大隊已被圍在娘子坑裡了！目前的態勢，應該說是……還在僵持之中吧？」這時，一個看來四十出頭的高大漢子跨進草棚，並且隨手將攜來的一盤「烤牛角」擱到了茶桌上。「這位是……橫溪庄的蘇詣大哥！見過嗎？」蘇慶說，豎起了大拇指咧嘴笑起來，「阿詣！幹得好！昨早那一陣砲轟……真替咱出了口惡氣啦！痛快！痛快！」「我等久仰阿叔威名！久仰！久仰！」蘇軟欄起身說，領著蘇根煌向蘇詣拱手作揖了一番。「別客套！都是自己人嘛……」蘇詣說，低頭指了指桌上的「烤牛角」，「快吃吧！吃飽了，天一亮咱就再幹！讓那山溝裡的倭寇俗辣……一個也別想跑嘍！」

「那夜，篝火在雨中顯得黯淡，『噗哧噗哧』的聲響聽來像呻吟似的！」蘇軟欄寫到，「四下裡有一種頑強堅持的氛圍——那是光和熱的觸角在黑暗之中給人的感覺！」蘇軟欄嚼著「烤牛角」朝營區一角望去，納悶：「為何口裡竟嗅出了絲絲血腥味來？莫非一打起仗來，什麼都走味了不成？這牛角怎……」他注意到砲陣地後的竹棚下躺著一排肢體扭曲的傷患，於是輕聲問蘇慶：「那些弟兄們怎麼了？傷得重嗎？」蘇慶搖了搖頭說：「是……被倭寇的砲彈炸的！就先用那頭草蓆上的『金狗毛』和棉花團止血看看吧？至於那些止不住的……也沒辦法了！」「幹！我現在……真想吃倭寇的肉、啃倭寇的骨！」蘇詣揮著拳說，胯下的竹椅一陣搖晃就像要解體似的，「不過，你們也別擔心——咱的人……命韌得很呢！我相信——躺在那兒的小夥子們，一旦再聽到槍砲響，大多還是會立刻跳起身來的！信嗎？」「但眼前我只想聽你們講那昨天上午砲戰的威風！」蘇根煌指著陣地前一字排開的九門大砲說。「咳……威風什麼？咱的『大將軍』們……火力還差人一大截呢！」蘇詣噓了一口氣說，「明明同樣是一擊……那倭寇的砲彈感覺就是更有威力一些！若咱也有那同樣威力的大砲，說不定早已打得倭寇樹白旗乞降啦！」

「明治二十八年（西元一八九五年）七月十三日拂曉，日本帝國陸軍征臺軍，北白川宮能久親王統領的近衛師團之山根混成支隊轄下的坊城大隊，自三角湧街拔營向南挺進！」蘇軟欄轉述戰後所見到的日方紀錄，「坊城大隊預計是要到三角湧南面大嵙崁附近的龍潭陂，與從西線南下的山根信成少將所率本部聯隊會合。坊城大隊選擇循三角湧土地公坑溪左岸山路的捷徑前往，預定在一日半內儘速趕到會師的目的地去！此路徑向來視線隱蔽、形勢險惡，早年即發生過清國劉銘傳部隊遭泰雅魯族生番伏擊之事——故其所選擇經行之處，誠所謂險境也！」「沒人知道為何日軍會選擇走這條山路？有人說——可能是劉扁獅建議日軍走的！這說法聽來可笑，也無法獲得證實！就是多年後，做了漢奸的劉扁獅本人，聽說也是矢口否認的！合理的推斷……」蘇軟欄在記事本裡寫到，「應該就是……日軍大意輕敵了！如此而已！」

「以下是我根據蘇慶所言，加上戰後多年從各種文獻中獲得的資料，所整理而成的片斷紀錄。」蘇軟欄如此寫到，「我試圖呈現的是——那場戰役比較接近真實的一面，期望這樣的紀錄能多少帶給子孫們一些啟示和領悟！唉……如果可能的話……」清晨曙光微現時，雲層低低的，像要下雨。日軍在三角湧街尾的南橋附近完成集結，分成先頭、居中和殿後三梯隊出發，合計有八百九十四名之多！蘇力在當日天亮前趕到已部署在「末站」深谷裡的蘇軍陣地，信心滿滿地激勵義勇們：「咱會贏！一定贏！形勢發展，已完全如我等所掌握！」蘇俊展開一張手繪的作戰地圖，向統領蘇力報告：「分水崙會戰，兵力部署業已完成！三角湧方面：本部八百人，陳怒番部五百人、蘇根銓部三百人、蘇慶部三百人、林成祖部三百人、林金盆部三百人、林樹部三百人、陳增祥部三百人、陳鶱部三百人、張能部三百人、廖天使部兩百八十人、秦鱸魚部兩百人，合計四千一百八十人，向統領報到！烏塗窟方面援軍：分統黃鏡源所轄，管帶鄭西風、劉大容部，共千人也已完成部署備戰中！大嵙崁方面友軍：統領江國輝、副統呂建邦所轄、各營管帶簡玉和、廖運藩、李光揚、黃希隆、劉大義、王亮、劉唐、游通等部，共兩千五百人據報早已集結完畢！目前横崗到烏塗窟一帶山區，可說是已被抗倭義軍圍得滴水不漏了！」蘇力頻頻點頭，抿嘴沉思了片刻，轉頭盯著陳有善問道：「你所部……現在何處？集結了有多少人？」陳有善起身拱手，說：「我所部共四百人！都部署在鳶山之陽、土地公坑溪左岸，已奉副統之命機動待命中！」「嗯……好！很好！很好！」蘇力應著，噓了口氣伸出手臂拍了拍陳有善厚實的胳膊，「有你這『青年虎將』來機動支應，各部都像多了千軍萬馬似的！不過哎……我總覺得根銓那裡的兵力不是很夠……畢竟他的白匏湖山，是最可能要首當其衝的——這態勢，現在似乎是愈來愈明白了！不是嗎？德從（陳有善字）啊！根銓一向和你最要好……他若力戰不支……拜託你一定要即刻馳援！我這有一紙軍令准許你——任何時候，都可率隊直接進佔白匏湖山！」據說，那時蘇力話都還沒全說完，在場的蘇俊、鄭金榜、蘇慶等人，便已皺起了眉頭朝他猛眨眼，似乎都對他剛說的話……頗不以為然！

「我總覺得蘇慶對前一日頭站的『大勝仗』，話說得不是那麼篤定……」蘇軟欄寫到，「納悶：實際的戰況……到底是怎樣的光景呢？」「嗯……我相信『一時之勝』……應該也算是吧？」蘇慶說，「現在的問題是……該怎麼收尾呢？那說不定……可就有點難了！」「在那悶熱的小暑時節中，溪谷裡的蚊子就愛糾纏著打斷人說話！」蘇軟欄寫到，「我突然感覺到蘇慶的確是有些倦容了……」「咳……和倭寇一進入槍戰，才知道咱的命其實就像是這山區裡的蚊子！」蘇詣憤憤不平地說，「就算是多了數倍的兵力，在火力上還是明顯差了一大截！一大截啊！唉……」蘇慶搖手制止了蘇詣繼續說下去，彷彿帶著絲絲不勝噓唏的口氣，平靜地再提起了昨日發生在頭站的戰事，就像是在述說一段已過往了許久的事件。

七月十三日，日軍以工兵部隊配合哨兵小隊作為前導，後頭跟著分為兩梯隊的步兵，呈一路縱隊沿著土地公坑溪左岸進入了三角湧以南的山區。辰時初，日軍齊整地通過「頭站」，繼續向上游山谷挺進，完全沒察覺到那已埋伏在兩側密林裡的義軍。從頭站開始，日軍縱隊便進入了迂迴曲折的深谷之中，長長的隊伍經常是首難顧尾、尾亦見不著首！辰時半，日軍的前導部隊突然起了一陣騷動，緊接著後頭的部隊便開始朝前頭分水崙的方向疾行而去！日軍步兵們提著長槍快跑，夸噠夸噠地驚起了不少正在谷底覓食的鷺鷥。當義軍的報馬仔趕回頭站向蘇慶報告時，前頭山谷深處已響起了一陣接著一陣的槍聲。「開戰了！開戰了！前頭……已經開幹了！」蘇詣疾奔到蘇慶面前大叫，「大哥！那樹林裡的大砲……可以出動了嗎？」

「可！」蘇慶大聲回應，「幹了！幹了！」他說，「伏兵盡出！伏兵盡出！快快拖出祖師廟的九尊大砲！快！堵住谷口……用砲火猛攻！猛攻！一定要堵死倭寇的退路……連個鬼影也不准放過！」

蘇慶抿著嘴沉思了一會兒，轉頭看了看遠處闃寂的溪谷，接著說：「砲擊後不久……橫溪營的林成祖管帶就自告奮勇地說要率隊殺上前去！他那個人……你們或許也聽說過的……一打起仗來，總是把自己想作是像『刀槍不入』似的！唉……刀槍不入？那怎麼可能呢？記得那時……林成祖在隆隆砲聲中放聲大喊——『要叫倭寇不敢回頭，就該立馬追上去打！要打得他們不敢回頭才對！』我當下雖說是應准了，但心頭仍不免有些忐忑不安的；見他帶著三百弟兄鳴鑼殺上前去的狠勁，一顆心好像瞬間就給吊掛了起來似的！天黑之前，傳回來的消息斷斷續續的……但就是一直等不到林成祖返回駐地！」「哎……我我還真擔心啊！」蘇慶長長噓了一口氣說，「這趟出來之前……我答應過他阿母的——至少也得帶個全屍回去的！嗚……」「林成祖在砲火中直衝倭寇而去，殺得那原本還想調頭退回頭站的寇軍一陣大亂，個個都像嚇破了膽似的！就是這樣……才算是真正穩住了咱這頭的封鎖線了！」蘇詣說，「否則，寇軍若攻回三角湧街市……肯定是會讓咱的百姓都沒個活命的啦！」

「天色一直陰晴不定的，午後溪谷裡的『紅蛋旗』看來都成了沾上血污般的豬肝色了！」蘇慶說，「林成祖的弟兄們發出鬼哭狼嗥般的叫聲，在那一波波槍響中宛如波濤、地鳴似的！」「哎呀！最令人氣惱的是——在第一波槍戰之後，寇軍看來……幾乎全無傷亡！怪就怪咱的長槍、短銃……射程都顯然短了一截！」蘇詣說，「我聽見林成祖大喊『趴下趴下』，見他不停以手勢要弟兄們儘快趴下身來……『大家用爬的！爬著進攻！』他吶喊著，『顧好自己的頭！顧好！』」「也就是在那時候，蘇詣下令九門火砲開始輪番猛轟了！」蘇慶說，「他揮動的手臂一刻不停，口裡吼著：不准停！不准停！」「林成祖的弟兄們奮不顧身地向前爬去，不久便和倭寇的後衛部隊糾纏在一起了！」蘇詣說，「那是一種熟悉又極其混亂的畫面，令我想起了參加過的庄頭械鬥和拚戰生番……的確，看來是沒什麼太大的不同！」

「據說，當『頭站』的砲擊聲響起之後，蘇慶是從望遠鏡裡目睹了發生在『中站』的肉搏戰！」蘇軟欄寫到，「據他說——那天日軍的後衛部隊之中的確有不少腹瀉不止的『病號』，病奄奄的兵士拖著傴僂的身軀跟在畫著紅十字的『醫藥車』後，不時有人衝到山徑旁狂嘔或甚至就當眾脫下了褲子落屎起來！」當陳有善率隊從「石桌」附近濃密的竹林裡殺出時，埋伏在土地公坑溪對岸的義軍槍隊便開始放槍掩護了！日軍的後衛部隊看來是頗有些傷亡了，在倉猝還擊之間已明顯露出陷入了三面受敵的窘態！陳有善首先攻擊的是日軍的「病號部隊」，他把握日軍裝填子彈的火力空檔，迅雷般地揮軍撲上前去展開砍殺。日本兵用槍頭的長刺刀迎擊義軍，展現出一種宛如舞步般的古怪「刀法」！義軍的大刀、掃刀、長矛和長叉起初看來並不遜色，但不久便頻頻被日軍的「武士刀」砍斷。陳有善在亂軍中搶來一把武士刀，學著用雙手揮砍，當場便砍殺了好幾個日軍的「病號戰士」！第一波的肉搏戰之後，日軍的「病號部隊」幾乎受殪殆盡——許多人甚至是被陳有善當場一刀劈成兩半！據蘇慶說——那時，淒厲的叫聲在狹長的谷地裡此起彼落，其間還不時夾雜被砍下的頭顱滾落地面時的撞擊聲！「對我來說，那發生在中站的肉搏戰，也並不是挺新鮮的事……這我得承認……」蘇慶撫著斑白的鬢髮欲言又止，「唉……或許我真該承認自己是老了……老得連望遠鏡筒都快拿不穩啦！我我……能否認自己想哭的感覺嗎？畢竟……阿欄的親爸，也死了幾十年了！」

「以下是蘇詣說的——就在陳有善的部隊發動攻擊之後不久，有數十倭兵突然從隊伍前頭持槍衝殺而來！他們邊跑邊開槍，朝纏鬥中的戰士一陣猛擊，幾乎是無差別地見人就砍！」蘇軟欄寫到，「這是怎麼回事呢？戰後多年來，我一直這麼問自己！或許……那只是因為恐懼吧？人，都是會恐懼的！」就在那時候，林成祖的部隊又紛紛伏下身來，開始朝奔馳而至的日軍側翼發起了猛烈的射擊！日軍在倉猝間兩面接戰，一會兒顧左一會兒又打右，火力頓時間便被大大削減了！那原先已被壓制得岌岌可危的陳有善部，彼時非但沒趁機遁逃，反而加速地朝來襲的日軍猛撲而去！四股人馬旋即近身纏鬥在「中站」的溪谷邊，戰士們能做的就是不停地與衝過來的人扭打廝殺，甚至得像野獸般張口猛咬任何挨近自己身前的人影！據說，那日陳有善的殺聲直如綿延霹靂，幾乎整個山谷都聽得到那懾人的迴響！「完全變成猛獸的陳從令人陌生……」蘇慶對蘇詣說，「雖然我們很瞭解他其實並不是那樣的人……但我在望遠鏡裡見到那個完全不同的陳有善……毫不遲疑，近身搏殺了十數人之多！」

「以上『分水崙會戰』的序幕，我和根煌是在半夜裡聽說的。」蘇軟欄寫到，「蘇慶看來始終心事重重；他這個老兄弟話說得比過去沉重，想必有他特別的原因吧？」「我每回看陳有善殺人，都難免有些感觸……」蘇慶說，「很難想像一個人能瞬間變化得這麼大！」他仰頭望著略微發白的天色停頓了一下，「陳從這孩子……我是看著長大的！但我從不明白──他到底是個怎麼樣的人？和善與好殺……是可能同在一個人的真性情中嗎？模樣固然可以裝出來，但真性情終究是只有一種的吧？到底哪個『陳有善』是真實的呢？」「都真！」蘇根煌笑咧咧地說，「咳……這有什麼問題呢？陳從和我大哥都是真性情的好漢！他倆的『真誠』……就是絕不會裝模作樣！要怪就去怪倭寇吧？哈哈……」「慶兄所說的……應該指的是『殺氣』吧？」蘇詣說；「見過真正殺氣騰騰的眼睛嗎？」他轉頭問蘇根煌，「陳從那真正殺氣騰騰的眼神……連鬼都怕！信嗎？」

蘇軟欄和蘇根煌待在頭站等天色全亮；黎明時，草棚外稀疏的雨聲幾乎給稍早大雨造成的潺潺溪水聲掩蓋了。蘇慶起身盤桓，側耳皺眉欲言又止；輕聲說：「怪！怪！這水聲……怎哭得如此沉重？」「還好吧？是大雨後水漲……多了些漂流物吧？」蘇詣說，舉目望著前頭山谷的方向看。「聽來是悶響？沉沉的……」蘇軟欄說，「單純湍急起來的流水聲……沒這麼沉重！不是嗎？像嗚咽似的？嗯……的確有些像哭聲呢？」「哈哈……我知！我知！」蘇根煌突然放聲大笑，「咱的民族英雄……肯定打了場大勝仗啦！那水聲……就是倭寇的屍體在水中互撞的聲響吧？」

「寅時過半，天色是全亮了，但林成祖並沒返回頭站營區。」蘇軟欄寫到，「蘇詣受蘇慶之令率三十槍兵向『中站』的方向搜索而去，也順道護送蘇軟欄、蘇根煌繼續前往白匏湖山去。那時，蜿蜒的山徑顯得濕漉漉的，迎面而來的山嵐仍嗅得出絲絲煙硝和血腥味來。我們在中站前見到焦黑、傾倒的『虎賁籬』，附近的義軍駐地望去一片狼藉空蕩！」「人呢？」蘇詣說，用手掌遮著額頭眺望前頭曲折向上的山路，「都往『末站』去了吧？倭寇們既然回不了頭……也就只能往前遁走囉！」「怪怪！我感覺……好像愈走愈沉重！」蘇軟欄對蘇根煌說，「你嗅到什麼怪味了嗎？是腥味吧？好像愈來愈濃了！」一行人才拐彎走過一片懸崖石壁，便遇上鄭金榜孤伶伶一個人仰臥在崖邊的一塊大青石上。「老師！老師！」蘇詣翻身下馬趨前探視，「老師您……怎麼了？受傷了嗎？」「也……沒什麼……」鄭金榜呆視著天空喃喃自語，突然間整個胸膛便是一陣起伏，「哼……不吃倭寇肉、不啃倭寇骨……難消我恨！難消我恨！」他看來面色慘白、雙唇顫抖，直如中邪了一般！「老師您這是……」蘇軟欄伸手攙扶鄭金榜，指尖碰觸到他衣服上濕黏的血跡，

「傷到哪了？我背您瞧郎中去吧？」「別！別再……問了！」鄭金榜突然揚起手掌阻擋蘇軟欄，隨即賭氣似地撇過了頭去。「誰……誰沒傷呢？」他半闔著雙眼嘟囔起來，「就是叫我立刻死了去……那也不算什麼嘛！」「其他人呢？老師！」蘇詣問，躬身護在大青石旁。「前頭！都往前頭去了！」鄭金榜揚了揚手說，「你們也去吧！我沒大傷，只是想……獨處一下！你們快趕去分水崙吧？快去！免得……待會不小心被我吐了一身！天亮後……那兒肯定將有一場惡戰！真正的惡戰！」「老師……」蘇詣突然壓低了嗓音說，同時兩眼直盯著鄭金榜的嘴巴看，「您……您們……吃了倭寇的肉了？」「嗯！」鄭金榜緊閉著雙眼應聲，帶著明明白白賭氣的口吻，「我我……還啃了倭寇的骨、喝了倭寇的血呢！我……」他的聲音突然瞬間哽咽起來了，「聽說了嗎？昨……昨天，倭寇已殺死了六角銓，接著又殺了陳有善……可恨！可恨啊！嗚嗚……」

「那時，我突然感到胸口一熱……」蘇軟欄寫到，「一想到吃人肉這檔事……我幾乎是立刻就嗆出了一口酸水來！」「好兄弟！幹得好啊！嘿嘿……」蘇詣趨前拍了拍鄭金榜的肩頭，「老師！你們吃過的『豬肉』……可還有剩下的嗎？就是那大骨上的肉屑……嘛可以啦！」「往前去吧？往前去！快！」鄭金榜揚了揚手，「前頭滾著水的那口大鼎裡……『白豬肉』應該還多的是呢！」「什麼事？什麼事？老師……您好點了嗎？」蘇根煌慌張地趨近身來問道。「沒事……讓老師歇一會兒吧！」蘇軟欄說，以左手臂攔住了根煌，「阿煌！你昨天不是說……有個誰要見我？你說！賣什麼關子嘛？」「那就……往前！往前吧！」蘇根煌眨巴著雙眼說，「到時……你自然就知道了嘛！」那時，天色看來的確就要全亮了；那曙光的觸角已然挨近了鄭金榜癱軟依舊的身軀，令他瞬間朝暗處挪移了一下！

「咦……聽到前頭的槍砲聲了嗎？」蘇根煌突然側耳朝著前方說，「哇——決戰的時候終於到了！咱這就攻過去吧？」「對！進攻！進攻！」蘇詣說，隨即翻身上馬。蘇軟欄遲疑地看了看鄭金榜，正要跨上馬背的時候，突然間聽到鄭金榜用呻吟似的嗓音喚他：「阿阿欄！阿欄！你可……千萬別去嚐那大鼎裡的肉！只要吃下那麼小小的一口——哪怕只是比檳榔渣還細的肉絲……你，這輩子就別想再做老師了！」鄭金榜說著陡然坐起了身來，旋即撇過了頭去狂吐了起來！「閏五月二十二日（陽曆七月十四日）清早，雨止轉晴，分水崙周邊的天空，看來是清朗一片！」蘇軟欄寫到，「但我的一顆心已然沉重得幾乎要停了下來了，一想起蘇根銓和陳有善的身影……就是一陣刺痛！那時，我並不確定根煌是否已經知道了兄長的死訊，瞧他那副對殺戰躍躍欲試的模樣……真是心如刀割！」

「根據日方事後的記述——坊城後章少佐是在拂曉前寅初三時，命令岡崎中尉率輕裝小隊潛行而出，並隨即進踞分水崙迤西高地；他顯然已意識到了被包圍的窘迫，急著想要以此高地作為制高點，來尋覓可能突圍而出的路線！」蘇軟欄在記事本裡如此寫到，「寅正四時，他先下令火砲密集砲轟敵軍陣地，同時間令第五、六中隊在砲火掩護下突破左翼封鎖線，以強攻之勢進佔分水崙迤西高地！」

那天上午，當蘇軟欄隨蘇詣一行人逐漸靠近「橫崗」，打老遠便看見那裡的山色已在隆隆砲聲中泛起了詭異的紅光！那時，蘇力集結了千人之力要去攻打分水崙迤西高地，直挺挺地跨在馬背上凝視前方，並沒和剛到的任何一個人打招呼！

「阿詣！你們剛到，就先協防後翼吧？」蘇俊說，策馬而來伸手指了指橫崗西側的「蘇軍」營房，「昨夜林成祖是受了點傷……目前就在那頭營房裡休息著，看來再多休息一下……就會好起來的！你們這就去看看……給他打打氣吧！」那時，蘇軟欄注意到義軍中多了一種從沒見過的「奇特火槍」，算起來攏總有七支之多！他挨近蘇俊身旁，低聲問：「大人！那……是什麼傢伙？是一種火槍吧？」「咳！好傢伙！你還不知道？那，就是大名鼎鼎的『村田式』連發火槍！聽過嗎？」蘇俊大聲說，「算是倭寇最新的武器啦！都是六角銓搶來的！他在犧牲之前……共搶得了七支之多呢……」「嗄……」蘇軟欄瞬間睜大了眼，「根銓之死，原來你們已經知道了！」他盯著蘇俊看，咬著嘴唇任憑連珠淚水滾落雙頰。「嗯……都知道了！可恨啊！可恨！」蘇俊撇過頭說，「流淚傷心……可不是咱眼下該做的事！替『六角銓』報仇去吧？用倭寇的鮮血……來祭拜阿銓才對！跟你講——你阿伯從昨天到現在……連一滴眼淚也不曾流過呢！」

「義勇們個個拉長了脖頸，爭看『村田式連發槍』的真面貌。」蘇軟欄寫到，

「那興沖沖的神情帶著些許困惑……又愛又恨。」「真怪！這槍就真這麼好使？還能自己將子彈上膛？」一個哨長搔著後腦勺說。「我看……還是麻煩了點！彈弓使得快……也差不多嘛！」一個刀兵嘟囔著。「咳——別傻了你！」哨長用力拍了拍刀兵的胳膊，「倭寇這村田槍，三百尺外便能要你的命！你的彈弓……行嗎？」「是喔！」刀兵睜大了眼應道，「怪不得咱跟倭寇打起來，都得先乖乖趴地先爬上一段！哈哈……」「好了！好了！快出發吧？」蘇俊大聲催促起來，「嘿！切記——槍彈可省著點用！咱雖搶了槍桿來，子彈可沒搶到！」那時，蘇詣挨近身來問蘇俊：「你們現在準備去攻哪裡？人手夠嗎？需要的話……我們隨時待命！」「分水崙迤西高地！」蘇俊說，「今晨寅時，倭寇已攻佔了那高地！看來是……想找出突圍的路線吧？」「是喔！眼下看來是已圍上了不是？」蘇詣興奮地說，隨即卻又微微皺起了眉。「這山區的地形……有點複雜！」他說，「幾年前，我曾幫土地公坑陳家在這一帶和大嵙崁打過械鬥……對這兒還算是有些認識的！」「擺俊！我跟你講——眼前這仗，勝敗關鍵就在大嵙崁！相信嗎？」蘇詣追著蘇俊繼續說，

「伊們若真信守承諾……堅守到底！咱就可能一舉全滅倭寇！否則……倭寇一旦成功突圍，三角湧、大嵙崁都要『挫咧等死』啦！」「嗯……我與阿兄所見略同！」蘇俊說，轉頭看了大嵙崁的方向一眼，「我已這般提醒過蘇力了！他說：『大嵙崁的江國輝是條漢子，絕不會背棄承諾的！列祖列宗盯著看呢！』據我所知，也是如此——那江國輝的確已調集了千人兵力，此刻據說早已埋伏在對面山麓一帶。眼下兩面包夾的態勢已然形成……看來錯不了！」「那就好！那就好……」蘇詣似乎欲言又止，「反正……絕不可跑了這股倭寇便是！否則……相信我……那麻煩就大啦！」

「那天早上，『橫崗』上空晴空萬里，人人看來都顯得格外精神！」蘇軟欄寫到，「那座蒼翠的崗嶺，如迤邐的屏風，儼然是分水崙山脈昂然不屈的龍頭！其上挺拔逾五百尺，其下復臨六百尺深谷——如此挺拔的山崗，在周圍數里內也的確少見！臨深淵而無懼色——正是那時義軍勇士們的寫照吧？」蘇軟欄一路欣賞著橫崗周邊的景致，不覺間已隨蘇詣抵達了位在山麓的一處營區。當他回頭再次仰望那崗嶺時，驚覺東半壁的天空已是曙光泛金一片了。他們在衛兵的引領下找到了躺在一間草寮裡的林成祖，昏暗間人人瞪大了眼，直盯著竹床上那顆已被削去了一邊的渾圓頭顱看，「嗚嗚……阿祖哥！阿祖哥！」蘇詣當場哭出聲來。「幹你娘的！阿詣，你在哭啥潲？恁爸……還沒死呢！」林成祖大聲罵起來，「哭啥潲？咱三角湧的山內人……受一點傷就哭，會笑死人的！不驚被人幹譙嗎？」他說著緩緩舉起血肉模糊的手來，「等等……喂！喂！阿詣！我拜託你講話……來我右耳這裡好不好？我的……左邊的耳朵，廢了廢了……就是被那倭寇幹你娘的砲彈……轟廢了！嘛好！嘛好！至少還給恁爸留了一隻好耳朵……真慷慨！算是真慷慨啦！」那時，蘇軟欄幾乎不敢直視林成祖那張半邊已被撕裂仍在淌著鮮血的嘴巴，心裡納悶那蘇根銓死前可能的慘狀又會是如何呢？「阿哥……您立了大功了！」蘇詣挨近林成祖右邊的耳朵說，「咱在『頭站』……已經打了個大勝仗！」「幹！你是老鼠在叫嗎？講話……就不能大聲一點嗎？」林成祖再罵，「恁爸聽你咧講什麼『頭』？大聲一點！像個查甫人嘛！」蘇詣泛著淚光頻頻點頭；「好！好！我大聲一點！大聲一點！」他的聲音聽來格外溫柔，嘴巴幾乎已貼到了林成祖的耳殼邊了，「贏了！咱打贏了！光是在『頭站』就殺了幾百個倭寇！這……攏是阿哥的功勞啊！」那時候，幾個刀兵嗯喔嗯喔地笑起來，應聲說：「贏了！贏了！有人連『白豬肉』都吃過了！」「贏？贏在軍中啦！」林成祖喘著大氣說，「知道嗎？『六角銓』死了……咱得報仇啊！報仇……幹！」

「即使是在多年之後，我還是忘不了林成祖所說的那個『英雄事跡』，感覺那日老兄弟是用比庄頭械鬥強十倍的拚勁參與了分水崙的血戰！事實上，光緒二十一年閏五月二十一日（陽曆七月十三日）辰時半，日軍近衛師團坊城大隊在土地公坑溪狹谷的盡頭，的確是陷入了抗倭義軍早就佈下的重重包圍之中！」蘇軟欄在記事本裡寫到，「大嵙崁義軍營總簡玉和首當其衝，率隊由橫崗之巔俯衝而下正面迎敵！交戰初時，義軍死傷不計其數！然而義軍個個奮勇，以夥伴的死屍作掩護，一尺一尺、一寸一寸地繼續往前衝去！簡玉和一再在砲火中振臂高喊：『兄弟們！前進！前進！不近身敵人百尺內，不准開槍！違令者斬！』日軍顯然是猝然大驚，倉皇之間奔逃浪射者無數！那時候，烏塗窟黃鏡源麾下猛將劉大義突然率隊衝出烏塗窟和臘狸坑，旋即猛擊日軍左翼！日軍指揮官坊城後章抽出武士刀高喊：『固守！固守！退此一步，即無死所！』彼時，日軍陣勢看來並未大亂，反而是井然有序地將所有機關槍、大砲等重武器分成兩路，隨即更猛烈地密集轟擊前進中的義軍！日軍機關槍每一次迴轉，義軍就倒下一排！反觀義軍的土造火銃就算正中日軍，也不一定能令敵人立即斃命！這是一場顯然不對等的戰鬥——義軍兵力雖五倍於日軍，但火力似乎明顯不到對手的十分之一！揣摩這樣的戰鬥場面，著實令蘇軟欄一再心碎……連想像出的影像都能讓他心頭幾乎淌出血來！就在那危急、緊繃的生死存亡關頭，雄據白匏湖山的蘇根銓部隊，突然馳援而至，旋即朝日軍右翼發起了搏命似的攻擊！」

「我沒見過如此敢衝的戰士！六角銓……好樣的！」林成祖咧開嘴說，「拚命？那才叫真正的拚命！就那麼直接衝上前去砍殺敵人……用槍、用刀、使拳腳、張口猛咬……非得讓敵人倒下完全不能再動為止！講出來恁不信——昨天白匏湖山的殺伩……六角銓的人，個個就是這樣子！都是如此！我親眼看到阿銓徒手搶下倭寇的『村田式連發槍』，還一連搶來了好幾把呢！啊嗚……我真見笑，應該……就跟著他去死才對！咱的白匏湖山該改名了……叫作『六角銓山』才對！才對！嗚嗚……」老兄弟的涕淚噴濺在蘇詣伸上前來試圖安撫他的手掌上：「幹你娘的——我我一定要吃吃……倭寇的肉！一定要！」他用咽喉和著血水般的聲音說，「我我嗚……不應該躺在這裡繼續活著……幹恁祖公的倭寇！我該立刻就去拚命才對！活活咬死幾個倭寇……才叫血債血還！血債血還！嗚嗚……」

「據說，日軍那日在白匏湖山的確是傷亡慘重；倖存者一路竄逃，循著岩崖且戰且走，死命地朝西北『娘子坑』的方向遁逃而去！」蘇軟欄在記事本裡如此寫到，「日本軍隊，不愧是曾擊敗清國、訓練有素的雄師啊！據說，日軍在坊城後章少佐指揮下，雖說是在敗逃之中，看來仍是秩序井然的——大部隊依序列隊撤走，分出一中隊兵力以優勢火力作掩護，竟也相當程度地壓制了白匏湖山追擊的義軍！據說，那時蘇根銓的部隊已開始用搶來的連發槍轟擊日軍，在咻咻不斷的連擊聲下，不多時便將整個山區打成一片彈雨煙雲！據林成祖說，蘇根銓那時正攀在一棵大樹上舞動大紅令旗，英勇的身影衝出了雲端！『六角銓……是頭部中彈的！』林成祖說，『原先，我還不信阿銓真會戰死……我跟在陳有善身後匆匆趕到白匏湖山頂時，見到的阿銓卻已是一具腦漿迸出、睜大了眼的屍體……阿銓，就這麼死了……。』推算蘇根銓死亡的時間約在乙未年閏五月二十一日（陽曆七月十三日）午時半。據說當時在白匏湖山的義軍之間，緩緩響起了一陣嘈嘈低沈的啜泣聲；在頓失領導後，暫時敗退下來的雜沓腳步聲中，那哭聲旋即變得震天價響！就在那情勢似乎要逆轉的危急關頭，陳有善突然挺身而出——扛起了祖師廟的大紅令旗，在瀰漫山頭的一片哭聲中用力揮舞了起來！那時，原本負責掩護的日軍中隊，似乎有了轉守為攻的態勢——幾度揮軍逼近白匏湖山頭，甚至與義軍近身肉搏戰！據說，陳有善率眾數度將逼近的敵軍打下山去，槍擊或手刃所殲敵人之數至少近百！日頭過了中天之後，山腳下的日軍主力部隊開始砲擊山頭，似乎是企圖以密集的火力來掩護被打下山頭的部隊。據說那時，林成祖已奉陳有善稍早下的命令——親率近百義勇循捷徑往山下疾奔，繞行到山腳的芒草叢中埋伏；等那後撤的日軍隊伍一現身在眼前，義軍們便全數從芒草叢間躍出來堵殺，伴隨著陣陣淒厲的哀號聲，那企圖後撤的日軍中隊幾乎被砍殺殆盡了！暫停在白匏湖山腳的日軍主隊且戰且走地朝娘子坑加速遁去，還不時以機關槍與大砲交織成的火網朝後頭轟來，轉眼間便轟得整個山區宛如要冒出火來了！晌午，白匏湖山激戰處處；微微的西南風中，瀰漫的硝煙一陣濃似一陣，直到日軍的槍砲聲逐漸歇止下來，才得以見到雲層間射下的幾道耀金般的日光。陳有善被人發現背靠著一棵大樹動也不動地坐著，仍圓睜著一雙眼睛瞪視著前方；已然僵硬了的身軀，顯然再也不能起身搏鬥了。據林成祖推估——陳有善胸膛上的血跡，至少已流淌了半個時辰。據說他背後的槍眼看來更是慘不忍睹，碗口般糜爛的口子或許在激戰當下就了斷了他所有的苦痛了吧？『真希望……是如此啊！像他那麼好的一個兄弟……如此才算有個公道嘛！』我想，『陳有善推估是死在蘇根銓斷氣後的一個時辰——也就是說在同一棵樹下陸續倒了兩具死不瞑目的魁梧身軀！這兩個好漢生前是最好的朋友，顯然走得也並不孤單！嗚呼哀哉……」

「林成祖或許並不想說出一個完整的故事！他滿心想的似乎只是要繼續和倭寇拚殺下去！要勇敢、乾脆地死去，像樹下那兩個好兄弟一樣！」蘇軟欄寫到，「而蘇根煌所想的——是要見證一場他想像中的『能光耀史冊的民族抗戰』！因此，他顯然是打定了主意要好好活著，一定要活著看到所有倭寇被逐出臺灣！」

以下是關於分水崙迤西高地爭奪戰的片斷回憶，是節錄自蘇軟欄留給兒孫的記事本裡繁瑣又稍微隱晦的記載。

乙未年閏五月二十二日（陽曆七月十四日）午時，據說日軍已完全攻佔了分水崙迤西高地！蘇軟欄是在橫崗西側的草寮裡聽到了上述的消息；那時，他正盯著林成祖逐漸闔上雙眼的臉龐看，納悶：「聽到了親哥哥的死訊……為何蘇根煌竟沒一點傷痛悲苦的神情呢？」就在那時候，一個報馬仔突然慌張地從草寮外衝了進來，朝蘇詣邊拱手邊說：「緊急軍情——擺俊副統請管帶速即率眾支援分水崙迤西高地！目前正激戰互咬中……情勢危急，勝負難料！」「噓……小聲一點！我大哥剛剛睡去……」蘇詣以食指封口壓低了嗓音說，旋即拉著報馬仔三步併作兩步地出了草寮。「打贏了嗎？殺了多少倭寇了？」他劈頭就是一串提問，「大嵙崁的江國輝出動了嗎？那高地奪回來了嗎？那大嵙崁方向……有確實堵死嗎？」「嗯……那江國輝看來是……真猛！就在那山頭……便殺得倭寇幾乎完全不敢朝西竄出半步！」報馬仔大聲說，「眼下仍在激戰、僵持之中……看來顯然都互有傷亡了！攻守之間，消長輪替，光是陣地就交換了好幾回了！真的！」「好！好！」蘇詣說，興奮得幾乎站不住腳了，「好天氣，打好仗！剛好！」他迅即召來麾下三位哨長，在簡短的一番商議之後，便完成了出發前的準備工作。「阿伯！請顧好我大哥！」蘇詣交代一位白髮蒼蒼的老衛兵，「就在這裡……等著咱全滅倭寇的好消息吧？」「恁娘咧！殺人我還行，讓我也隨去拚一下吧？」老衛兵鼻孔噴著氣說，同時朝前頭跨出一個箭步，使勁地揮出了三拳！「是啊！是啊！阿伯……雄勇啦！雄勇啦！」蘇詣豎起了大拇指，還不忘一本正經地當眾宣告：「大家要記得啊——阮阿伯是咱義軍中雄勇的一個！雄勇，懂嗎？老實講——伊帶頭械鬥、殺人放火的時代，咱這輩都還沒出來混呢！」

「當蘇詣率眾趕到分水崙迤西高地時，有個報馬仔正向蘇俊大聲報告：『日頭偏西了，愈晚對咱愈有利！高地上的倭寇，所攜彈藥看來不多，從我軍陣地的屍體上搜索下來，最多也不過子彈五十發。』」蘇軟欄寫到，「那時，日軍攜上山頭的糧食看來也不多，據多名探子估量——頂多也就是一兩天的份量吧！蘇詣一到，便趨前對蘇俊說：『擺俊！乘勝追擊吧？倭寇就快彈盡援絕了……拚著幹就成！幹到底，不能給他們喘息的機會！』『我這不正等著統領下令嗎？』蘇俊說，始終緊鎖著一對三角眉瞪視前方，『也許只有血戰一場……才可讓統領心頭少點痛吧？』他說完這話，朝那報馬仔點了點頭，調轉馬頭，疾行而去，直奔不遠處正孤伶伶跨在馬背上的統領蘇力。」

「我不知道沉默不語的伯父還在等待什麼？」蘇軟欄寫到，「據說，他打從前一日得知長子的死訊之後，始終抿著嘴，沒再開口說過一句話。據說，他那雙紅腫得像帶皮荔枝的眼睛，已被仇恨的烈酒浸漬了一整夜。那時候，分水崙迤西高地已不見飛鳥的蹤跡，遠近只聽見悶雷似的殺聲一波壓著一波而來。抗日義軍在高地北、東、南三面豎起了愈來愈多的旌旗，遠遠望去日軍似乎只剩下西面的出路了。」午時末，激烈的槍戰顯得稀薄了；日軍紛紛匍匐在地，緊抓著已上了刺刀的長槍，靜候在硝煙逐漸散去的土地上。他們似乎已對三百尺外的目標暫停了射擊，等著抗日義軍一接近山腰上的第一道防線，就要上場拚搏。「我見到義軍前鋒部隊如疾浪般湧向山腰……」蘇軟欄寫到，「雙方在一片鬼哭狼嚎的嘶吼聲中短兵相接，濺射出的粉紅色霧氣處處可見！近身肉搏戰初開始時，感覺尚有幾分虛幻，等義軍、日軍後頭的增援部隊也壓上前來，倉猝之間，一幅血肉橫飛的煉獄圖像浮現在我眼前。慘烈的戰事一波接著一波而來；在長六里、寬五百尺的緩坡上，鮮血將死屍的面貌染成了無法再分辨彼此的『靜物』。那高地望之委實奇詭，迤邐出傾向西北的走向——南、北、西三面是緩坡，獨留東面孤懸、陡峻成一處近兩百尺落差的懸崖。未時，我眼見高地迤南山坡已被鮮血染紅，不禁垂頭掩面抽泣起來，真希望眼前的一切不過是夢幻泡影罷了！」

「我是在蘇俊身後約三個馬身之處，遠觀了那場感覺近乎幻影的血戰！」蘇軟欄用顫巍巍的筆跡寫到，「我腦中不時浮現鄭金榜在末站懸崖邊狂嘔不止的畫面，驚覺一個為人師表的人眼下何止是身體受傷而已？」「副統大人！副統大人！」那時蘇根煌突然興沖沖地叫起來，轉眼間便策馬挨近了蘇俊身邊，「大人……我要替我哥報仇去！至少也得一命配一命嘛……絕不可便宜了那些倭寇！批准我吧？趁這時還有點天光……」「住口！住口！你這……頭殼壞去的，馬上給我住口！」蘇俊劈頭就罵，瞬間漲紅了臉來：「阿煌啊！阿煌！」他抿了抿嘴，低垂著頭深吸了口氣，「你……就可憐可憐你阿爸行嗎？拜託！我拜託你啦！嗚……」他憋著氣哽咽啜泣，橫出的一隻胳臂顫巍巍地攔住了根煌。那時，分水崙迤西高地，仍持續激戰；義軍從西、南兩面山麓直往山頭攻去，前仆後繼地殺向日軍陣地。蘇詣高大的身軀，在衝鋒的隊伍中若隱若現，轉眼間便已突破了日軍的左翼防線；敵我雙方短兵相接，一路扭打、砍殺直逼東面的懸崖邊去。一小股日軍眼看已被逼到了懸崖邊緣，匍匐之間還不時撿起地上的碎石朝義軍扔來；也有人將四肢緊貼地面，一動也不動地緊抓著那看來已用光了所有子彈的槍桿子。「統統推下懸崖去吧！統統推下去……一個不剩！」蘇詣急躁的吶喊聲不時在崖壁邊響起來，顯示彼時在那危崖之上的舉步維艱。那時候，架在遠處山頭的日軍機槍已暫停了射擊，俯瞰懸崖邊糾纏扭打的同袍，看來也只能先觀望一下了。「這是個僵局！沒人會想被推下那懸崖去的……」蘇俊說，透過望遠鏡緊盯著懸崖的方向看；「咳！咳！」他乾笑了兩聲，「倭寇這種死豬賴皮的打法……是想要拖人同歸於盡嗎？這也算是『武士道』精神嗎？呸！不過，阿詣若只想著硬來……恐怕自己也是會有些麻煩的？不妙……」

「蘇詣的弟兄們與日軍在懸崖邊僵持不下，幾度近身扭打之後，個個看來都已精疲力盡！」蘇軟欄寫到，「沒有人被拋下懸崖去——遠遠望去……只見一具具匍匐在地、更用力抗拒的頑強軀體！」當秦鱸魚挺身而出，主動向蘇俊請纓出擊時，這個二十出頭、看來瘦削斯文的營官，顯然並沒讓蘇俊正眼多瞧他一眼！「副統大人！這僵局……就讓我的『綿拳隊』來收拾如何？」他刻意壓低了嗓音說話，一派斯文的模樣看來頗為平靜。蘇俊周圍的人只是側目看了看秦鱸魚，沒有人開口說什麼；顯然，誰也不看好這一向只會打「綿拳」的斯文漢子真能有什麼突破僵局的能耐。「這狀況很清楚——硬幹是不行的！」秦鱸魚說，「我們大埔庄的『綿拳隊』……有把握將倭寇一個接一個都捋下懸崖去！」他朝蘇俊躬身拱了拱手，隨即便揮手請他身後的幾個耄耋老師傅也都上到前頭來。「這……你就真有把握？」蘇俊皺起眉頭問道，伸手指了指東面的懸崖，「那危崖……少說也有數百尺深！老人家若真被扔了下去……兒孫們要想求個全屍，恐怕也難！這點……你考慮過了嗎？」「哈哈……」一個老師傅仰頭大笑起來，「不是危崖，還顯不出咱綿拳『柔勁』的威力呢？副統，您就在此……等著便是！」

「秦鱸魚領著一行老師傅朝東面懸崖而去，雖說個個步履匆匆，但模樣卻是從容不迫！那時候，眾人臉上看不出有興奮的表情，就是蘇俊似乎也明擺著對這支『救援隊』沒抱任何指望。」蘇軟欄寫到，「但，沒一會兒工夫，我便聽到懸崖那頭響起了陣陣歡呼聲。蘇詣那宛如要衝上天際的吶喊聲一陣接著一陣——哇嘿！哇嘿！大埔庄的『秦無敵』來了！秦無敵來了！眾兄弟！咱……要贏了！就要贏了！」

「我是透過根煌遞送來的一管望遠鏡，才得以親眼目睹秦鱸魚和他的老師傅們那戲法般的拳腳功夫！真是……毫不費勁的好功夫啊！」蘇軟欄如此寫到，「這是另一種『虎將』的身影，完全迥異於蘇根銓、陳有善的另類典型！那時候，我突然想起了陳有善曾對我提過的事來──『我怎能算**青年虎將**呢？真正的**青年虎將**，絕對是大埔庄的秦鱸魚才對！他見過真正的大場面，參加過劉銘傳在雞籠港抗法的新軍，年紀輕輕就幹上了要塞防營的哨官！』我推算乙未那年秦鱸魚不過就是二十三歲出頭，論年紀也的確比陳有善還年輕了兩歲；所以說他是**青年虎將**，真是名副其實啊！問題是──什麼原因令他終究還是離開了**官軍**呢？據說，好幾年來這個**青年虎將**只是窩在三角湧大埔那僻靜的一隅，默默練著他那傳自唐山的綿拳。」之前，蘇軟欄總覺得陳有善說的只是一種「自謙之詞」，但在乙未年閏五月二十二那日午後他有了不同的看法。他透過那管神奇的望遠鏡，見識到了咱清國軍人其實也有完全不輸日軍的真功夫！他眼看著日軍一個個給扔下懸崖去，不禁納悶：「既然有這種老祖宗傳下的好武功，為何甲午之戰仍敗得如此淒慘呢？」

「秦鱸魚和他的老人部隊戰來是一派輕鬆，將一場懸崖邊的僵局用舞蹈般的身手化解了──他們可沒氣急敗壞、也沒使勁猛擊，一切進退、虛實、緩急在從容之間便掌控了大局……」蘇軟欄寫到，「秦鱸魚無疑是打了一場不尋常的肉搏戰，在那機關槍子打不到的崖邊一隅，用古老中國傳下來的智慧和拳腳功夫，成功了斷了十幾個年輕力壯的假洋鬼子！神奇啊！那是我第一回領教『綿拳』的『威力』，對老中國高深莫測的能耐，也算有了些體認。這是大智慧──在那緊要關頭，老糾纏著扭打或是繼續扔石塊下去……終究也不是辦法嘛？關於那場特別的殊死戰，多年來我一直很想聽聽蘇詣的感想……據說，他在戰後似乎仍有些困惑、或是礙於面子問題……終其一生並不樂意多談那件事。」蘇軟欄如此寫在記事本裡很不顯眼的一角，「顯然，秦鱸魚並沒枉費他在清軍中受過的歷練；而那所謂的『綿拳』，或許在不久的將來就該改個名了！」

「秦鱸魚是條漢子！是個『兵爺』！他做了他該做的事！」蘇軟欄對蘇根煌如

此說，「無論之前國家如何待你，報國、殺敵雪恥……那是軍人的本份！」他反覆將在望遠鏡裡見到的事講給堂弟聽，說著說著竟嗅出了絲絲血腥味來。「阿……阿煌！你這望遠鏡邪門……是哪撿來的？」蘇軟欄用顫巍巍的聲音問道，手指之間搓出了些濕黏的渣滓。「嘿——那是咱大哥……留下來的！」蘇根煌說，「才交我手上不久，就讓你派上用場了！好用吧？連大哥也誇讚不已呢！你若覺得合用，就留著使吧！把咱的每一場勝利都瞧得清清楚楚，也好多一些精彩的紀錄不是？」「還講什麼紀錄？我都快站不住腳了！」蘇軟欄如此寫到，「但在那當下，我能做的只是在心裡為根銓大哥嚎啕大哭一場！手足之殤，宛如心頭割下一塊肉似的！永遠不可能有癒合的一天！即使是在事後多年……那些苟延殘喘的歲月裡，我不再能從根銓留下的那管望遠鏡裡將世事看得更清楚一些；根煌或許有耐性去等待他深信必將到來的勝利，而我卻只能重覆計數著那些感覺愈來愈沉重的日子！」

「乙未年閏五月二十二日，真是個難熬的日子！」蘇軟欄用顫巍巍的筆跡寫到，「分水崙迤西高地戰況膠著，血戰一波接著一波。敵我交相衝殺十數回之多，從晌午一直戰到了日落。」午後，日軍原已有緩緩撤出高地的態勢，然而就在東面懸崖邊的墜崖「慘案」發生之後不久，卻又突然調轉槍頭發起了新一波的攻勢！在鋒線後頭遠處的日軍砲兵，開始發射一種曲射短砲（據說就是叫作「迫擊砲」），用密集從天而降的攻擊將義軍的陣勢一再炸了開來，其間甚至讓不少已裂解的屍塊從地面被炸飛到了相思樹上！三角湧的義軍一度被日軍優勢的火力所壓制，四散開來的戰士們只能無助地匍匐在地，眼看著武士刀的刀尖逐步逼近！「這樣被衝散……等於是等死！不妙不妙……」蘇俊額頭上冒出了豆大的汗珠，凹陷的兩頰望去簡直一片慘白。「這危境……如何是好？如何是好？」他喃喃自語著，遲疑地伸出了右臂，示意後頭的義軍部隊暫緩繼續向前推進。就在那攸關生死存亡的關鍵時刻，蘇根煌突然指著北方大喊：「看！看！大家看那裡——大嵙崁出動了！出動了！」蘇軟欄隨即在望遠鏡中瞧見了江國輝率眾攻擊的身影，確認了大嵙崁義軍已朝日軍右翼發起了猛烈攻擊。「我親眼所見的是——大嵙崁方面的確有效地牽制了日軍，中斷了他們撲向三角湧義軍的攻勢，黃昏之前，顯然已造成日軍重大傷亡！」蘇軟欄如此寫到，「當日頭落到分水崙迤西高地西側時，滿山遍野的殘骸、屍塊成了東一叢西一叢的陰影，整個山頭望去就像一大片亂葬崗！」

「那晚的夜色說來就來，濃密又沉重的山嵐，令人有些喘不過氣來！常聽人講——黑夜能安定那驟死者的靈魂，也能使繼續活下來的人稍稍回神一下。但在那當下，我只感受到一種透骨的饑餓和疲憊，其他的感覺什麼也沒有！痲木，便是我對戰爭最逼真的感受了；誰不想輕鬆一點過日子呢？看那迅速昏暗下來的天空，在伸個懶腰喘口氣之間，誰不想暫時離開那令人乏力的殺伐呢？」蘇軟欄是如此寫的，「酉時末，幢幡似的黑影，在分水崙迤西高地，依然無聲地游移著。雖然天色已暗得難辨敵我，交戰雙方似乎都仍沒暫停一下的打算。」「日軍在天色全暗之前已開始朝西北方撤退，隊伍後處處可見被扔下了的軍械和背囊。江國輝率領的大嵙崁義軍只是一路尾隨著，隔著半里之遙在後頭撿日軍留下的東西，看來是還並不想真正與倭寇來個決一死戰！」三角湧派出的探子如此向蘇俊回報，「他們只是阻擋而沒真正殺上前去……看來明顯是在保留實力嘛！早就聽人講那江國輝是個很『奸巧』的人，這樣看來也的確如此……不是嗎？連派人過來咱這裡打個招呼……也都省了！」「住口！你這……是在報告嗎？誰教你這麼說三道四的？」蘇俊說，斜視了左右人等的反應，「咱……都別再胡說了！要是那江國輝真不想抗倭……剛才就不必發動攻擊了嘛！他這不……冒險來解救咱了嘛？他考量的……雖然可能和咱三角湧不盡相同，但那也是人情之常嘛……不是嗎？儘量把倭寇封鎖在三角湧地界，不讓日軍跨越分水崙半步，對咱而言……也何嘗不是件好事嗎？」「不不會吧？」蘇軟欄說，眺望著西北方那黑壓壓一片漸行漸遠的部隊，「剛才……他們的確是解救了咱！這還用多說嗎？」「械鬥……」蘇俊壓低了聲音說，「這……都怪從前的庄頭械鬥！聽說……阿欄你爸就是死在一場和大科崁的械鬥之中……這事，你知道嗎？哎……不說這了！看！『飯車』來了！餓了！餓了！」蘇俊突然腳踩馬蹬立起身來，「十三添庄的張江能，辦事情就是讚！就是牢靠！答應人的事，一定準時辦到！」「別看那張江能一頭蒼蒼白髮像個年過五十的老頭，其實他才三十七歲呢！」蘇俊說，揮起手來示意眾人都回返後頭的陣地來。他下令衛隊們點起火炬，將那蜿蜒而上的最後一段小徑照得通亮！蘇軟欄聽到咯咚咯咚很有規律的聲響由遠而近，瞧見張江能四平八穩地駕著滿載木桶的牛車而來。那牛車雖說是走在崎嶇不平的山路上，車斗裡堆疊的木桶卻始終平衡得穩穩的。「阿煌……你這去……表現表現吧！」蘇俊轉身對蘇根煌說，「到前頭那小坡去，招呼咱的人都回來開飯吧！不論是還能吃飯的、沒辦法吃飯的……都用作揖的大禮去請！這才是咱中國人的禮數！記得啊……」他將話說得像嘆氣似的，最後終於哽咽地抿住了雙唇。「中國？阿叔是說『清國』嗎？」蘇根煌問，微微皺起了眉頭。「也是……但又不全是！嗯……大清算是，秦、漢、唐、宋、元、明……又何嘗不是呢？兩千年前，那太史公在《史記》裡……早就那麼明明白白地揭示了！不是嗎？所以，咱們國家……絕不是像倭寇講的那麼不堪……」蘇俊仰天噓氣，「那是個古老又大到天際的偉大國家！我們這輩炎黃子孫，很難去想像……眼下這困境在咱悠久的歷史中，實在是算不得什麼，不過是又一次小小的考驗罷了！」「是喔……」蘇根煌輕聲說，「咱是不能妄自菲薄的……那小小的日本，怎吞得下咱泱泱大國呢？」「其實……我最惋惜的……還是陳有善！」蘇俊等蘇根煌離去後這麼對蘇軟欄說，「唉……我真是欽佩陳有善這小伙子啊！欽佩他做人、做事……也欽佩他用人的腦筋！阿欄你知道嗎？這張江能正是陳有善手下的營官，就是他一手提拔起來的！對一個像有善那樣年僅二十五的年輕人而言，這……這是很不容易的事啊！」「嗯……」蘇軟欄嘆了一口氣說，「我有同感！他做人真好……」那時候，張江能已將「飯車」駛抵了陣地，陣陣飯香蒸氣，著實令人食指大動。「咳！老兄弟！」蘇俊策馬趨前說，「你可真工夫啊！這兵荒馬亂的節骨眼上……你還準備要『辦桌』請客嗎？」「也沒什麼……不過是想給兄弟們吃點熱飯嘛！」張江能說，瞬間將那牛車停了下來。「嘿！兄弟們！快去那山壁邊……搬些大石塊來！」他說，「給我如這般……擋好車輪嘍！」他比手畫腳地指揮著一旁的義勇們，「四個輪子後都得擋好！都給我做確實了！」那時，原在前頭作戰的兵勇們已往這頭走來了，愈接近飯車，那拖行的步伐便一步快似一步！「咱不學倭寇那套……免排隊！就都坐那山壁邊等吧？夥計我，給你們都送過去！」張江能說，「熱飯、焢肉、燒湯……每人都有份！保證都吃得到，別緊張！」「阿能哥！這……」秦鱸魚挨近了身指著車斗說，「我不是緊張吃不到，我是擔心你的『飯桶』！」他伸出手指頭敲了敲車斗裡的木桶，「怪怪……你你怎麼用馬桶來盛飯裝湯呢？」「都是我店裡從沒用過的新貨！你擔心什麼？」張江能搖著頭應道，「緊張什麼？又不是叫你吃屎嘛！」「老哥哥……跟你講笑啦！哈哈……」秦鱸魚放聲大笑，「只要是阿能哥料理的，我就敢吃！」他說，側身拍了拍一旁正傻笑的蘇根煌，「要是我們阿煌煮給倭寇吃的那一種……就是打死我也不敢吃呦！看那些倭寇，個個落屎落成那般狼狽……我就是內功再練個十年，怕也是消受不起！」蘇俊看了看蘇根煌又看了看蘇軟欄，笑咧咧地說：「你倆可別介意……這鱸魚兄老兄弟，說起話來就像打『綿拳』似的，盡開玩笑！」

「那晚，蘇力沒來用飯，一直獨自待在火光完全照不到的黑暗中。」蘇軟欄寫到，「聽說他已那樣一整天了；老人家緊抿著嘴，始終沒開口！彼時，在那不全然闃寂的深谷一角，統領和他胯下的戰馬，顯然還不肯放過那些已遠遁的倭寇們！」「就讓他喘口氣吧？」蘇俊對蘇根煌說，「日頭再昇起時，他會好些的。你阿爸是明白人，自然知道自己該怎麼做！這點，我很篤定……」那夜，在分水崙迤西高地南邊山麓，兵勇們迎著習習涼風共進晚餐，在透著濃濃秋意的溪谷邊逐漸恢復了往常的笑意。「阿能哥這『馬桶飯』……風味獨特！你們嚐出來了嗎？」秦鱸魚邊吃邊說，「將來這肯定是好生意——什麼馬桶飯、垃圾麵、豬屎湯……和人不一樣的，才是好生意！」「這位兵爺！挖苦人，也算是綿拳的功夫嗎？」張江能歪著脖頸說，側著一隻耳朵朝向西北方，「馬桶飯？倭寇還沒這口福呢？你聽——西北那頭……乒乒乓乓正鬧熱著呢！」那時約在亥時末，蘇俊稍早派出的探子匆匆返回陣地，喜孜孜地報告說：「倭寇在大嵙崁溪南岸又敗了！又敗了！敗得幾乎是……一路丟傢伙！敗得每個人只管……拎著褲頭落跑！大嵙崁的江國輝顯然在大河南岸預先設下了陷阱，那裡四周村落的婦孺看來是早早備好了刀棍，一拚起來個個都像兇神惡煞似的！」「那……倭寇主力現在何處？大約還剩多少兵力？」蘇俊追問。「倭寇看來是傷亡慘重，但推估應該還有過半的兵力！因為，我親眼看見倭寇大隊人馬竄進了那片相思樹林……看起來顯然是要往娘子坑的方向逃去！」探子說，舔著嘴唇停頓了一下，「你們一定不信——倭寇在那暗林子裡嚇得……個個都像見鬼了似的！真的……笑死人啦！我隨後在那林子的樹幹上看到了原由——原來江國輝早就叫人先在多處樹幹上寫下了——『前無糧草，後無救兵，死期近矣！』幾個漢字！這鬼精的江國輝……連『裝神弄鬼』都用上了！」「嗯……」蘇俊當下仰天長嘆，「閏五月二十二這日……咱抗倭義軍也算多少告慰了蘇根銓、陳有善……以及諸陣亡弟兄的英靈了！我這就……先去向統領報告這好消息吧！」

「山區入夜後，霧氣來得很快，一會兒工夫就籠罩了整個高地！蘇俊下令三角湧義軍分批撤回位於東邊山麓的營地，還特別私下交代我——留在營區近處候命，別走遠！」蘇軟欄寫到，「我沒問副統到底有什麼事情，反正那時我也正樂得多聽聽勇士們的精彩故事。那晚，在跳動的營火周圍，每個人雖說是難掩倦容，但談笑間呼出的氣息卻都滿載著壓抑不住的興奮。」「咱打贏了！打贏了！殺倭寇的感覺……真爽！真爽……」義勇們仰臥在土地上，你一言我一句地說個沒完，喧嘩、誇張的笑聲在風中一陣接著一陣。勇士們圍著篝火彼此依偎，互相提醒——天亮前有傷的人，儘快去找隨軍義醫蕭同先先生治療，如果天亮後仍想繼續作伙打拚的話！人們彼此發聲祝福、打氣，很有默契地都暫時不提那些仍躺在高地上、回不來的夥伴。「我得先去辦件很重要的事……辦完了，再來請先生治療如何？」陳有善的堂弟陳新求說，左手腕上那臨時包紮的紗布已是殷紅一片。「好吧！」蕭同先說，低垂著頭再次檢視了陳新求左手腕上的傷口，「你一辦完事……就儘快來治療吧？不能再拖了！你那左腕……已被槍彈洞穿了一個不小的口子呢！」

「我對陳新求這方面大耳的年輕人是有些印象……過去偶爾會見他彌勒佛似地笑咧著嘴，跟在陳有善身後，不發一語地沉默著。」蘇軟欄寫到，「那時，張江能已清理好車上的『餐桶』，雙手捧著一套玄色綢緞裰衫朝陳新求走來。『帶上火把！咱……幹活去吧！』他說，高舉雙手將那套新衣呈送到了陳新求面前，『這是……我特別為你阿哥選的壽衣！自己布店裡的東西……不用花錢！嗯！你阿哥有善跟我相好多年這你是知道的……這是……我本來就該做的事！』」

「午夜，蘇根煌來找我，說：『聽說，張江能和陳新求已清洗了陳有善的大體。但沒別的人目睹他倆是如何做的……』」蘇軟欄寫到，「我只感覺那個深夜分水崙山裡的月光顯得格外黯淡，推測谷地裡的唧唧蟲鳴已將方才所有哭號和啜泣聲都掩蓋了吧？多年後，我聽人說那夜土地公坑溪深谷某處的確升起了熊熊大火；之後，便沒有人再見到陳有善的遺體了！據說，張江能是完成了長官死前交代的任務——對任務、對朋友，他有終生不變的習性，就是到死也沒一絲改變過！」「到底是誰要見我？是誰嘛？幹嘛神祕兮兮的……」蘇軟欄一路追問蘇根煌，一會兒便跟著來到了土地公坑溪谷底。他們循著蜿蜒的河岸又前行了一小段路，在繞過一處昏暗的巨石之後，便看見了流水邊幾個熟悉的身影。「阿欄！是我！就是我要見你！你……還在生阿姊的氣嗎？」粒姊先開口說話，「過來！給阿姊瞧瞧……你……像個大人了嗎？」蘇軟欄覺得那是個近乎夢境的重逢，許多影像突然在腦中激盪起來，卻始終無法清晰地聚焦在任何意念上！他呆若木雞地立在原處，直到蘇根煌在他身後不遠處點起了一把熊熊大火。蘇軟欄藉著火光照出的光亮，才終於確認了眼前的景象——粒姊厚實的身軀正挨近他身前，她身後十幾步外，伯父那看似全然僵硬的背影則像塊石碑似地，一動也不動！「伯伯父……您……您還沒休息？」蘇軟欄顫巍巍地說，並不詫異伯父在那當下完全沒開口應他。「阿銓……他走了……你可知道？」蘇粒用一種聽來潮濕又沉重的聲音說。那時，她正赤足站立在水邊，雙腳看起來幾乎已被暗黑的河沙覆蓋了。曾經蘇軟欄再熟悉不過的「媽媽腔」，彼時聽來卻是帶著隱隱刀劍淬火後的寒氣。「阿姊！」蘇根煌躬身拱手，不敢直視蘇粒的目光，「嫂子、姪女們……來嗎？阿兄入殮的事……就這麼簡單……準備好了？」「別說了！」蘇粒厲聲說，「阿銓是為了殺敵……而死在戰場上的，可不是死在家裡的紅眠床上啊！你，別說了……」那時，蘇軟欄一顆心狂跳著，撇開了視線仰望谷地上空，說：「這天氣……還好！黃曆上，肯定也是個好日子吧！」他感覺舌根已覆壓著喉頭，無言以對令他渾身僵硬。蘇粒揚起一腳用力踢水，一個箭步挨近了蘇軟欄，說：「阿欄……你現在作老師了？嗯……以前姊姊我，是喜歡斯文的人沒錯……但現在不行！現在咱得要武的——先滅了倭寇，再來搖筆桿不遲！」「姊！」蘇根煌說，伸手拉了拉蘇粒寬鬆的衣袖，「像我現在這般允文允武的……

你欣賞嗎？」「你啊……也算滿可愛的，是有些長進啦！」蘇粒說，用食指輕敲自己的太陽穴，「要是能少點幻想、多立點戰功……姊肯定會更歡喜的！」那時候，蘇軟欄突然覺得蘇粒直像個「統領」了，恍然大悟其實蘇家最強的子女就是蘇粒姊，並不是蘇根銓！

「原來那天稍早，蘇粒已親自將哥哥的大體清洗、殮妝完成了。」蘇軟欄寫到，「蘇根銓的後事，看來也是蘇粒一手張羅的。她先吩咐根煌在棺材前點起了三柱高香，隨即領著兩個弟弟繞棺看了最後一眼——那身著『臺灣民主國』官派軍服的根銓大哥，在晃動的火光下顯得模糊不清。我幾乎完全認不出他的模樣了；視線早已被淚水糊成一片，我知道三角湧蘇家將沉寂一段很長很長的歲月。」蘇力沉默著立在原地，始終揹著雙手沒轉過身來。那三柱高香彷彿燒了三個小時，在夜風中忽明忽滅的，像是隨時會熄滅。「時辰到了！爽快地走吧？放心！一定替你報仇！」蘇粒口中唸唸有詞，幾番抬頭追認那下弦月的方位。「就……多燒些『腳尾金』吧？」她轉頭對兩個弟弟說，隨即又低聲叨唸了一句——「你放心走吧！沒人敢欺負你查某人和女兒的！若有，我會跟他們拚命！」蘇力原先沒過來看兒子最後一眼，直到闔上棺材板那一刻，才一個閃身挨近了身來。「你娘的！」他突然用一種好似刀劍相擊的聲音說，「你若一定要走……就給我……乾脆地走吧！你阿爸……死不了的！嗚嗚……啊——」他僵硬的身軀在昏暗中微微搖晃起來，突然揮起了手上的竹枝，狠狠地在那棺材邊板上連打了三下！那夜，蘇軟欄看到的是心力已喪盡的伯父，看他顫巍巍地躬著身子調頭走開，隨後便聽到陣陣嘶吼聲響徹了那一片漆黑的土地公坑溪谷地。

「其實，乙未年閏五月二十二那夜，在分水崙下的深谷中，曾陸續燃起過兩把伴著嚎啕哭聲的大火。」蘇軟欄寫到，「那是不帶硝煙的熊熊烈火，嗶嗶啵啵的聲響參合著唧唧蟲鳴，令人覺得那乍起的秋風的確已多了些寒意！」「我……不會哭的！阿欄！」蘇粒說，「眼下，不是咱可以哭泣的時候！姊……現在要拜託你一件真正重要的事——接下來無論事情如何演變，你一定……都得好好顧著我阿爸！答應我……知道嗎？他現在看來已是心力交瘁了……」她躊躇地執起了蘇軟欄的手，使勁之間，像是懇求又像在下命令。「若再繼續這麼纏鬥下去……」蘇粒突然壓低了嗓音說，「咱可千萬不能讓那些倭狗們傷害到他老人家啊！無論如何，答應我——時候到了（這我相信你是會知道的）……就直接護送阿爸回祖國廈門去吧！這事，不能稍有差池……我已先跟咱家夥計劉寶全講好了——他人忠心可靠，又很熟悉前往唐山的路……你跟著他顧好阿爸……該走的時候，就快走吧！記得——手腳得俐落一點啊！咱三角湧蘇家雖說是不怕犧牲……但也絕不能就此被徹底毀掉！切記！切記！這就要看你了……阿欄！答應姊姊……非做到不可！」

「閏五月二十三日（陽曆七月十五日）子時，我和根煌回到了位在分水崙山麓的義軍營地。腦中一直想著粒姊交代的任務，洶湧的思緒幾乎是一刻不停！那是個秋風颯颯作響的深夜，風中不時隱約傳來分水崙迤北森林裡宛如哭號般的殺聲。」蘇軟欄寫到，「月白風清，弦月高掛。如此良夜，為何我總是心臟狂跳、闔不上雙眼呢？」蘇軟欄感覺到自己的眼皮跳個不停，望著遠處山脊上空已過了中天的弦月，想起伯父喜歡的一首詩來——「清秋幕府井梧寒，獨宿江城蠟炬殘；永夜角聲悲自語，中天月色好誰看？風塵荏苒音書絕，關塞蕭條行路難；已忍伶俜十年事，強移棲息一枝安。」心頭一陣緊縮，他想到蘇粒交代他非做到不可的那事……便覺得格外悽愴、沉重起來了！那半夢半醒之間，他隱約聽到了從西北方娘子坑方向傳來的奇怪聲響。「怪了——那嗯嗚的響聲……像是凡阿林（violin）的樂音嘛？」他側身凝神傾聽著，「應該是吧？那種西洋弦音，我認得……在大稻埕就聽過的！聽過的！不過……哪來的呢？莫非在這深山裡頭……秋蟲鳴唱也變了調？還是我真的太累了……自己生出幻覺了都不知？」

「多年之後，我才從日軍的『乙未年征臺紀要』中確認了那夜古怪的聲響——那的確是千真萬確存在的聲音！據說，羅金來的兒子羅阿富就是在自家茶園，對著娘子坑坑口拉了幾乎一整夜的小提琴。那琴聲的源頭，距娘子坑南緣還真近，近得肯定能讓任何仍然醒覺的日軍都能聽到！推測那時蘇根銓陣亡的消息已傳遍了整個土地公坑溪溪谷，但顯然羅金來一家人的心頭之恨並未因此而絲毫消弭！」蘇軟欄寫到，「事情經過的梗概約莫如是——乙未年閏五月二十二日亥時，日軍在大嵙崁溪南岸突圍失敗，隨即被大嵙崁軍民聯手追殺入山麓丘陵的一大片相思樹林中。據說，他們驚恐萬狀地匍匐在樹林之間，且戰且走摸黑而行，直到次日丑時才陸續遁回娘子坑內去。彼時，日軍個個顫慄不已；許多人絕望似地癱軟在地，瞪大了死魚般的眼珠子，緊握著槍管盯著坑口的方向看！『玉碎的是嘔！』日軍指揮官坊城後章大聲說，旋即下達了死守娘子坑的軍令。他派出工兵小隊四處羅掘番薯、野菜，奪取所有附近民舍的雞鴨、豚犬。約是在那日軍近乎絕望的時刻，許多日本兵突然困惑似地面面相覷，紛紛側耳向娘子坑迤南丘陵的方向；『是樂聲沒錯……但意向難料！或是……中國式詭計乎？』有個軍曹如此面告坊城後章少佐，『匪徒已迫近坑口……請備戰因應，速決！』『哇磊哇磊……凡阿林（violin）的是嘎？本當的是嘎？本當？』坊城後章少佐沉吟再三，猶豫不決，一再翹首望向娘子坑南面那片茶園的方向，『異意耶！這……不是唐音的是！』他抿了抿嘴說，『凡阿林，乃世界之音的是！茶之圃阿搜口尼……伊拉下馬西心願本當的是嘎？』於是，他派出工兵小隊長松山隆治少尉以及四名略通漢文的士官攜紙、筆前去一窺究竟，行前再三囑咐：『確認彼之意向為要！切莫輕啟釁端、傷及無辜！』」

「據說，在分水崙會戰爆發前一週，羅金來已遣散了所有茶工！」蘇軟欄寫到，「沒人知道他還做不做茶場的生意？他……到底打算幹嘛？詭譎的是——他明知家園周邊將有一番惡戰，卻又攜家帶眷地留下來，似乎完全沒一絲避走他處的打算！據日方戰後的檢討——三角湧羅金來一家人，全是忠義雙全的『義民』！為帝國征臺綏靖的義舉，著實立下了極為關鍵的大功！」據說，閏五月二十三日寅時，五名日本軍人戰戰兢兢地來到羅家位於娘子坑南側的茶園邊緣，匍匐在地，緊盯著前方不遠處正在拉小提琴的羅阿富。良久，五個人一動也不敢動，任憑茶樹叢裡的蚊蟲在耳邊亂竄。據說那時，羅阿富鼻樑上仍敷著看來格外蒼白的紗布塊，一身純白洋服在稀微的天光下顯得燦然如新；他低頭兀自拉著小提琴上的琴弦，看不出是否在意或是早已注意到了那五個極不尋常的訪客！據說，羅金來走出家門時，手上揮舞著一面他自己手繪而成的「太陽旗」。「朋友！優是！良善的是！」松山隆治少尉先開口，高舉雙手緩緩從茶樹叢中立起身來。其他四名日兵似乎一時間驚慌得不知所措，仍趴在地上緊盯著羅金來父子看。那時候，羅阿富已擱下了小提琴，正躬身用雙手緩緩展開一幅字來。「請大日本軍安民解救」一排漢字清晰可辨，讓羅家歸順的赤誠瞬間表露無遺。羅金來先是小心翼翼地四下張望了一番，才引領五位客人進入自家厝內。據說，他早在客廳圓桌上備辦了豐盛席面，並且當著日軍的面先嚐過了每一道菜。「優兮！他日吾等必將回報大恩！」饑腸轆轆的松山隆治少尉以手指蘸茶水在桌面寫下了謝意，旋即起身朝羅金來行了個折腰大禮。羅金來也以鞠躬過腰的姿態回了禮，隨即從袖裡掏出一卷手繪地圖，攤在圓桌上。他指著地圖邊緣的兩行漢字，堅定地說：「優兮！我願親自帶路，護送皇軍前去——如此繞過分水崙，取尾寮山山徑南行，便可速達『龍潭陂』！這路線……我確知是『匪徒』極少的！不知官長以為如何？」松山隆治少尉一看到「龍潭陂」三個字，便睜大了眼「優兮優兮」地叫好起來，同時跳起身來又向羅金來行了個躬身折腰的大禮。羅金來指著手腕上新近換上的「東洋錶」，以手指蘸茶湯寫下：「爾等在此稍候！今晚七時出動！更安心、更妥當！」松山隆治少尉平靜地點了點頭，在略顯客套地請示了羅金來之後，下令一名同伴趁天色未全亮前直奔娘子坑覆命回報。「日軍得以突圍的詳細經過……若非身歷其境的當事人，實在很難一窺全貌！」蘇軟欄寫到，「據日方戰後對此事的記載，松山隆治等四人是化妝成乞丐突圍而出的！羅桑領他們走一條僻遠的山路，曾數度對照面的尾寮村村人及武裝匪徒說：『茶生意難做……要帶四個**乞食工**抽藤去！抽藤去！』」

「原來，就在分水崙激戰那時候，日軍近衛師團南進的主力部隊，已提前一天抵達了龍潭陂。他們頗覺意外地並沒碰到預計準時來會合的坊城大隊，苦候多時，仍然音訊全無！」蘇軟欄在記事本裡寫到，「據說，當時不只南進指揮官山根信成少將憂心忡忡，就連駐留於滬尾本部的統帥──北白川宮能久親王也為失聯的坊城大隊焦心不已。多年後，我聽羅金來本人親述──『日本軍人和清國營兵感覺就是不一樣！那端坐少言的松山隆治少尉，看起來簡直就是個白紙般素直的年輕人；總是一板一眼的言行舉止，顯然不同於我在商場見多了的清國官軍衙役！作為一個生意人，我期待的是能和這樣的官家打交道……我可不管他們是那一國的人！』」

「乙未年閏五月二十三日（陽曆七月十五日）一大早，探子來報——日軍已被團團圍困在娘子坑底！」蘇軟欄寫到，「蘇力召集營官以上的幹部開作戰會議，在會議前半段卻只是板著臉一言不發。蘇俊在會中說明了作戰目標和各隊的任務，『一定要全殲！』他大聲說，『絕不可走了半個鬼！若讓任一個倭寇竄出娘子坑……對咱就是萬劫不復的大麻煩了！』『咳……是啊！一定要全殲才行！』蘇力突然開口說，像在自言自語似的，『總得找個台階下吧？這仗，可不能就這麼拖著……是該想想脫身之計了！』蘇俊詫異地望著蘇力，輕聲問：『阿兄這話……怎講？』『咳咳……』蘇詣突然乾笑著立起身來，『先想好能收尾的說詞……也是必要的嘛！』他說，『若是那娘子坑裡的倭寇一個不留……不就死無對證了嗎？咱以後就可推說是土匪、生番殺害的……要自圓其說至少也還勉強過得去！』『嗯哎……』蘇俊長嘆一聲，『弟所想的……也正是此意！』他說，緩緩環視了在場的眾營官，『蘇詣、秦鱸魚聽令——爾等即刻兵分貳路進圍娘子坑，務必將東、南兩面完全封鎖起來！』」

「那早的作戰會議之後，我一直覺得眼皮跳個不停！」蘇軟欄寫到，「暗自顫抖、腦袋矇矇的……不時想起蘇粒昨夜交代的『任務』以及伯父方才那似乎氣力已放盡的枯槁神情；我不禁納悶——到底是戰爭改變了人抑或是人本來就多變？蘇俊吩咐我隨他到娘子坑東南督戰，一路看似心事重重，始終沒開口說話。娘子坑谷地周圍，槍聲斷斷續續的，從清早一直延續到了晌午。其間，義軍從四面山頭俯衝攻擊了數回，但並沒能完全突破日軍堅守的最後防線！日軍依憑地勢固守，詭譎地幾乎是掛起了免戰牌似的！『他們……這是在堅守待變？』蘇俊說，不時皺起眉頭凝視娘子坑坑口的方向。『還擊的槍聲明顯少了，感覺倭寇開始節用子彈？』我說，『這早，我所聽到的……好像大多是咱自己人放的槍響！真怪？』就在那時候，一個探子來回報，說：『倭寇已明顯縮小了防衛圈，目前似乎已是六百尺外不發砲、三百尺外不射擊了！』『那……羅金來的茶園，眼下可有何動靜？』蘇俊突然這麼問探子，同時側目瞧了娘子坑南面丘陵地一眼。『據說那羅金來……已閉門謝客多日了！』探子說，躊躇似地停頓了一下，『其實……那也不算什麼特別的動靜啦！

就是那昨夜……也不知是在瘋什麼興致？羅阿富那小子……竟然在自家茶園拉了一夜的洋二胡，咿咿呀呀地幾乎吵到了天亮才罷休呢！』『怪！怪！是要搬神弄鬼嗎？是要請洋菩薩來保庇嗎？』蘇俊輕聲說，調轉了馬頭緊盯著羅家茶園的方向，『那羅家若真敢輕舉妄動，那就成了……罪該萬死、背叛祖先的大漢奸了！這事，金來這鬼精……可考慮清楚了嗎？』」

「蘇俊顯然心頭也有了些掛慮；他皺了皺眉頭，沉吟了好一會兒，便令我和陳新求即刻率隊往羅家茶園而去，特別交代——一定要確實掌握羅金來的行蹤、動向！羅家所有人包括親友、家僕在內，即刻起不准靠近娘子坑三百步內！」蘇軟欄寫到，「因為陳新求是陳有善的堂弟，那時正一門心思地想立刻殺敵報仇去，所以對這突然交辦的任務顯得有些不情願。『讓阿欄直接去警告羅家吧？』他說，『我立刻趕去娘子坑多殺幾個倭寇，比較實際一點！』『內奸務必先除去！』蘇俊說，『真想報仇？我告訴你——殺一個漢奸……肯定比殺十個倭寇還痛快！信嗎？況且，我看這早的戰況——那倭寇擺明是要堅守待援，最快也是傍晚後才可能有大動靜的！屆時，就有你發揮的了！想怎麼個報仇法……都不遲嘛！』『哼……那好！那好！』陳新求咬著牙根說，嘴角噴出嘶嘶作響的氣來，『屆時我一定要煮上一大鍋鮮肉……給咱兄弟大家……吃免驚的！哼！我可沒我堂哥那般斯文的姿態……等著看吧！我是說幹就幹、說殺便殺，簡單明瞭得很呢！』」約午後未時，蘇軟欄率隊抵達了羅家茶園；只見那紅磚厝的兩片木門緊緊閉著，裡外看來幾乎是一點動靜也沒！他在門前三十步外呼叫了好一會兒，才見羅阿富一個人睡眼惺忪地開門出來應聲。那人，的確是羅阿富而不是羅金來，他穿著一套簇新的白色洋服，宛如新學堂的學生似地行著洋式的揮手禮。他一上前來便頻頻致歉，說：「家父已臥病多日……目前暫時謝絕一切訪客……見諒！見諒！」「喔……原來如此！打擾！打擾！」蘇軟欄說，向羅阿富拱手回了禮，「敢問令尊得的是什麼症頭？請郎中瞧過了嗎？目前好轉了些嗎？」「郎中都說是熱症！誰知道呢？據說至少得服湯藥半月以上！」羅阿富皺起鼻頭說話，鼻梁上包紮的白色棉布塊看來格外醒目。「叫他自己出來說說話吧？」陳新求大聲說，「老避著不見人……天曉得憋著什麼勾當？」

「唉……這熱症是不能吹風的！否則又何妨呢？」羅阿富低聲下氣地說，「說真的……這事我也作不了主！前幾天，我擔心得食不下嚥，直到昨夜見家父燒已略退，才稍稍寬心了一些呢！」「廢話那麼多幹嘛？」陳新求說，「病好病壞都得讓人瞧瞧實情嘛！否則，怎知他現在人是在哪呢？莫非早投倭寇……認賊作父去了？」「說的是……有理！有理！」羅阿富豎起右手大拇指說，「不過，要是我阿爸因此氣得再要往我鼻梁打一拳的話……壯士您可得替我擋住啊！」他用左手摸摸自己的鼻梁，嘆著氣用力咳了兩聲，說：「黃曆說我今年流年不利……唉……現在只求能保住我這已被打塌的鼻梁……就是萬幸了！喔！對了——我爸那病據說是好傳染性的，若是因而沾染上了什麼自己人……那……可千萬別怪我才好啊！好不好？」「好啦！好啦！男子漢受點小傷別一直『唉叫』好嗎？」陳新求說，揚起了左手腕炫耀那已包紮了的傷口，「我這手腕整個被射穿了……也沒一直對你唉叫不是？哼！我們當兵的……碰到『厚話』的人，真是頭疼唷！」就在那時候，一個看似羅金來的身影，突然在窗台邊閃現；那人蹦跳著揮手喊道：「官人來了……咳咳咳……快請進吧！咳咳……阿富啊！快請大大大官人……統統進來奉茶吧？咱得罪不起呦！小心你的鼻子呦……」「好吧！我爸在叫人了……」羅阿富苦笑著說，「既然一定要見到本人……就快請屋裡坐，就近去瞧個清楚吧！」蘇軟欄朝羅金來揮了揮手，漲紅了臉說：「真不好意思……打擾令尊休息了！我看……奉茶就免了，養病要緊！要緊！」他說著轉過身來，委婉地問陳新求：「阿弟！你真想進屋去泡茶嗎？」陳新求搖了搖頭，搔著後腦勺說：「我……可不想染上那什麼『痨病』！誰要是想進屋去，就請便！」「那……咱就不打擾了！」蘇軟欄說，仔仔細細地又瞧了屋內羅金來的身影一眼；「阿富！代我向令尊問好吧？」他說，哈著腰朝羅金來拱了拱手，「這眼下已是兵荒馬亂的……請兄長務必提醒家人——千萬別靠近那娘子坑去！聽說，那裡的倭寇早已餓得……連人肉都搶著吃啦！」當蘇軟欄跨上馬背已準備離去時，仍清楚地看見羅金來隔窗蹦跳的身影，聽到的盡是他那近乎哀求的呼喊聲——「欸！欸！別走！別走！好茶都都……已泡上啦！已泡好了……」

「分水崙會戰第三天，日軍的槍炮聲漸歇，看來已是無心戀戰，全都龜縮在娘子坑裡了！」蘇軟欄在記事本裡寫到，「抗日義軍雖一再縮小包圍圈，但一時間仍始終無法突破日軍堅守的防線！」午後申時，蘇俊攜蘇軟欄等人在「横崗」西北山麓，會見了大嵙崁的簡玉和與烏塗窟的劉大義兩位管帶。那簡玉和是個方面寬肩的中年漢子，對蘇俊十分恭敬有禮，總是抿著嘴微笑，很少開口說話。劉大義顯得健談許多，年輕的臉上掛著一抹興沖沖的笑意；他率先開口對蘇俊說：「這情勢……不能再拖了！最遲，明早拂曉……就得決戰了！」蘇俊答道：「我啊……今早就想決戰了！無奈……那孬種倭寇們，就是堅守不出嘛！我這不特別請兩位來想辦法的嗎？集思廣益！看看眼下這僵局……該如何突破是好呢？」「我們統領江國輝的意思……是和烏塗窟一樣的！」簡玉和說，「不能再拖了——明早拂曉，就一起幹吧？打個四面圍剿戰！大嵙崁、烏塗窟攻娘子坑西、南面，三角湧進擊東、北兩線！如何？」他說著手按腰際的大刀環視了周圍的義勇戰士，「關鍵是——大家得步調一致才行！一起動手——說幹就幹，勇往直前，不盡殲倭寇絕不停手！」「一言為定！我們三角湧……一向是說到做到！」蘇俊大聲說，凝視著簡玉和的眼睛，

「一鼓作氣幹到底！就這麼說定了……誰也不能反悔喔！」他說著，緩緩轉頭看了劉大義一眼。「這正是我們烏塗窟的心願！」劉大義振臂說，「我大哥黃鏡源叫我攻我就攻、叫我退我就退，如此而已！」「好！大家既然約定好了，就這麼幹到底吧！不殺光那坑裡的倭寇，絕不能中途變卦！」蘇俊說，「明早卯時一到，我三角湧義軍……絕對會準時發動攻擊！」

「我那時覺得蘇俊的話裡透著莫名不能直講的疑慮……」蘇軟欄寫到，「等簡、劉兩位管帶走遠之後，我才一五一十地向蘇俊報告了在羅家見到的狀況。」「那羅金來一向心眼多……算是個詭計多端的人！關於這點，鄭金榜老師早就多次提醒咱了！」蘇俊說，叉開手掌搓揉著兩側太陽穴，「至於那羅阿富老是提到被根銓打斷的鼻梁……聽起來可不像件令人安心的事啊！」酉時天黑前，蘇俊再派出兩位親信前往羅家打探，一再交代：「給我緊緊盯梢！有人員進出，即刻回報！」

「根據日方在事件後的檢討紀錄，一八九五年七月十五日，算是坊城大隊困於三角湧最難熬的一日！」蘇軟欄寫到，「部隊指揮官坊城後章步兵少佐，不斷用右手食指在自己的左手心上寫下『忍忍忍』！」他因為一夜沒闔上眼睛歇息，拂曉時說起話來變得像飲泣似的；他伸長雙腿癱坐在一棵老赤木樹下，任憑淚水滑落雙頰！他不時咬著下唇將雙眼瞇成了兩條細縫，似乎是在咀嚼前日連番挫敗後的澀苦滋味。「絕望，不過是一種矇矓的錯覺罷了！」他用貓叫似的聲音對自己說，「在這宛如死亡幽谷的底層，還能有比一死更糟糕的事嗎？一個指揮官該去傷神的事，絕不是哭哭啼啼、一死了之……那有用嗎？」「自個反省！」他搗著額頭悠悠想起了家鄉西北山區的寒冬，「昨日的那場高地爭奪戰……完全意氣之爭！沒必要！沒必要！馬鹿野郎！你這指揮官……失格！竟……竟白白犧牲了那麼多同袍！」他忍不住大罵自己，「那些被活活推下懸崖而死的孩子們何辜？」他清楚地聽到了自己的啜泣聲，已四十出頭的昂然男兒身軀彷彿瞬間縮小成了個小孩。他倚坐的這棵大樹上，長滿了層層疊疊圓滿青翠的葉子，透過那葉間的空隙他注意到天光的魚肚白緩緩顯現了。「保留最後一口氣……這棋，便還有得下了！」他對自己說，凝思追憶幼時從深山中脫困的經驗，「在救援來到之前……最重要的就是守住最後一點力氣、最後一口氣！你一定得……繼續活著！」

「巴嘎！聽說，人死之前的最後一個晨曦，肯定絕美！因為無論是身處何處，迎接的終究還是和故鄉一樣的那個太陽吧？不是嗎？」坊城少佐在被部下喚醒時是這麼說的；他一度錯以為自己正身處在兒時常去探險的山形縣深山裡，揉著眼睛問：「又交戰了嗎？」那個下士看來有些狼狽，一身塵土地縮著下巴立正站好在他身前，說：「報告——松山隆治少尉即將突圍求援去……目的地『龍潭陂』！」坊城後章少佐倏地跳起身來，用顫巍巍的聲音大聲說：「本當？本當？真真的……能突圍到『龍——潭——陂』嗎？」他渾身緊繃著穩住了自己的身軀，抿住嘴唇聽完了下士鉅細靡遺的報告。「堅守！」他突然睜大了雙眼叫起來，「傳令——即刻起，節用一切彈藥，力守防線！保留最後一口氣！」

「根據日方在事件後所作的紀錄——一八九五年七月十五日晚間七時，羅金來桑領著已妝扮成乞丐的四名日本軍人，從自家後門出走。一行人往南疾走，循分水崙溪谷小徑，轉向龍潭陂的方向而去。」蘇軟欄在記事本裡寫到，「羅金來一路上頻頻點頭，始終顯得信心滿滿，因為他瞧見隨行日軍個個遵計服從、紀律井然，而且在出發前就都極服從地拋棄了所有武器、制服及一切可供辨識身份的標誌！」雖然一行人幾乎未遭遇任何攔阻便順利通過了分水崙谷地，但在烏塗窟外圍山區卻被劉大義佈下的哨所攔阻了下來。「為何如此急匆匆的？附近戰事焦灼，汝等何以『奔走』孔急？」一個哨長模樣的弁官大聲喝問。羅金來躬身趨前，咧嘴擠出了滿臉笑容，說：「大大人！有有所不知……小的實不相瞞……因近日附近傷者頗多，救治所需的草藥及用來止血的『金狗毛』已缺貨價漲……再加上小的原有茶場生意停頓，一家老小生計無以為繼……我這才急著入山去尋點外快來補貼補貼……不過就是想順便混口飯吃罷了！」「哼！我有所不知？哈哈……」哨長放聲大笑，「你……不過就是只想到賺錢嘛！生意鬼！滿腦子只想著錢！錢！錢！」「那你……為什麼不帶工人而要帶乞丐前去呢？又為何要摸黑趕路呢？」哨長伸手摀著鼻孔說，似乎已難忍隨熱氣蒸騰起來的乞丐體臭了。「這個嘛……是關於那個成本控制的問題……」羅金來慢條斯理地說，似乎已嗅出了哨長某種色厲內荏的心聲了。「我請這些客家人的啞巴乞丐做工，既不必支付薪水，又不怕他們說三道四閒話一堆！給他們吃份『軍糧』，就算是大恩大德啦！」羅金來大膽地挨近哨長耳邊說起了悄悄話，「其實啊……跟你說真的——我最討厭那些精得像鬼似的安溪人茶工了！你給他們多少薪水都不夠！他們總是會在背後罵你……總是會說老闆賺得太多！這『眉角』……我跟老鄉講沒關係，但您可千萬別輕易教別人啊！關於這類不知足的泉州安溪佬……三角湧特別多！討厭死啦！不像我們惠安人……乾脆！豪爽！說話絕不囉嗦！官長！官長！我聽您您的口音……應該是祖籍惠安的吧？沒有錯的吧？」

「是啦！是啦！」哨長噘著嘴搖頭，長長噓了口氣，「咱惠安人如你這般長舌的……真不多！等你說完……恐怕天都亮嘍！」「遇到同鄉……特別投機嘛！」羅金來繼續說，「我再簡單向官長報告三四個時辰就好！」「好啦！好啦！快說——為何要摸黑去採藥？說！講重點！」哨長輕拍著自己的額頭說，雙頰竟微微顯得有些蒼白起來。「這……本來我是絕不輕易告訴別人的……但我現在心甘情願、真誠老實地……一定要把這發財的祕密向官長報告！請官長聽我慢慢慢慢道來……」羅金來噴著口沫仔說，似乎還特別瞄準朝向了哨長頭殼的方位，「就在這附近寶地南邊『尾寮』的深山裡……靠近溪谷旁的岩縫東向一點的澗邊……生有一種仙草叫『立可止』！這草呀……不騙你，可即時止住任何從人體流出的東西！『立可止』就是立刻便可止住的意思！絕對是一服見效！刀傷、槍傷、被女人咬傷……統統有效！絕對沒臭彈！喊止就止！不過……那種『立可止』仙草很『搞怪』，一定要日出前一刻剛冒出頭就摘下的，才會有效！才行！若等那太陽昇起後再取的……就完完全全無效啦！真的！我從不騙人，絕不敢騙官長！」「等等！等等！」哨長臉色蒼白地露出快要嘔吐的表情說，「大頭家！你快去發你的財吧？但是……也不能叫我白白聽你講到昏倒吧？那不公道嘛……不是嗎？」他說著說著緩緩伸出了朝上的五根手指頭來，這舉動不僅是羅金來再熟悉不過的，也是他早已苦苦等候多時的。「應當應份！應當應份！」羅金來笑呵呵地說，故意誇張似地將腰包裡取出的五兩『銀餃子』展示給松山隆治少尉，「五兩薄銀！請官長飲茶去吧！不成敬意！不成敬意！」「去吧！快去吧！小聲點……」哨長一把抓起了「銀餃子」說，如釋重負似地喘了口氣，「快去發財吧！回程記得再送我五兩的『立可止』仙草！」

「以上如此冗長、近乎叨絮的紀錄，在日軍文書中無疑是極為罕見的！」蘇軟欄寫到，「多年後我才終於弄明白——那詳盡無比的紀錄正是松山隆治少尉的親筆報告！他其實是個不折不扣的『漢文通』，據說曾在日軍特務學校裡至少學過三年以上的漢文、漢語！」松山隆治少尉所寫的報告，在末尾還被加上了兩行附註：

「羅金來桑這個『精明』的臺灣商人，戰後獲得了至少五萬兩純銀的『勳賞』——那是北白川宮能久親王特批的獎金！他的誠信和機智，顯然助他成就了大功績以及一筆一本萬利的大生意！」

「根據坊城少佐自己寫的檢討報告——其實在那時候，他早已意識到——娘子坑裡死守的日軍，面臨的將是一場持久的『碁戰』，而『白露』節氣時出生的他原本就不缺這分咬牙苦撐的能耐！」蘇軟欄寫到，「『碁需兩眼才能活……』坊城少佐對部眾說，『彈藥和糧食就是這兩眼！只要能守住這兩眼愈久，存活下來的機會自然就愈大了！』」於是，坊城少佐下令縮小了防衛圈，嚴令所有部屬未經許可絕不可衝出迎戰！七月十六日拂曉，娘子坑周圍山頭槍聲大作，隨之而起的一波波殺聲直逼谷底而來！「處變不驚——我對松山隆治……是有信心的！」坊城少佐頻頻握拳激勵部屬，「援軍，最遲四十八小時內……必到！」他命令勇猛的步兵中尉宮永什太郎率百餘槍兵堅守東線，令一向較有耐性的步兵大尉深堀順藏帶兩百步兵力守西線，說：「三角湧方面急進，以機關槍對付為主！大嵙崁方面謹慎，以步槍狙擊先發！」坊城少佐親自糾合本部官兵及已陣亡的旱田大尉殘部共兩百兵力，圍成了圈形陣地作為第二道防線，適時以機動火砲轟散敵軍密集進攻的隊形，「堅守！堅守！」他頻頻揮刀吶喊，在陣地中央以單膝抵著地面，宛如一門山砲似的，「與防線共存亡！退此一步，死無其所！」

「日本方面的紀錄，對松山隆治抵達龍潭陂後交涉的細節，著墨並不多！」蘇軟欄寫到，「一八九五年七月十六日（農曆閏五月二十四日），天氣晴朗又悶熱；上午九時許，豔陽已拉出了令人不安的長長黑影！」日軍近衛師團第二旅團暫駐龍潭陂的大營門外，來了五個乞丐般的疲憊身影；他們個個形色枯槁、步履蹣跚，說起話來氣若游絲，儼若是已饑渴到半死的程度了！「第三大隊……工兵小隊長……松山隆治少尉……報到——」一個乞丐模樣的年輕人率先向大門口的衛兵行舉手禮；他那看似勉強撐起的雙肩劇烈起伏著，還沒行完軍禮便已熱淚盈眶泣不成聲了。他顫巍巍得無法挺立著完成口頭報告，只是一再喃喃自語道：「分水崙、娘子坑……」「這可能……正是那場抗日會戰的逆轉點吧？這該怪誰呢？」蘇軟欄寫到，「據說，性格凜然如日本武士的旅團指揮官山根信成少將，稍後面無表情地靜靜聽完了松山隆治少尉的報告，沉吟之間仰頭長長噓了一口氣，說：『辛苦了！去歇息……食飲些吧？』」山根少將下令大軍在午後一時起分隊出動，主力並不直接馳援娘子坑，而是以急行軍的方式迅雷似地攻佔了大嵙崁溪左岸的「印斗山」。日軍砲兵隊從印斗山山頭俯瞰整條大嵙崁市街，許多人仍不時側耳傾聽東北方遠處娘子坑方向的動靜。他們迅速地完成了所有火砲的部署，遵照山根指揮官的命令——砲口一律指向山下的大嵙崁街！彼時，據說娘子坑顯得並不平靜，從山頭到山麓、從山麓到山頭，如驟雨穿插著驚風的聲響至少十數回以上！「堅守！堅守！」坊城少佐對四周一個個制服上已沾滿鮮血的袍澤大聲說，不時在硝煙中若隱若現地移動著身軀，偶而還伸起手來摀住自己彷彿已直想作嘔的嘴巴。「援軍已出動……」他說，「聽我的——援軍在這紅日落山之前，一定……已經出動了！」

「我親眼所見到的……是一場很詭異的攻防戰！」蘇軟欄寫到，「從約莫日正當空的時候開始，秦鱸魚、蘇詣已率隊向日軍防線，衝殺了十數回。據說，義軍雖曾數回逼近到可直視日軍臉上驚恐表情的距離，但他們滿心期待的肉搏戰卻始終沒發生！日軍只是蜷伏在壕溝裡不接戰，任憑砲火、槍彈、矢矛……或甚至石塊的摧擊，就是沒一個敢擅自衝出陣地！」「眾倭寇，真齊心哪……就像一隻連體的巨獸不是？」蘇俊喃喃自語著，「這僵局……看來難了！難了！」他已經如此跨坐馬背數個時辰了，整個身軀依然像根枯木似的一動也不動。「不夠！兵力不夠！秦鱸魚、蘇詣要再攻……再攻擊！再攻擊！」蘇力突然策馬疾奔而來，「我……我聽見根銓的聲音了！」他睜大了雙眼說，「阿銓他講……說：『那個放槍殺死他的混蛋，此刻就正在那……娘子坑裡！就在那裡……。』」那時，蘇軟欄實在不敢直視伯父那瞬間宛如被漂白了的鬚眉，第一次感覺到蘇粒所交代的「那個時候」，似乎已是迫在眉睫了！

「據日方的說法，坊城少佐其實早就寫好了遺書；他個人的結論是：『我部身陷絕境全因我而起，苟因而有所不測……職是唯一該受究責之人！』」蘇軟欄寫到，「他顯然沒忘了自己是個軍人，並不絲毫推諉此番失誤的責任；『我兵法不精，誤入險境，陷同袍於深淵之苦戰……』他用刀刻似的筆跡寫到，『此皆我一人之過也！』有此一說——從一八九五年七月十六日正午起，坊城少佐幾乎每一秒都豎起了右耳殷殷期盼，盼著大嵙崁方向的槍砲聲真能立馬就響起來！」「不准……不准再發砲了！一發都不准！」他近乎哀求似地下達著軍令，嘶吼之間左耳洞隱約可見已流出絲絲鮮血。步兵中尉宮永什太郎曾數度派傳令前來急報：「東線逾百匪徒已迫近防線！請速予砲擊支援……否則我軍勢將無力再抵擋了！」「不准！不准！」坊城少佐抽出了腰際的武士刀瞪視著傳令兵大吼，「你去轉告太郎官長——那就……準備肉搏戰吧？用牙齒咬也好……就是不准誰……干擾我聽那援軍必然就快響起的砲聲！」他彷彿再也聽不見娘子坑東線傳來那愈來愈逼近的殺聲，一心想的只是雙手緊緊握住武士刀柄持續地凝神傾聽著，完全不能容許那在分水崙迤西高地曾一度迷惑過他的鬼魅再次浮現！「不怕！眼前這些飛舞、糾纏不清的黑影……不過是幻覺罷了！只要我等……還能分辨出太陽的方向……」他不斷朝著大嵙崁的方向喃喃自語，「快了！快了！那救命的砲聲就快……響了！就快響了！」

「根據日方的紀錄，山根少將的砲兵，是在一八九五年七月十六日午後一時三刻，攻佔大嵙崁溪左岸的『印斗山』。砲兵主力隨即迅速完成了部署，大小火砲一致指向山下不遠處的大嵙崁街！」蘇軟欄寫到，「指揮官山根信成少將親臨陣前，一語不發地凝視著前方河曲之間的中國式街坊，足足有一刻鐘之久。之後，他抬頭看了看天色，平靜地下達了攻擊命令：『所有重砲，齊放！一定要聲聞響徹娘子坑！響徹娘子坑去！』」午後二時，印斗山山頭響起了隆隆巨響，一陣陣向下延伸的白煙帶著震耳欲聾的爆炸聲直衝向大嵙崁街市，無間歇性的轟擊於焉展開了！那砲聲彷彿霹靂在天際間嘶吼，威力之大迥異於義軍山砲的砲擊聲，是三角湧和大嵙崁義軍從未聽聞過的恐怖巨響！那時，山根少將據說臉上完全看不出一絲喜樂的神情，只是不時用手上的望遠鏡盯著那顯然正崩坍在熊熊烈焰中的大嵙崁街看。約在午後三時許，他微微點了點頭，伸出了戴著白手套的手，指著大嵙崁的方向對副官輕聲說：「步兵進擊，全線攻擊開始！」

「根據堅守娘子坑的日軍在戰後的回憶，當大嵙崁方向的砲擊聲驟然響起時，坊城少佐渾身顫抖地用手掌圈著自己的右耳殼跪下身來，隨即以額頭觸地瞬間泣不成聲！」蘇軟欄寫到，「之後，他踉蹌地撐起了身子往前走去，用一種近乎哽咽的沙啞嗓音大喊：『援軍近了！援軍近了！堅守！堅守！就……少死幾個孩子吧？那才是勝利……』『援軍的砲聲響了！砲聲真的……響了！響了！嗚嗚……』年輕的哭喊聲一陣接著一陣，迅速在匍匐在地的日本兵之間漫延開來，不多時整個娘子坑谷地便響起了像要衝上天際的歡呼聲！」

「『何故久攻不下？』蘇俊在娘子坑東面山頭是愈看愈焦急，不時抓起望遠鏡緊盯著對面山頭大嵙崁義軍的動靜，『瞧大嵙崁那種溫吞的保守打法……哼！就是再打個三天三夜……恐怕也拿不下娘子坑！』」蘇軟欄寫到，「那時，我忍不住輕聲提醒蘇俊：『不能那麼說……副統大人！他們至少已衝殺了十數回了！』我永遠記得蘇俊那對硬邦邦揚起的三角眉，以及顯然帶著慍色的抱怨。『擺俊！』我挨近蘇俊身邊說，『大嵙崁也算盡力了……畢竟他們封鎖住這谷底，已經有……三天三夜了！』『咱誰沒盡力呢？蘇根銓、陳有善……連性命都沒了！那秦鱸魚、蘇詣、林成祖、陳新求……又有哪個不是拚得一身傷呢？』蘇俊大聲說，滿佈血絲的一雙眼睛狠狠地瞪著我，『大嵙崁他們……堅持要自領一軍、別當一面……那就算集結再多的兵力，也是各行其是、於事無補嘛！唉……咱這一根根分開來的手指頭，如何能抗衡倭寇那緊捏在一起的拳頭呢？』記得就在蘇俊忿然作色地握起拳頭的剎那間，大嵙崁方向突然就響起了如地鳴山搖般的隆隆巨響來。『是……後膛巨砲！小心……那要命的震波！這娘子坑四面山麓……怕是要被炸翻天啦？哼！嗚哇……』蘇俊驚呼，隨後竟就放聲大哭了起來。我親眼看見他圓睜著雙眼從馬背上翻落地來，連胯下的那匹唐山馬一時間也幾乎要傾倒了。當我翻身下馬正要去攙扶蘇俊時，清楚地聽到他用一種磨牙般銳利的聲音對我說：『恨啊……等我到唐山……討來更大的克魯伯砲，再來和倭寇……拚個你死我活！』」

「根據日方普遍的評價，山根信成將軍或可算是個有勇有謀的儒將吧？據說，他熟讀過中國的《孫子兵法》，對『古代的中國軍人』向來是欽慕不已！」蘇軟欄寫到，「一八九五年七月十六日午後，他所親率的步兵隊幾乎是在未遭受任何抵抗的情況下，長驅直入地攻佔了整條大嵙崁街！據說，山根將軍跨在馬背上不時若有所思地抬頭凝視立在那街頭的牌樓，數度無聲地輕嘆躊躇，然後很斯文地下達了『無差別屠殺』的命令——對任何抵抗或『可能伺機抵抗』的居民人等，格殺勿論！據說，日軍沿街劈下了至少十多顆人頭，卻奉命刻意縱放了幾個在近處看來跑得較快的年輕人，好讓他們能儘速去娘子坑西面通風報信！」

「據說，江國輝得知大嵙崁被攻陷的當下，臉色慘白得好似白灰牆似的！他當場幾乎雙膝落地，先是緊緊抿著雙唇猛力搖頭，隨即仰天長嘆道：『死啦！死啦！』」蘇軟欄寫到，「那時，他的妻小、親朋好友生死未卜，聽到的消息是——

整個大嵙崁據報已是屍橫遍野了！」大嵙崁各路人馬後撤得十分倉猝，幾乎是在天色全暗之前就完全撤出了娘子坑周邊山區。蘇俊得知消息後氣得跳腳，甚至將手上的望遠鏡重摔在地；他顫巍巍地指著大嵙崁的方向，忍不住破口大罵：「愚蠢！愚蠢！圍缺一闕，功敗垂成矣！」那時，蘇力不知在何時，已牽馬徐行而來；他一聲不吭地彎身撿起了地上的望遠鏡，說：「擺俊！算了……別氣了！倭寇，本來就是殺不完的！大家都累了……就先喘口氣再說吧？」蘇俊用雙手掩面，哽咽地說：「唉……今天倭寇燒殺的是大嵙崁，接下來……便是咱三角湧啦！咱……就準備死戰吧？」「那時，我心頭突然升起了一種茫然若失的感覺——那個有歌有酒、熟悉到夢裡也不怕迷路的老三角湧，看來勢必將永遠改變了……誰知道將會變成甚麼呢？」蘇軟欄寫到，「我感覺那時伯父的神情已增添了幾分趨於平靜的釋然……這代表著什麼嗎？清醒？覺悟？抑或是……只因一時間看了太多死亡而暫時呈現的漠然以對呢？」蘇軟欄直視著伯父那雙看來已不再殺氣騰騰的眼睛，緩緩伸出了雙手接下老人家遞過來的望遠鏡。「咳咳……阿欄！」老人家指著娘子坑的方向對蘇軟欄說，「阿欄！勞駕你……請你就幫我多看看吧？那……那娘子坑裡的倭寇們，到底是還想再戰不是？」那時，大嵙崁方向的砲擊聲已沉寂下來半晌了，零星的槍擊聲也隨之詭譎地戛然而止！整個山區，遠遠近近一片寧靜，靜得有點不很真實。「我在望遠鏡裡目睹日軍從娘子坑裡魚貫而出，見他們像孩子似地攙扶著彼此列隊蹣行！那光景，一點也不像沙場，著實令我鼻頭一陣酸楚。」蘇軟欄寫到，「『咳……圍師必闕，窮寇勿追！』蘇力微咧著嘴說，隨即高舉起一手在頭頂揮舞起來。那時我實在不明白——伯父那舉動……是在示意義軍莫再追擊抑或是在向日軍揮手告別呢？」

「為時四天三夜的『分水崙會戰』，在乙未年閏五月二十四日（陽曆七月十六日）黃昏，隨著大嵙崁溪畔的落日餘暉緩緩落幕了。」蘇軟欄寫到，「我從望遠鏡中估算走出娘子坑的日軍……約只剩四百人之譜！」

「據說，在接下來的一週，四處濺血的殺戰在大嵙崁周邊仍持續進行著！」蘇軟欄寫到，「那是一段外人很難一窺全貌、『迷霧般』陰晦的『屠城之戰』！向來『溫文儒雅』的山根將軍似乎也顯得躁進不安了；他所做的，雖說只是在盡個軍人的本份，卻仍要三番兩次刻意交代——切莫留下過於詳盡的書面紀錄！據說，江國輝雖然率眾猛力回擊，但在日軍絕對優勢的火力壓制之下，不到三日便失去了半數以上的兵力！他本人被執遇害的經過堪稱慘烈，被割下的頭顱甚至被日軍高懸在大嵙崁街口整整一個月之久！至於烏塗窟方面，黃鏡源且戰且走，率餘眾數百人朝三角湧小暗坑深山的方向轉進，之後輾轉和三角湧義軍取得了聯繫。據說，他在深山中經常激勵部屬的一句話是：『等著！等著！只要唐山的援軍一到，咱立馬便能反敗為勝！』總結地說，大嵙崁方面在這場戰役中的確是傷亡慘重，保守估計可能死了多於三角湧數倍的人！」

「光緒二十一年，或許就是咱用皇上年號的最後一年了！那場乙未年三角湧與大嵙崁合力打出的『分水崙會戰』，無疑是一場很難論定輸贏的戰役！」蘇軟欄在記事本一角用縮小的字體寫到，「日方公佈的正式紀錄，著實令人存疑——是役，坊城大隊傷亡總數共四十六人，但血戰四日之間……共耗彈藥六萬二千餘發！」

第七章　戰火中的沉思

「能在戰火中駐足沉思，並不是件容易的事！那種泛著血光的暗黑激情，以及隨之而來無可奈何的釋然，常令人除了麻木還是麻木！翁家大厝所在的『小暗坑』，是終年雲霧繚繞的溪谷之地。這個向來平和、離騷亂很遠的世外桃源，因戰火迫近而遽然風起雲湧，的確也是件令人始料未及的事！」蘇軟欄寫到，「成福溪貫穿其間，切割出深達數百尺的溪谷，南、北兩側峰嶺聳峙、懸崖峭壁處處——分別是成福、竹崙兩條山脈。分水崙會戰後，抗日義軍、各庄難民遷徙到這裡，在處境日蹙的情勢下，仍然組建了新的抗日基地。據說，人們在日軍縱火燒毀三角湧街的那日，個個淚流滿面地衝上了附近的高地，然後朝著南面地平線上那直竄天際的陣陣黑煙無言地哭號不已！」

「據日軍在戰後的檢討報告——一八九五年七月十九日（華曆閏五月二十七日），日軍征臺近衛師團統領北白川宮能久親王，在北臺灣的滬尾聽取了『三角湧分水崙遭遇戰』的報告。據說，當下他是近乎暴跳如雷地仰天怒吼了數聲，旋即面飭麾下三位猛將——山根信成少將、內藤正明大佐、松原少佐，下達了所謂『清鄉、綏靖』的『無差別掃蕩作戰令』！」蘇軟欄寫到，「一天之後，這令人髮指的消息，便傳到了三角湧義軍本部。人們茫然地彼此走告，苦笑著說：『這算是著時的秋後算帳吧！要算就算清楚——驚啥潑？』那時，蘇力已率殘部退守小暗坑，得知了這消息之後，便急召各路頭人齊集來會商，試圖儘速統籌出一個步調一致的應變計劃來。閏五月二十九日，他囑託鄭金榜領蘇軟欄及陳小埤兄弟前來，似乎對後續應戰的策略仍拿不定主意。」

閏五月二十九日（陽曆七月二十一日）午後，一行馬隊來到了横溪隘口，帶頭的鄭金榜向站在隘門前的蘇詣拱手致意，出示了蘇力親簽的緊急召集令。「穩啦！阿詣！由你來守『頭關』，穩妥當！」他說，「兄弟……你肩頭的槍傷好點了嗎？」蘇詣嚼著檳榔猛點頭，大笑：「咳……安啦！只要多給我吃點倭寇肉，保證好得更快！」陳小埤趨前拱手，豎起大拇指說：「阿詣！讚啦！分水崙大捷……你們的確打得倭寇唉唉叫！」「不夠爽！」蘇詣說，「咱沒能把他們……統統殺光！」他搖了搖下巴，揮手吩咐小卒端上檳榔請官長們。「哈哈……你這是在嚼檳榔洩恨嗎？」陳小埤放聲大笑，「得了！我這就叫人回隆恩埔拿倭寇肉乾來！反正我們自己也吃不完嘛……醃了一大堆，挨家挨戶送著也累！」蘇軟欄見鄭金榜臉上青一陣白一陣的，連忙打哈哈說：「咳……阿兄可得留意才是！聽說有些人對倭寇肉不合體質……還是先提醒一下為宜！」鄭金榜側目看了蘇軟欄一眼，咧嘴乾笑了兩聲，隨即調轉馬頭疾行而去！

「一行人過了橫溪頭闕，沿著成福溪左岸的車道繼續往前走。」蘇軟欄寫到，「我看到溪面上正有烏篷小舟數艘被縴行而上，感覺每艘都是沉甸甸的滿載而行！」「是我叫他們運糧草來的！」鄭金榜說，「嗯……『六少』也真爽快，毫不猶豫就將『翁家大厝』作了新基地！不愧是忠良之後啊……」就在那時候，馬隊前方突然起了一陣騷動——原來，就在前頭車道中央，突然竄出了兩條人影，正極張狂地攤開雙臂攔住了馬隊的去路！「同年兄……喔不！分統大人！您官威大，就由您……去排解排解吧？」鄭金榜對陳小埤說。「哼！蘇詣在搞什麼……自己的防區也管不好？」陳小惡怒目圓睜地罵起來，按著腰刀作勢就要立馬衝上前去。「別！別！我來！我來！」陳小埤攔住了胞弟說話，隨即逕自策馬往前行去。「看來……是兩個『查某人』嘛？」鄭金榜瞇起了雙眼往前瞧去，「那那個禿子……是和尚還是尼姑呢？」「不不……誰知道呢？大家先別衝動……一定是自己人！自己人嘛……」蘇軟欄突然漲紅了臉說，旋即又壓低了聲音，「哎呀！蘇粒這冤家……搗什麼亂來的？阿彌陀佛的事不去忙……什麼急事？以後再說不行嗎？」他話都沒說完，便看見陳小埤晃著頭往回走來。「對！是『查某人』！但我是……一點辦法都沒！」陳小埤攤了攤手說，轉頭對蘇軟欄咧嘴苦笑，「阿欄！是你姊來了！眼前這阻擋……非得靠你……才能處理啦！」

那時，兩位馬前「叫陣」的「女俠」走了過來，光頭的一個手執短銃、披頭散髮的那個則緊抓著一根丈長「赤皮仔（一種極硬的木，常作鐵錘柄。）」標槍。

「大大姊！是你？」蘇軟欄結結巴巴地說，一屁股跌落下馬背來。「哇！原來……女將軍也來了！」鄭金榜大聲說，一扭腰也跌落了馬背。「林氏素！聽過嗎？」陳小埤低聲說，「這大娘……武功好是了得！陣前取倭寇首級，就如探囊取物一般！」「聽過！聽過！我……早想跟她討教討教了！」陳小惡雙手對握比劃了一下，隨即也同他阿兄一起下了馬背。那時，蘇軟欄突然記起一個近來在分水崙山區被義軍廣為傳誦的故事——那是個白衣女俠力戰倭寇，替亡夫報仇的故事！據說，這林氏素自幼即嫻於武術，尤精於長兵器近身搏擊。她丈夫原在陳有善麾下任哨長，卻不幸在開戰之初死於「中站」與倭寇的近身肉搏戰中。那夜，林氏素徹夜撫屍哀慟，次日清晨即執起長槍殺向了倭寇！「萬念俱灰，我心已死……」那時她咬牙切齒地對人說，「今生只剩拚死殺倭一念……至死不渝！」據說，她總是一身白衣裙上陣，披散著長髮從伏擊處猝然現身直撲敵陣，能用長槍、利刃瞬間將倭寇首級割下！「據說，日軍官長不久便風聞了林氏的遭遇……」蘇軟欄寫到，「據日軍方面傳出的說法，坊城少佐就是第一個直呼林氏為『女將軍』的日本軍人！而且，在一番無言的沉思之後（據說這正是他一向的習性），他直言囑咐部屬——莫與此『傷心人』接戰為宜！」

蘇軟欄想著想著竟覺得鼻頭一陣酸，突然間就聽到蘇粒大聲喝斥鄭金榜：「莫非咱抗倭護鄉……也有個男尊女卑不成？無理——為何我和『素妹』不得共議抗倭大計？」「誤會！誤會！一、一家人……這、這哪來的講法嘛？」鄭金榜說，「那、那是因為……統領兩日前早有交代——你和『林將軍』自領一軍續留鳶山南麓打游擊，可自行定奪一切攻守行事及各項徵用！不巧這兩日我又因公繁忙不及轉達……才惹得兩位『女將軍』委屈不滿……真是……誤會！誤會啊！」蘇粒噓了一口氣，再問：「那鳶山南麓既然是陳小埤的地盤，是我們受他節制？還是他受我們節制呢？」「就是嘛！這得先說清楚才是……」林氏素說，「他們堂堂漢子……若老用那種說的多殺的少的戰法……何時才能消我心頭之恨呢？」「那就……隨意！隨姊們之意如何？就各行其是！各行其是！」鄭金榜哈著腰說，「誰也不管誰！大家平平大！」「這要大家先說好才行！」蘇粒又大聲說，「我這人，不愛做事的時候有『查甫人』在旁邊囉哩囉嗦！煩都煩死了！」「哈哈……」陳小埤突然放聲大笑起來，「說得對啊！對極了！死生之事……是要先講好才對！一定要先講個清清楚楚才行！」他說，畢恭畢敬地朝蘇粒拱了拱手，「我現在就可以明說了——兩位阿姊都是『上將軍』！兩位都比我小埤大得多大得多！我心甘情願地聽候差遣……絕不敢囉哩囉嗦半句！我發誓！」蘇粒和林氏素嘛著嘴側目瞪視陳小埤，哼哼唧唧地似乎要笑出聲來似的。女俠們的反應令蘇軟欄總算是鬆了口氣，不禁暗自讚嘆——這陳小埤對女人家……還真有一套呢！蘇粒收起了短銃，躊躇似地回頭看了看翁家大厝的方向，然後突然轉身挨近了蘇軟欄耳邊，說：「阿欄！顧好阿爸！還有……」她的聲音突然又壓低了許多，「時候到了……記得我交代你辦的事！千萬……別忘了喔！」

一行人又繼續前行，過了成福莊前的「二關」隘口，便隱約可瞧見突出於大片桂竹叢後的「翁家大厝」了。蘇軟欄雖早聽說過翁厝的規模很壯觀，但始終還沒機緣親身來見識過。所以，當他一繞過那片河曲的竹林，便忍不住大聲讚嘆起來：「氣派！氣派！嘍——一大片呢！不到三角湧小暗坑翁家大厝，還真不知什麼才叫官宦邸第呢？」「翁家大厝佔地足七分餘，宏業堂皇，有房三十六！堂屋群面溪負丘，呈北望承恩之勢，中堂之飛簷瓴脊則宛如雄鷹展翅！」蘇軟欄想起了蘇根煌曾如此描述，「大厝，是翁景新——『翁六少』之父所興建的！翁父名『儕寬』，字『德涵』，號『敦齋』，原籍泉州府南安縣；據說他十六歲隨族人來臺開墾，將三角湧番界邊緣的小暗坑之河曲沃土盡成良田！翁家崛起為北臺一方巨富之後，德涵先生即恆常熱心公益；其後因捐輸朝事有功，得以獲清廷授以『朝議大夫』從四品文官銜。先生素富民族意識，居家常以修身立志、砥礪民族情操惕厲子孫。是以，翁氏兩代均堅守『忠孝傳家』的古訓，都以作為『炎黃子孫』、『中原古舊望族』自勉！」

「我極有印象的是——從『二關』開始，所有兵勇皆著齊整的藍染衣褲，部隊行進有序，無不肅靜井然！」蘇軟欄寫到，「陳小埤睜大了眼，頻頻豎起大拇指，說：『看——這就是有名的『翁家軍』了！雖說我陳家軍也頗有戰力，但和這比較起來……怎就是少了點正規軍的味道呢？怪怪……』陳小惡抿著嘴猛搖頭，隨即鼻孔噴著氣說：『阿兄過於自謙了……打仗，又不是在比君子之道！沙場見真章吧？若砍不了腦袋……一切也是白搭！』就在那時候，翁景新已率隨從數人笑迎而來；他身著藍染布褂衫、腳蹬玄色緞面短靴，雖說是一身勁裝但仍難掩濃濃的斯文氣！六少先朝來人恭敬地拱手致意，旋即轉身吩咐下人攙扶客人一一跨下馬來，躬身作揖極盡殷勤之意！『諸公大駕光臨……』他難掩興奮地說，『寒舍蓬蓽生輝……勝券在望啊！』『瞧！君子之氣、厚德之風到了！』鄭金榜說，『都講六少高義……真是其來有自，其來有自啊！』他說著抬起頭來仰望大厝的飛簷，隨即又低迴輕唸了兩側門聯數遍：『朝議事君秉忠義，暮省為官顧群黎！嗯……』他長長噓了口氣，兩頰竟微微泛起了紅暈，說：『真想……想見其為人啊！都說這對聯……是朝議大夫去世前一年親筆寫的！嗯……推算那年……我才剛出生呢！』翁景新頷首而笑，朝眾人拱手再拜，說：『正是！正是！難得鄭老師還惦記著這……』」

「那日的議事進行得並不順遂，翁家大堂裡氣氛始終顯得緊繃！」蘇軟欄寫到，「營官們儼然已分成了兩派，就當著蘇力的面辯個不休！」蘇詣數度握起了拳頭，厲聲說：「決戰吧！拖著……就是等死！咱三角湧所有血性漢子……就在這小暗坑狹谷……與倭寇拚個魚死網破吧！人生難得幾回搏嘛！」他似乎仍在為分水崙功敗垂成而氣惱，「一講到分水崙會戰……我就有氣！明明就快全勝了，卻因大嵙崁突然臨陣撤兵……才落得功虧一簣！洩氣！真是洩氣！這好比是……好好的鱉，殺到屎流！」「有理！有理！」陳小惡起身喝采，「外庄人……怎靠得住呢？」他說，「也不知……那最後休戰的決策是誰下的？真是……枉費我陳家『隆恩河大捷』了！之前的戰事……規模小、殺不過癮，只怪咱自己沒下足本！一次對決……不是更乾脆嗎？早知如此，我陳家軍就該直接殺進分水崙去才對！所以，我支持『大決戰』！一次解決！不囉嗦！而且，這回在這小暗坑……咱不必再聯合外地人了！就靠咱三角湧自己人來打包圍戰……那豈不更簡單？更方便使令嗎？」眾人面面相覷不語，都不約而同地轉頭朝蘇力和翁景新望去。

就在那時候，蘇慶突然站起了身來，先朝他堂哥蘇力拱了拱手又轉頭朝翁景新點了點頭，說：「我……不贊同『大決戰』！那是……孤注一擲！是……太衝動的做法！唉……」他躊躇地嘆了口氣，皺起眉頭看了看陳小埤兄弟，接著說：「我親身和倭寇在『頭站』交手過……也算是見識過了他們的能耐！那些先進的武器……威力實在不容小覷啊！所以，我覺得……若咱和倭寇直接對決，那恐怕是……一點便宜也佔不著的！想想……這不正是倭寇所期待的嗎？所以，咱應該從長計議，以游擊戰、持久戰纏著倭寇打，叫他們一日都不得安寧！最後就可能會知難而退了……」陳小惡沒等蘇慶說完就氣沖沖地插話，大聲說：「要相殺……就不必講溫吞的話！阿叔是怕咱不敵倭寇嗎？那麼……『隆恩河大捷』、『分水崙大捷』又是怎麼回事呢？江湖人都『知影』一條定則——只要是時機對、地點對，細漢也是可以摺倒老大的！這……不過是『敢不敢』的問題嘛！」蘇慶緩緩坐下身來，並未回看陳小惡。他沉默了一下子，轉頭望著蘇力，說：「我也不是不敢戰……只是不想白白犧牲罷了！我……想的是祖先留給我們的三角湧，想到她可能因而整個被毀掉——真是不忍！真……不忍啊！轉守內山也好、打游擊也好……咱都得保住三角湧！否則，唉……有什麼意義呢？」「嗯……看來硬碰硬還是有些不妥的……」秦鱸魚說，似乎注意到了窗外麻雀傳來的一陣啁啾聲，「引進落空、借力使力的打法……倒是咱可以考慮考慮的！倭寇挾暴力遠來，其鋒的確不可犯……咱唯有用『以柔克剛』、『周旋到底』的打法……才有勝算！」他停頓了一下，刻意壓低了嗓音，說：「隆恩河和分水崙的一時之勝，主要還是靠『伏擊』成功罷了！不是嗎？若咱不先做到隱忍『餌敵』、虛與委蛇……能不能打出那麼樣的勝仗……恐怕就很難說了！」

那時，蘇力始終抿嘴不語，鬆弛的眼瞼像似幾夜沒闔上過了。「唉……畢竟咱只是一鄉之力，若沒『奧援』……要想再與倭國這麼鏖戰下去……其景況也是可想而知的！」鄭金榜嘆了一口氣說，「眼下，咱唯一可求的援助……就只有來自於大清宗祖了！我相信……即使那官府一時不便搭理，同胞手足應該也不至於坐視不顧的！我相信他們肯定會伸出援手……這我信！我信！所以，我的意思是……咱一面抗倭一面派人赴廈門求援去吧？討救兵一定得快……不能再拖了！」「咳咳……」陳小埤摸著下頦苦笑，悠悠地說：「真求得到援助……自然是最好了！但老實說……那談何容易呢？我是入營過的……對那『營兵』的德性，多少也算是有些見識的……想想——這晌，先腳底抹油的都是些什麼人呢？如若咱的『大總統』、主事帶頭的……真能勇於任事，又怎會讓臺民抗倭落得如今支離破碎的局面呢？想等奧援？咳……談何容易！」「小埤說的……也是事實！」鄭金榜說，「但中國幾萬萬人口……我相信——也並不全是那樣！一個歷史悠久、文化深厚的大國，是不可能就此趴在地任人欺壓的……大家等著瞧吧！」那時，眾人仍是面面相覷著說不出話來，其間有人甚至在宛如已凝滯起來的空氣中隱隱啜泣了起來。「二哥！你說！你說……」陳小惡突然拉起哥哥的手說，「幹不幹？一句話！你你……不會也想去求援吧？」「瞧我這三弟……哈哈……」陳小埤放聲大笑，「講到勇敢……咳！我自嘆不如小惡一分！但至少絕不會像那些『落跑』的『王八蛋』……哼！愚兄我……瞧不起！瞧不起！那些孬種……不會有好下場的！至於鄭老師剛才所提到的『宗祖之國』……我實在不曉得她現在到底是在還是不在？眼下咱這『大清國』她也是大……不是嗎？但怎就只是會割地賠款呢？唉……」「講這幹嘛？阿哥！幹不幹？直說了！」陳小惡緊盯著哥哥，似乎渾然不覺其兄的胳臂已使勁地彎了起來。「我從不講場面話……」陳小埤說，一旋腕掙脫了弟弟的手，「我陳小埤，現在當著諸兄弟的面，對天發誓——無論成敗生死，我絕不離開這土地！我說到做到！不必多說了……」

「唉……好說！好說！」蘇俊仰頭長嘆一聲說，「怪只怪那清廷……庸弱無能，不思振作！要是再不改弦易轍……一切犧牲，恐怕也是枉然！唉……」他又長嘆了一聲，望著頭頂的椽梁微微顫抖起來，「否則，以我大中華幅員、人口數十倍於日本國……何至於沉淪至如今這田地呢？我……」他鼻孔噴著氣緊緊抿住了雙唇，欲言又止似地握起了拳頭。蘇力微微皺起了眉頭，輕拍了拍蘇俊的胳膊，轉頭問翁景新：「這危局……不知『六少』有何高見？」「說高見是不敢……肺腑之言倒是有的！」翁景新拱手說，「我翁家既受皇恩多年，值此家國劇變之際……但求毀家紓難而無悔！」蘇力動容，當下即起身行拜謝大禮，說：「翁家忠義，萬古流芳！」

蘇力低頭在蘇俊耳邊說了些悄悄話，最終由蘇俊宣佈：「『決戰』與『游擊』兼籌並行！委派鄭金榜即刻備辦，兼程赴廈門求援去！」其間，陳小惡好幾次漲紅了臉要說話，都被他二哥按下了。「根據蘇俊交代的部署——三角湧義軍大營正式遷入小暗坑翁家大厝，一半兵力撤往內山，分散為數個游擊基地，『餌敵營』等民伕則化整為零，就地轉入地下伺機而動！」蘇軟欄寫到，「那場『協調會』在淡淡的失落感中接近尾聲——時局至此，那曾聚眾五千餘，由『三角湧聯甲局』擴編成的『三角湧抗倭義軍』分散成了好幾夥；大軍之勢，不復見矣！反觀日方，根據他們自己的戰後紀錄——約正是在同一日，近衛師團南進鎮壓的三路支隊，已在滬尾集結完成，並隨即殺氣騰騰地撲向了大嵙崁溪中、上游一帶！能久親王飭令三位將領：三路並進，克期完成！『皇軍不日將會師南臺，爾等切莫躑躅不前！』他說，並重申了任務分配：第一路軍由山根信成少將率領，先急行至大嵙崁，隨後回攻三角湧街！第二路軍由內藤正明大佐（向來以身先士卒式的勇猛著名）率領，先攻佔『塔寮坑』，再以強勢武力鎮壓風匱店至龜崙嶺一帶！第三路軍由松原少佐率領，負責沿大嵙崁溪右岸掃蕩，限期肅清擺接堡、大安寮一帶所有反抗武力！」

「根據日方的紀錄——那奉命來勦平三角湧的日軍，正是由山根信成少將所親自率領的！」蘇軟欄寫到，「這位向來『溫文儒雅』的將軍在『分水崙事件』之後，似乎也漸漸失去了慣常的優雅和耐性。一八九五年七月二十二日（農曆六月初一日）拂曉，山根少將親率大隊人馬自大嵙崁出動，以一種武士刀出鞘的氣勢直撲三角湧而來！據說，『山根大隊』一路燒殺不停，將沿途遭遇的村落房舍幾乎悉數焚燬！」蘇軟欄是這麼寫的，「唯一的例外——完全未被施予任何加害的人家，自然就是那娘子坑南面山坡的羅家茶園。據說那日，山根少將早早就親自來過這裡，親手將一紙『特予保全令』頒給了羅金來本人！他在天色微明的晴空下來訪，只帶了一個侍從官隨行。那早，曙光初露，才剛翻越娘子坑東面的山脊，便將羅家的紅磚厝照得像鍍金了似的！羅金來神采奕奕地立在門前迎接兩位『貴客』，看來稍早所患的『熱症』已不藥而癒。『山根將軍特別喜歡看茶園，想在戶外邊喝茶邊欣賞茶樹！』松山隆治少尉用標準的北京話對羅金來說。『沒問題！這是個大好天氣嘛！而且，**匪徒們**據說也早已遠遁了……』羅金來說，請下人搬出一張歐式紅櫸木茶几放在茶園邊緣。山根將軍、松山隆治少尉都沒攜槍械，身上連配刀也不見！因為，他們口口聲聲——純粹就是來問候『老朋友』，只是來『品嚐好茶』的！在那一望無際的茶園邊，松山隆治說：『朋友！山根將軍說喜歡這裡的綠茶，喜歡碧螺春，更喜歡像你這麼個……懂得義理的朋友！』『不敢當！不敢當！』羅金來朝將軍拱手作揖，『咳！我羅某……不過是個生意人罷了！』山根少將微笑以對，啜飲每一口茶湯都像在拜佛似的——平和、專注，看來可完全沒一絲武夫的戾氣！在那感覺離戰火很遠很遠的片刻寧靜中，娘子坑周邊茶樹上的露水，粒粒宛如渾圓飽滿的珍珠一般！『山根將軍說：雖然他是個軍人，但他也喜歡生意人！因為，在咱們大日本國，做生意的道理……就是做人的道理！』松山隆治說，不時用手掌遮陽，望向娘子坑。『娘子坑裡……看來還正忙著？』羅金來說，指著遠處山坑裡許多正屈身穿梭忙碌著的日本軍人；於是他用一種類似日本式客套的口吻問：『失禮了！朋友！那頭……有什麼小民我可以效勞的事嗎？』『亦已耶！朋友！』松山隆治微笑著搖了搖頭，『對咱日本人而言，事件後的檢討工作，是絕不能由他人代勞的！』據說，在日軍大舉反攻的那一日，沒人再聽到有人斥罵羅金來是『漢奸』；許多人口傳——親眼看到羅家裡外一下子來了許多自稱是『遠房親戚』的人。」

日軍大隊人馬將由大嵙崁進攻三角湧，這消息在曙光初現土地公坑溪溪谷時就已傳遍了三角湧各庄頭！蘇力勉強調集了三千義勇，分成四路嚴陣以待——由秦鱸魚、張江能、陳小惡率眾扼守鳶山、蘇慶把守三角湧和土仔城之間的頂埔莊隘口、陳小埤率陳家「紅旗軍」增防大嵙崁溪左岸的「二甲九莊」要衝；蘇力自己則偕同蘇俊、鄭金榜等，率街坊丁勇在南橋往頭站間溪畔設防，擺出了正面迎戰日軍的態勢！「以上部署，是前一晚蘇力在媽祖店裡下達的。」蘇軟欄寫到，「在召開那次作戰會議之前，蘇力曾率領各庄頭人在已變得冷冷清清的街上來回走了幾趟。

那時，他看來出奇的輕鬆平靜，還不時停下腳步叮嚀還沒撤走的人家動作要快些。『先避避吧！』他笑著說，『咱的土地……跑不了的！安啦！』」

「各位好兄弟！我已託人湊了些薄酒、小菜……今晚，咱就在自家廟裡，好好……聊聊吧！」蘇力摸著廟前的廊柱說，不時咧嘴讚美那泉州師傅精湛的木雕功夫。「各位好兄弟！我敬大家！」他在酒席上率先舉碗敬酒，露出了一種如釋重負般的笑意。「能打、不能打的仗……咱都試過了！不是嗎？」他帶著濃重的鼻音說，「拚過了……就好！真爽！真爽！咱對得起列祖列宗……不虛此生啦！乾杯！乾杯！」眾人端起了各自面前的黑釉陶碗，面面相覷又似笑非笑地側目互看，久久也沒人乾完那第一碗酒水來。鄭金榜輕嘆了一聲，說：「我總算弄清楚了——原來那在分水崙和咱對幹的部隊，就是日本的禁衛軍！想想……也值了！值了！」秦鱸魚說：「看來也不怎樣嘛！大概不是主力部隊吧？不然……日本的『皇上』就危險啦！」眾人放聲大笑，其間有人小聲提醒：「怎都改口了呢？之前，不都講好要呼『倭寇』的嗎？」「咳……改口！改口！早該改了！」陳小埤哈著酒氣說，

「叫『倭寇倭寇』，真彆扭！若呼人家現代化的國家叫『什麼寇』，那咱豈不都該被叫作『山賊』了嗎？」眾人又是一陣哄堂大笑，有人輕聲提醒：「夜深了！媽祖也得休息……」「各位兄弟！大家辛苦了！辛苦了！」蘇力起身作揖，「兄弟們記好了——眼下這戰，能守則守、得戰且戰，不行的話……就轉戰小暗坑吧？切記！切記！」他說著轉身向翁景新，展臂作揖又行了個大禮。這晚，翁景新看似心事重重，不時差下人到廟外街上去瞭解狀況。「這附近的民家……不知都妥善撤走了嗎？」他深鎖著眉頭說，幾次不安似地挪了挪身子，「都叫他們……來小暗坑避避吧？」鄭金榜起身朝翁景新拱了拱手，說：「『六少』宅心仁厚，令人感佩！咱義軍有六少支援，便算是道地的『仁義之師』了！絕不是什麼『山賊土寇』之流！」他抿嘴停頓了一下，點著頭說：「這兩天，往山區的百姓的確不少——主要是避往『白雞』、『牛角坑』的方向，也有些是往『大寮地』、『竹坑山』前進的！反而是往『小暗坑』撤去的……似乎比較少些？這或許是因為……大家認為那兒將成『戰區』的關係吧？」「喔……原來是這樣！」翁景新嘆了一口氣說，「百姓想的……不過是個『安生日子』啊！我這就先叫人殺些肥豬送去『番界』拜碼頭吧！拜託那些『達燕』的好兄弟們……對咱的人多多包涵包涵！」就在那時候，廟門外突然響起一陣擾攘，衛兵匆匆進來報告，說：「那那住街尾的『土匪阿公』……又來亂了！祖孫倆在廟埕拉拉扯扯，也不知是起了啥爭執？」「哼！來亂的！對這種人……我來就好！」陳小惡跳起身說，「免跟他們囉哩囉嗦！馬上押進『軍牢』……就穩妥當！我保證能讓他們變得乖乖的！」「別！別！」蘇力立即伸手制止，「這『番阿公』輩份高！他當土匪的時候，我還在穿開襠褲呢！」他說，「請他進來喝兩杯吧？衛兵！」

阿公悻悻然跨進門來，劈頭就說：「我要你們現在就把我阿青抓去山裡……避一避去！」「你自己帶他去不就得了？自己的孫子自己顧嘛！」鄭金榜說。「我自己不走……我要留下來和倭寇拚命！」阿公說。「怎會變成這樣？」鄭金榜搔了搔頭說，「聽說之前您還百般阻擋阿青參加打仗不是？」「那時是那時，現在是現在！」阿公氣呼呼地說，「倭寇佔娘子坑、佔分水崙……我不管！因為那跟我沒關係！不過，現在聽說倭寇要來佔我家這裡了……那他們就給我試試看！我是土匪！我一向跟人家都是講道理的！你們去探聽看看！」「大哥！我敬你！」蘇力說，斟滿一碗酒用雙手奉上。阿公噘著嘴搖頭說：「我不在小孩面前喝酒！也從不在小孩面前殺人！」蘇力哈哈大笑，低聲下氣地說：「那就……喝茶！喝茶！不喝也可以……」「阿青！為何不聽阿公的話？」鄭金榜誇張地板起臉來質問阿公身後的男孩，儼然又是往昔一副塾師的嘴臉。「我又不怕死！」阿青說，「我要跟阿公一起……去和倭寇打一架！我不要只做『偷下落屎藥』的工作了！」「喔！對了！」陳小埤突然插話問蘇力，「這晌，怎都不見二公子阿煌呢？」「呃……慚愧！慚愧！」蘇力苦笑著說，「阿煌他……去信啞唆去了！就和他近來相好的女人……大概正忙著『增產報國』吧？若咱真能打跑日本人……我一定再擺酒！」「那很好嘛！生生不息嘛！」陳小埤說，「咱啊今後一定得多生一些才行！就是吃也要吃垮日本人！」「對嘛！對嘛！」阿公說，「我家阿青可不能死……要好好留著種，多生一些才行！」「阿伯！您的兒子們呢？我看您帶孫帶得滿辛苦的……」陳小埤說。「死光了！哼！打械鬥……統統死光了！幹你娘的！說走就走！『紅嬰仔』，就丟給老人家傷腦筋！」阿公說，抿嘴搖了搖頭，「我年輕時也打械鬥……但不知怎麼搞的？就是『打不死』！否則……我就不必和這『番囝仔』在這裡『答喙鼓』啦！」「好啦！都先回家歇著吧？孟子說：『不孝有三，無後為大！』不聽老師的話那可不行……會天打雷劈的！」鄭金榜大聲說，「你們兩個就跟著我吧？聽我的！我說走就走、說留就留，這樣好嗎？」「好吧！既然老師都說話了……我希望我孫子以後學種稻……學種番薯也可以，千萬別跟那些傻瓜學殺人！」阿公說，「各位大人！你們慢慢喝著吧！我要帶孫子先回家睡覺了！明白告訴你們——我械鬥不死的祕訣，就是『睡飽一點』！」

「醉臥沙場君莫笑，古來征戰幾人回！」酒席近尾聲，蘇力以手指叩桌而歌，嗚嗚然如蒼鷺夜啼。「大哥！您別想太多……」陳小埤輕聲說，「吉人自有天相嘛！什麼殺仗沒經歷過呢？」「哈哈……時也？運也？勢也？我蘇力……」蘇力突然放聲大笑，隨即摀面抽泣，泣不成聲！「統領……您可千萬別想不開！」陳小惡大聲說，「雖說那日本人呼我為『三角湧之惡鬼』！我才不會……真想去作鬼呢！我一定要等到那一天……要親眼看日本人滾出臺灣去！」「是啊！是啊！小惡說的好！說的好啊！」蘇力用手指撥去了淚水說，轉身向鄭金榜拱了拱手，「老師！眼下……咱真是彈盡援絕啦！若不去唐山求援……又能怎麼著呢？明天土地公坑溪谷的決戰……我估量著……大概要用到石塊砸、牙齒咬了！哈哈……」「那……統領就別硬拚了！」翁景新說，「都來我小暗坑打游擊吧？」

「其實，乙未年六月初一（陽曆七月二十二日）午時前，三角湧街已是空蕩蕩，宛如『鬼城』一般！」蘇軟欄寫到，「距南橋不遠的土地公坑溪谷裡，日軍的砲擊聲清晰可聞，而且是一次比一次更加逼近！」蘇力親令在「中站」隘口堆起一切可燃什物，試圖以焚燒出的熊熊大火阻擋日軍繼續向三角湧推進！山根信成指揮官則採取了最簡單的戰術回應，直接用密集、無間歇性的砲擊轟散所有擋在前方的障礙物！日軍步兵在砲擊掩護下步步進逼，但似乎也並不急於攻入三角湧街內去！蘇力數次身先士卒衝向火線，殉身明志之心昭然若揭。蘇俊、鄭金榜合力勸阻蘇力不成，便急召蘇軟欄前來勸說伯父。蘇軟欄拉著蘇力的手不放，說：「阿伯！根銓昨夜託夢我……一定要守護大伯！否則必不饒恕！」「真真的？」蘇力說，突然間顫巍巍地有了回應，「阿銓……還說了什麼？他在那裡……欠什麼日用嗎？」他在硝煙瀰漫中頻頻追問，喃喃自語地跌坐在地，哭得直像個孩子。

「三角湧抗日義軍撤防街市，是蘇俊和鄭金榜合計下達的命令！」蘇軟欄寫到，「蘇力被人護送離去時，似乎連站穩的最後一絲力氣都已放盡了。」鄭金榜一路緊盯著阿青和他阿公，「轉進！您懂嗎？」他說，「『轉進』就表示我們贏定了！歷史書上都是這麼講的！誰先轉進，誰就贏得最後勝利！等著瞧吧！等唐山的援軍一到……你們就知道！」「你不要跟我講那些『五四三』的！」阿公噘著嘴說，「我只關心我的土角厝！假如倭寇敢給我破壞一丁點……我就一定要找他們算帳！要他們加倍賠我！」「沒問題！您高興！」鄭金榜大聲說，用力拍了拍自己的胸脯，「找我一起去！找我！」「老師的話……是該相信的！」阿公說，「就算被老師騙一次……也不失面子嘛！」「不過……」他一再大聲強調（一路上已重覆了數十遍），「老師！你答應過的……絕不能忘記喲！你將來一定要教我阿青種稻子！種番薯嘛可以……」

「根據日方事後的紀錄，能久親王對稍早分水崙的慘重傷亡一直耿耿於懷。他不諱言自己已是羞憤交加，一再急電催促山根少將：『盡殲全滅，克敵制勝！』他看來真是有些按捺不住怒火了！難得的是，他麾下的猛將山根信成少將，卻似乎一點也不急躁！」蘇軟欄寫到，「據說，山根信成少將在七月二十三日（農曆六月初二）天亮前，已親隨部隊前進到當時已空無一人的三角湧街尾『南橋』邊，那時，他果決地下令部隊暫停推進，然後獨自一人在土地公坑溪畔躑躅沉思良久，一直到天色全亮才又再開口說話！」

「據說七月二十三日天色全亮後，日軍已將三角湧街周邊團團圍住了！」蘇軟欄寫到，「但原本計劃的正式進駐行動，卻因尖兵小隊遭到街內零星的狙擊而作罷。」山根指揮官隨即在敵前會議上明示：『不允許再有任何無謂的傷亡！』因此，他又沉默下來長考了將近一整天，才在七月二十四日（農曆六月初三）拂曉前下達『焚街令』！這位素有謀略的『儒將』，最後還是採取了看似最簡單明瞭卻又極其粗暴的戰法。」

「乙未年三角湧街遭受的烈焰，據說整整焚燒了三天三夜！」蘇軟欄寫到，「那清晨，烈火是一陣接著一陣，隨之而起的濃煙迅速將土地公坑溪畔慣常帶著詩意的晨霧完全掩蓋了！近晌午時分，那曾經繁華、遊客如織的泉州式木造店街，已成了一片打老遠便可感受到炙熱的暴虐火海了！沒人知道一八九五年三角湧街的第一把火是誰放的？更遑論去確認到底是從何時、何處開始燃起的呢？當然，不可能有人能明瞭——那一路『燒殺無數』的武夫……為何得長考一整天才下達了焚街的最終命令？據說，山根信成本人曾多次公開表示：『那條起造於清國乾隆年間的古老街道……真美！三角湧老街，真美！』蘇軟欄在記事本裡留白了整整一行，「據說，山根將軍在事後曾獨自親臨憑弔火場，躑躅低迴於焦黑傾倒的雕樑畫棟之間良久，才長嘆了一聲說：『這……就是戰爭！』」

第八章　日出三角湧

「再熾烈的怒火，總有冷卻下來的時候；慘烈的戰事，何嘗不是？」蘇軟欄寫到，「當槍砲的喧囂逐漸在三角湧大地沉靜下來之後，人們開始以各自的方式在水天之間重新開展新的生活；每個人必須嘗試用各自殘留的信念來說服自己，想法子相信日子還是能過下去的——能面對那依舊昇起的旭日，總歸是件幸福的事！」

蘇軟欄並沒離開三角湧而避居他處，因為他似乎很想親眼看到兒孫在自己的土地上可能的轉變。「換作了日本國的子民，真的……不過是像換了個皇上那麼簡單的一回事嗎？」他的憂慮重複出現在字裡行間，成了一種必須藉由晨曦才能稍事緩解的痼疾。「這是『心病』！心病，都是自找的！看開點吧……」他曾試圖自求解脫，但一聽到兒子「阿伊嗚ㄟ喔」的朗朗書聲，神色便又像沉落到無底深淵似的灰暗一片了。

時光荏苒，一九〇八年（光緒三十四年）秋天，蘇軟欄到廈門帶回已高齡七十一的蘇力。這年距伯父避居唐山的丙申年，算來已有整整十二年的光景了。

「回想護送伯父內渡的那個遙遠冬日，感覺心頭積累的寒霜似乎又更厚了一些！」蘇軟欄寫到，「在那艘乘夜過海的船上，每張華人的面孔都顯得漠然難辨，唯獨伯父那已剃鬚易容的臉龐僵固似地始終縈迴在我腦海之中！那年，因唐山的援軍一直杳無音訊，於是乎避走廈門的抗日士紳開始絡繹於途。蘇粒姊堅持令我帶伯父迅即離開，說那是三角湧義軍不至於灰飛煙滅必要的一步！而我和『粒姊』私下纏綿的光景，也隨之真正戛然而止了……因為，她已成了留守三角湧蘇家命脈的『頭人』，有了新的顧念和不可再任性而為的束縛了。十二年後，蘇粒大姊命令我赴廈門執行任務，只說了短短的兩句話——『一定要將老人家平安地帶回家鄉！不得有誤！』」

「老人家回來了！有了個新『名字』，但人還是固執一個樣！」蘇軟欄寫到，

「他對回鄉這事，顯然心裡是有些疙瘩的——人雖已回歸三角湧，卻哪兒也不想去、誰也不想見！他每天只是抿著嘴沉默不語，早早起床只想推窗看那依舊昇起的旭日。他，看來已不再是『統領大人』了！那時，他只是個孤伶伶的老人，一個連談起回憶的勇氣都沒的衰頹之人！大伯！喔不……直接叫『阿爸』吧？親切！簡單！『養的卡大天』嘛！」那陣子，蘇軟欄想的是如何逗樂老人家，不忍自己已僵凍多年的魂靈日日呈現在老人家似乎漫無止境的緘默之中。「這，的確是一種『心病』，也算是人情之常嘛！」蘇粒當父親的面對蘇軟欄說，「人若是老避著過去，要如何面對現在和未來呢？你得想點別的辦法嘛！不要只信那郎中煎出的湯藥！」

約莫是在老人家返鄉後三個月的某日，蘇軟欄第一次陪他並肩在扉窗前等待那日即將到來的曙光。那早，他感覺自己推開扉窗的雙手有了些莫名的勁力，看著老人家盼著日出的眼睛漸漸泛起金色的光彩，恍惚之間似乎又見到了一個統領堅毅的神情，恍然大悟這日子將不再是一種全然無奈的等待了！「阿欄！你看……東方的天空，說亮就真亮起來了！我也好像一下子……有些明白過來了！嗯……」老人突然點著頭說，「咱這三角湧、這臺灣……丟不掉的！只要……咱一代代人一直活在這兒、葬在這兒……就肯定丟不了這土地！丟不了的！我信！你信嗎？所以，帶我去那外頭轉轉吧？」老人家緩緩抬起了頭，似乎有些掙扎地停頓了幾下，然後朝東方極遠處迤邐如幻影般的的山巒看了好一會兒。「我真想先去看看那裡的山、看看那溪邊的竹林子……」他悠悠地說，「阿欄！帶我去『暗坑仔』走走吧？」「嗚嗚喔……好！好！」蘇軟欄應著，當下便感覺眼瞼潮潮的一片熱，彷彿那深秋的淒冷已瞬間完全消弭在晨曦中了。「暗坑仔是翁家故里。」蘇軟欄說，「只是……那有情有義的六少……唉……早沒了！」他輕嘆了口氣，搖了搖頭，儘量不讓自己再想起那個丙申年發生在翁家的悲劇。

「那個丙申年正月，日軍焚毀三角湧街之後不久，便將矛頭直指小暗坑的翁家大厝而來！」蘇軟欄寫到，「正月二十九，也正是春分前兩天，日軍大隊人馬直搗小暗坑隘口，並隨即對翁家大厝展開了三面圍攻。蘇詣稍早率眾力抗日軍十數回合，幾乎將那橫溪『頭關』打成了千瘡百孔的廢墟似的！在那場激烈的攻防戰中，日軍步兵曾被迫十進十退！據說，戰事由拂曉一直延續到了黃昏時分，仍有不少橫溪方面的傷兵如鬼魅般匍匐在暗處，要伺機猝不及防地奮起與行經身旁的日本兵作最後一搏！黃昏時，蘇詣四肢已被日軍砲擊所廢，但臨終前仍咬牙在一堵斷牆後寫下了血書，並旋即差人將信往翁家急送而去！據說，蘇詣在『頭關』攻防戰中並未向任何人求援，臨死前仍口口聲聲一再追問：『那幾座……通往翁厝的橋樑……是否都已完完全全切斷了呢？』」

那個初冬晴朗的清早，蘇軟欄先通知了蘇粒，隨即陪老人家趁著路人稀少的時候出門去；馬車朝三角湧東面的山區前進，一路迎著逐漸爬升的旭日走。老人主動撥開了遮簾，臉上明晃晃的一片亮！座車行駛到橫溪匯流之處，便蜿蜒地轉進了河谷地。老人家顫巍巍地伏窗而視，約在成福莊前兩里突然發聲叫停了車行，說：「我我……一定要用雙腳一步一步地……走過去！讓我下車吧！你們走不走……隨意！」一行人於是開始步行，老人家莫名執拗地拒絕了任何人攙扶著他走。蘇軟欄詫異地望著伯父那略顯急切的步伐，納悶老人家是否急著想獨自面對什麼似的？

他原本以為那已老衰得無力行走的身軀感覺有了些硬邦邦的線條，逆光而行的片刻讓那昂然的背影儼然又是一身青金色的戎裝似的！「唉……」老人家突然一聲長嘆將蘇軟欄喚回到眼前的一片荒煙野蔓，「翁家大厝被毀得……好慘哪！」他說，簌簌地淌落了兩行清淚，「不瞞你們——那時……我蘇力就正在那翁家大厝裡！說『故事』……總歸是比較輕鬆的不是？但那種見都不曾見過的慘狀，實在……不可能不令人揪心啊！淡忘？原諒？原諒誰呢？談何容易！」老人家躬身向前走了兩三步，「記得那天，你和根煌是暫避去蘇粒那裡吧？記得沒錯的話……也是去安頓兩位『阿娘』的！那天，天色才矇矓初亮，翁家大厝突然間就像被迅雷挾著陣陣閃電團團圍住了，那隆隆砲聲、迸裂的火球不斷從天而降，厝裡的人就宛如身陷炙熱的煉獄裡一般！接下來發生在翁家的事……我……該怎麼講呢？對我……那就是十多年來……一直重覆出現在夢裡的凌遲了！我……我該怎麼啟齒呢？」「阿爸！」蘇軟欄說，輕拍了拍老人的胳臂，「那就……別提了！別提了……都已是……早已過去的事了不是？都過去了嘛！」他盯著老人家看，一時間感覺舌尖一陣苦澀。「免驚！免驚！我……不是已跟你說過——現在我已想通了嗎？真的！」老先生說，「今天就讓我將那『故事』……直接講完了吧？趁我還沒倒下之前……說出來，讓我舒坦些！」

「那日，翁家的三進大厝、蜂巢般的三十六房，轉眼間就被轟成了斷垣殘壁了！那景象完全不似戰爭……而是像屠殺，就是屠殺！嗯……」老人說，「我在屍骸隨處可見的瓦礫間踉蹌竄逃，由翁景新父子攙扶著跑向後邊的側門……那時，倉皇逃命，是一種直接的反應，完全就沒有勇不勇敢的念想了！唉……『眾庶馮生』，古人說的一點沒錯！」老人說到這兒，抿住嘴停頓了片刻。「那日，我們沿著山徑一直跑一直跑……那條通往內山深處的小徑，彷彿就像永無盡頭似的！」他接著說，「被追殺的感覺，宛如斷斷續續的惡夢；每回槍彈從身後呼嘯而來，都讓人瞬間冷汗直冒，眼前一片黑！」老人突然間瞪大了眼睛盯著遠處的山林，隨即又頹然低頭飲泣了幾聲，說：「那時，感覺似乎就是跑不掉了……六少突然伸長了手臂指著左邊一條岔路，對我說：『統領！統領！您且……由此避走！快！快！我……來引開追兵吧！嗚嗚……那是……我最後一次聽六少說話！真沒想到……那是我最後一次聽到他溫暖的聲音！唉……『恐懼』讓人只能顧著自己……但，那翁家六少……顯然就是和常人不一樣！嗚嗚……」老人家喘著氣緊緊抿住了雙唇，似乎再也沒勇氣繼續往下說了！

「之後的事，在三角湧多有流傳。」蘇軟欄寫到，「據說，日軍最終還是追上了翁景新和他次子『國材』，旋即用燃燒稻草煙燻及亂槍密集射擊，將父子倆圍殺於深山某處山洞現場！日軍曾將翁景新父子的首級懸掛於鳶山北麓示眾，但據說不到三日便驚覺它們已被人取走且下落不明了！」

「嗯……讓我略感安慰的是……我知道——那父子倆的忠義之軀，終究還是得以全屍合葬了！這……是起碼的公道啊！」老人家邊走邊說，躊躇地向河畔面東的一處茅草叢緩緩走去，就像腦袋裡早有一張導引地圖似的。其實，這義舉，正是由義軍兄弟所策劃並協同六少的部屬戮力完成！」他說著，突然在一片荒草前停下了腳步，「你們看！你們看——這是誰的墓？『顯祖考諱汝明之佳城附次男國材府君』。」老人輕聲唸著石碑上的字，幾次伸手撫摸「汝明」兩個字。「六少！我蘇力……我來拜謝你了！你……可以心安了……咱不都還在自己的土地上嗎？」他說著低頭闔上了雙眼，神情平靜地潸然淚下。

約在上午九時許，旭日已將山巔鑲出了金色的輪廓。曙光的腳尖在小暗坑溪谷悄悄挪移著，照射出了一片更加立體的景況。「汝明！你……是真正的英雄！我蘇力……差得遠呢！」老人輕聲說，一邊清除石碑周圍的雜草一邊招手叫蘇軟欄也過來盡點力。「阿欄啊！」他突然轉過頭來用一種耳語般的聲音對蘇軟欄說，「這些年……也真煩勞你了！我之前交代你的任務……現在看來……也是該擱下了！你作的筆記……記得收好囉！那裡頭……有些紀錄，怕是會惹出麻煩的不是？唉……時代不同了！現在……咱得先好好活下去才是！過去的一切……就先都擱下了吧？我今天要明白地謝謝你——你的任務，就到今日為止；咱……都就此打住了吧！」

老人低著頭躬身走在蔓草中，不時披開眼前的草叢翻找，直到發現了那塊青斗石「柱礎」。他高興得幾乎立刻趴下身來，孩子似地又是端詳又是撫摸那石礎好一會兒，才一屁股坐了下來，說：「穩！穩！這『翁家大厝』的『石墩子』，穩如泰山！嘿嘿！看起來……日本人也沒能把『翁家大厝』徹底毀滅了不是？」老人迎著曙光笑咧咧地瞇起了雙眼，似乎是想起了「三角湧聯甲局義軍大統領」的風采。「朝陽再現！哈哈……看——有一就有二！我也有『凳子』坐了！」蘇軟欄一陣大笑，披開雜草清出了另一塊石墩子。「咳咳……翁家大厝給弄成這樣……也實在是……可惜啦！」老先生說，「打仗殺人……何必拿這麼漂亮的房子出氣？說日本人文明……咳！什麼意思？咱泉州師傅的工夫……那才叫文明！不是嗎？」「是啊！是啊！」蘇軟欄說，「破壞容易，建設難啊……」「聽說……那陳小埤之死，的確是劉扁獅搞的？是嗎？」老人突然壓低了聲音問，側目朝車道的方向看了一眼。

「我聽說……是劉扁獅帶日本人去抓的！他那種人，現在小人得志……咱真……惹不起喔！形勢比人強……以前如此，現在更甚！」蘇軟欄說，「也不知他那傢伙……為何就那麼恨陳家？哼……」「陳小埤的髮妻就姓『劉』，算起來還是劉扁獅的堂姊呢！知道嗎？」老人說，皺起眉搖了搖頭，「據我所知，其實也沒什麼深仇大恨……小埤不過是罵了劉扁獅幾次，要他快將那大菸給戒掉罷了！所以，我近年來常想……人的仇恨，經常就是件……沒什麼道理的事！唉……只是不爽，就能憋出多少壞心眼來，真可悲！」老人抬起頭來看了看山谷上空飄過的白雲，「記得……我是在鄭金榜死後才過唐山去的！說也真怪……那鄭老師在槍林彈雨中都沒怎樣，討不到救兵從唐山回來不久……竟然就被自己的心情徹底擊倒了！記得——我過唐山前曾去看他，見他已幾乎不能進食了！整個人看來呆若木雞，只是不停地嘀咕叨絮：『吃了那種肉……還怎麼再做老師呢？還怎麼教孩子做人呢？』」老人愈說愈小聲，抿嘴停頓了好幾次，「不說這了！談談其他兄弟吧？」

「是啊！那些事……都已過去了不是？」蘇軟欄說，「咱看那朵朵白雲悠悠蕩蕩的……人生如朝露，何苦自尋煩惱呢？」他說著側目瞧了車道的方向一眼，旋即壓低了嗓音，說：「咱得留意有沒有閒人靠近！畢竟，國土已淪喪，現在是日本人說了算……」「也不只是小埤一個……」蘇軟欄說，「那林成祖在阿爸過唐山不久……也是這麼出事了！聽說，只是因為在廟會時罵劉扁獅一聲『漢奸』……就招徠了殺身之禍！至於那秦鱸魚……聽說是一直窩藏在深山繼續抗日，最後戰到只剩孑然一身……自我了斷於光緒二十四年！那張江能在戰後隱姓埋名，聽說是一直抑鬱悲苦……每每在酒醉後西向狂哭，逢人便說：『恥為順民！恥為順民！』光緒二十五年冬日，他竟然真的就絕食至死了！據他家人說，他死前仍喃喃自語：『義不食倭粟！義不食倭粟……』唉……那景況據說是和鄭金榜……如出一轍！」那時，蘇軟欄突然注意到老人眼眶裡打轉的淚水，連忙換了一口氣，說：「當然！當然！活得好好的兄弟……也大有人在！大有人在！那陳小惡，就選擇了大隱於市！聽說，他開國藥店救人濟世，幾年來性格多有改變，已很久不再談殺人的事了！那陳新求換了個名字，就隱身於街口的土地公廟中，聽說已平平安安作了多年廟祝了。『神槍手』劉烏塗那漢子，仍然和人合不來，聽說是一直隱居在鳶山之中，成天與綠竹、山嵐為伍，過得好不愜意！他快樂地自耕而食，逢人便說：『好好活著吧！至少也得活到日本狗滾出臺灣的那一天！』哈哈……他，果然是個厲害角色！」「他那個人……我是瞭解的！那真有可能！我信！我信！」老人咧著嘴笑起來，「老實講——那中國真是大……我親眼見識過的——咱中國不僅僅是一個泱泱大國，也自成一個世界！真的！阿欄！你相信我——中國就算一時衰弱到趴倒在地，那小日本也是吞不下去的！相信嗎？今日中國既然是被迫割讓臺灣，將來就一定會討回來的！臺灣回歸祖國……相信我——那是早晚的事！真的！」「這我信！」蘇軟欄說，「從地圖上就看得很明白了！我更想知道的……是那些留在唐山的『老兄弟』們……現在過得如何？個個都還好嗎？」蘇軟欄望著老人瞪大的眼睛問，「『擺俊』怎沒能同阿爸一道回來呢？」「嗯……難啦！人各有志嘛！」老人撫摸著頷鬚說，「現在，他已跟了那『孫文』的『革命黨』了！一年到頭神祕兮兮的，神龍見首不見尾，難得再跟咱三峽兄弟們說上話了……他曾邀過我，說什麼：『那革命才是真正能救臺灣的路！』天曉得那個『孫大砲』口沫橫飛講的……到底管不管用呢？咳……聽說那革命就是要造反！要徹底推翻大清朝廷……這，我怎麼能贊同呢？我蘇力是受過皇恩的人……再怎麼樣也不能去造反吧？」老人悠悠地說，突然間不安似地站起身來盯著車道的方向看，壓低了嗓音問：「阿欄！你你……聽到來車的聲響嗎？好像是……愈來愈接近了？」蘇軟欄回頭瞧了一眼，側著耳朵說：「沒有吧？是……山谷裡風吹出的回音吧？」「那就好！那好！」老人說，「你是知道的……這回我本想攜那黃鏡源一道回來的……但，因光緒二十七年林久遠返臺被殺的那事……他對日本人已完全失去信心了！他啊，聽說是一直過得不好，對那清國的人事……更是滿腹牢騷！」「阿爸……」蘇軟欄突然用雙手執起了老人顫巍巍的手在掌間輕拍，「您……後悔去了唐山嗎？」他感覺老人的手已透出了絲絲執拗的勁道，一種從未改變過的堅持，明明白白。「去就去了、做就做了，沒什麼好後悔的！我相信——那中國自有出路；不會因一些人的自私、愚昧而滅亡，更不可能只因一時挫敗就此一蹶不振！我相信……」老人說，「至於咱小小的蘇姓家族……傳統家訓自有德性——那就是：對自己決定的事，絕不反悔！」

「那輛『黃包車』緩緩出現在道路旁，躡手躡腳似地停了下來。」蘇軟欄寫到，「上頭一個紳士模樣的男子掀開布簾，直接朝這頭揮起手來！」「看！是真有人……來了！」老人緊收起下巴盯著來人看，兩隻眼睛瞬間瞇成了利箭似的。「噯

——原來是劉……扁獅！這傢伙……怎也跟來了？阿欄！注意——小心說話！」「知道了！」蘇軟欄點著頭挨近了老人耳邊，「小心！這傢伙……現在是『保良局』的爪牙！聽說還是三角湧的『分局長』呢！哼！難道是想找麻煩不成？咱就……少說為妙吧？」那個戴洋式草帽的白臉漢子，的確是劉扁獅沒錯！他忙不迭哈起腰來，跳舞似地邁著步子，一臉癩皮狗諂媚主人的神情！「嘿！久違！久違了！蘇老大……」劉扁獅躬身拱手行起大禮，腰圍看來明顯凸出了兩團肥肉。那身白色洋服綳得緊緊的，彷彿就像縮水了似的。「別！別來這套！扁獅！」老人搖著手說，「你清楚的——我……不做『老大』，已經很久了！」「大哥回來……怎不先吩咐小弟一聲？好讓我……來備辦個……接風宴！」劉扁獅眨著眼說，不時抿嘴像在吞口水的樣子，「大哥這趟回來……是純粹來敘舊的呢？還是……又有什麼宏圖大展的生意呢？咳！看我這話說的……得罪！真是得罪啦！」「我是……純粹回來……等死的！」老人說，側目瞪了劉扁獅一眼，「阿獅啊！你看來是……多長肉了！混得不錯嘛！要是真發達了……老漢這就先向你恭喜啦！」「託您的福！託您的福！蘇董……」劉扁獅哈腰再拜，「那大菸……嘻嘻！我已少抽多了！相信嗎？留著做生意嘛！現在那大菸主要只是我的生意……得先考量將本求利才行！」他拍了拍衣袖揚起了下巴，「現在小弟的生意，過得去！過得去……大哥您放心——我不會、也不必再開口跟任何人借錢了！真的！哈哈……」

就在這時候，陣陣車輪磨擦地面的聲響傳過來，緊接著另一輛黃包車疾馳而至。蘇粒從車上一躍而下，邊走邊吆喝，說：「嘿！姓劉的！你……敢動我爸一根汗毛，就給我試試看！」她說著一個箭步擋到了劉扁獅身前，比劃出的手指頭幾乎要刺到劉的鼻尖了！「阿呦喂！這是……女將軍來了！」劉扁獅縮短了脖頸叫出聲來，一個踉蹌差點就要跌坐在地。「大姊！大姊！饒命啊！饒命！」他說，「誤會！您誤會啦！阿姊……」「你說公道的——我們蘇家……過去待你怎樣？我爸一向待你不薄……是不是這樣？是不是？他現在年事已高，又有病在身……你這『樂興仔』，最好給我識相一點！」蘇粒大聲說，一巴掌拍在劉扁獅的肩頭上，「今天，你是存什麼心……為何還來找麻煩？是存心欺負我蘇家嗎？你說！」「服！

服！我服了……」劉扁獅說，發出像貓叫似的嗓音，「我真……沒見過這麼兇的出家人！」他轉過身來連連作揖，幾乎要對蘇粒行起跪地大禮來了！老人家咧著嘴搖頭苦笑，「是啊！是啊！我也……沒見過如此兇巴巴的『吃菜人』！」他說，先側目看了劉扁獅一眼，再轉身問蘇粒：「阿粒！你又是怎麼知道……我和阿欄會來這裡呢？」「阿爸終於寬心了些……難得也願意出門了……誰不高興？多虧咱家有這好弟弟……」蘇粒一把牽起蘇軟欄的手搖了又搖，「怎知道？那當然是……我最親愛的阿欄，託人來相告的嘛！」「算你厲害！厲害！你這丫頭……」老人笑咧咧地說，「竟然……在我身邊安了個間諜啦！」「那……蘇老大怎沒問我是怎麼知道的呢？」劉扁獅哈巴狗似地湊近了臉說，一張老臉露出了頑童似的笑容，「是嘛！我怎會也跟來這裡呢？」「囉嗦！誰管你這豬八戒？」蘇粒罵道，「難道日本人不准老人家出門看風景嗎？連七十多歲的老人家……都叫他們膽戰心驚嗎？」「哎……是啊！是啊！說的有理！有理！」劉扁獅嘆了一口氣說，「我是做了『豬八戒』！我的確是『豬八戒』！裡外不是人嘛！不過說公道的……我可是恩怨分明的『豬八戒』！我是講義氣的『豬八戒』！像這蘇家待我不薄、老大又多有照顧，這恩情……我可是一直牢記在心，隨時準備要報恩的！真的！」「廢話那麼多幹嘛？」蘇粒大聲說，「快說！你是怎麼知道我爸會來這裡的？快說！」「是啊！我怎會知道？」劉扁獅說，「唉……直說了——是那上頭知道的，不是我知道！」他說著噓了一口氣，轉頭看了看那「翁家廢墟」上搖曳的芒草，「我怎會知道？其實我……喔不！是日本人，早就知道了！打您『蘇老大』一回三角湧地界……那日本人的特務便盯得緊哪！稍早，要不是小弟我向他們好言力保……蘇老大怎可能被通融准予住下來呢？」「那麼說……大姊我還得謝謝你嘍？」蘇粒說，緊掐了劉扁獅的胳膊一下。「喔……不！說什麼客套呢？不必謝！不必謝！」劉扁獅說，「這是我該做、也是能做的……小事嘛！」他停頓了一下，緩緩用雙手扶正了頭頂的草帽，轉身畢恭畢敬地對老人說：「老大！從今往後，好好過日子吧！只要您不再為難日本人，肯定就能過個安生日子！我保您哪！」「落葉歸根！好事一樁嘛！」蘇粒說，抬頭看那冬陽的位置，「這三角湧的日頭……好像特愛老人家似的？」「嘿嘿……

好個落葉歸根，圓滿！圓滿！」劉扁獅說，微笑著頷首向老人又拱了拱手，「我這就……識相地告辭了吧！告辭啦！不打擾你們一家團圓了……咳！蘇老大！跟您說真格的——您府上真正最厲害的角色……其實不是那『六角銓』，『大姊粒』才是！才是！以後，咱那『重男輕女』的『好傳統』……是該改改嘍！」

「劉扁獅孤伶伶地走了。暖烘烘的冬陽，照得芒草花波光似的一片明亮！」蘇軟欄寫到，「金光穿雲而下，露臉問往事歷歷浮現，一切是非曲直似乎也就明明白白的了！」「咳咳……誰不想落葉歸根呢？」老人輕咳了兩聲說，雙手接來蘇粒遞上的一杯碧螺春茶。「熱呼呼的！這讓我想起了那白其祥大哥來……」他說，啜了口茶湯，抬頭看那遠處山巔的雲霧，「在那個遙遠的『乙未年』，他老人家老遠捎來『井邊三策』……的確也是一番好意啊！這我信！」蘇軟欄挨近老人輕聲說：「阿爸！那年，白大人在『半邊井』旁悄悄說的……是個什麼緊要的事呢？那『井邊三策』……又是個什麼說法呢？」「現在說不說……都遲了不是？有什麼差別呢？咳……」老人嘆了一口氣說，停頓了一下環視四周的荒煙蔓草，「那白大人說的下策，是勸我別輕啟戰端，先隨他『暫避唐山靜觀其變』！他說：此時朝廷自有朝廷的苦衷！咱平頭小民配合著行事，至少也算是不違逆添亂吧？這是明哲保身之道！至於那中策，他說：『留下來應付日本人，把生意做大！先顧好自家鄉親，再俟機聯繫唐山，圖謀恢復！』至於那上策嘛……」老人突然抿嘴打住，沉吟地搓了搓自己的額頭。「那『上策』……怎麼個說法？」蘇粒和蘇軟欄幾乎是齊聲問道。老人仰頭噓唏，抿了抿嘴，說：「看來……那時我是小看白大人了！他，人雖是老了，但顯然……還不是個怕事的人哪！記得——他是如此睜大了眼睛，用一種命令似的語氣對我說：『蘇統！聽我的——你這就速速北上去吧？趕到那**水返腳**……主動領日軍進臺北城吧？報國不在一時……而那才是真正暫保鄉土之道！做生意賭**大**利，更何況那還能救苦救難呢！你可知——那臺北城此刻已直如人間煉獄！升斗小民無依無靠、任人宰制……處境也實在是……太苦了！太苦了！這是我一路親眼所見……所以我說：這才是保鄉護民之道，這才是上策！』嗚嗚……我選擇的……竟是前輩一再勸阻的……下下策！下下策！真的！我這『統領』……是做小了！做小了啊！咳……」老人搖著頭躬下身來嘆了長長一口氣，「我知道自己沒資格講後不後悔的問題……但總覺得——作個頭人……至少也該有點羞恥心吧？」

「阿爸！咱別說這些了！」蘇粒攙住老人的胳臂說，「那些……都已是過去的事了！咱所幹的，至少也算是對得起列祖列宗……有骨氣的事不是？問心無愧！不對嗎？」她伸手輕拍老人的背脊骨，說：「有阿爸這般志氣，這三角湧……丟不了的！」她抬起頭來望向金光灑落的方向，「說個好消息吧！根煌近日已同意將他六個兒子中的三個過繼給手足——長子過給根銓傳蘇家香火，次子給我作伴，三子過給軟欄繼承叔父那一房！都說好了……圓滿！圓滿！」「阿煌……囝仔一半給兄姊們顧，那他自己忙什麼呢？」蘇力問。「他口口聲聲說是要……繼續『抗日』！」蘇粒說，「用……想像力抗日！」

後記　回憶的真面目

「以上種種，並不是我『父親』全部的紀錄！」兒子寫到，「他死前似乎仍猶豫掙扎了許久，才告知了我那部祕藏多年的記事本，卻又嘀嘀咕咕地一再交代——那劃有紅線的部分，無論如何是不得再留傳下去的！『你頂多只可以部分節錄！』他用一種欲言又止的口吻說，『我考慮過：最好是……一把火全燒了吧？但是不是真要就此全毀了它，我實在……也並不忍堅持什麼！那些事充其量……只是我這輩人的一點回憶，對你或是後輩的子孫們……到底又能有多大的意義呢？我也……不知道！沒個準！就……看著辦吧？你若能耐著性子讀完它，靜下心來想想……我就已經是感到……很安慰了！真的！兒孫自有兒孫的念想，也會有自己的選擇，一切……就等著看吧？』」

國家圖書館出版品預行編目資料

日出三角湧 / 王湘琦作.
-- 初版. -- 臺北市 : 聯合文學, 2018.01
352面;14.8×21 公分. --（聯合文叢；621）
ISBN 9789863232407 (平裝)

857.7 106023359

聯合文叢 621

日出三角湧

作　　者／王湘琦
發 行 人／張寶琴

總 編 輯／李進文
主　　編／張召儀
責任編輯／陳雅玲
資深美編／戴榮芝
業務部總經理／李文吉
行銷企畫／許家瑋
發行助理／簡聖峰
財 務 部／趙玉瑩　韋秀英
人事行政組／李懷瑩
版權管理／張召儀

法律顧問／理律法律事務所
陳長文律師、蔣大中律師

出 版 者／聯合文學出版社股份有限公司
地　　址／(110)臺北市基隆路一段178號10樓
電　　話／(02)27666759轉5107
傳　　真／(02)27567914
郵撥帳號／17623526 聯合文學出版社股份有限公司
登 記 證／行政院新聞局局版臺業字第6109號
網　　址／http://unitas.udngroup.com.tw
E-mail:unitas@udngroup.com.tw

印 刷 廠／沐春行銷創意有限公司
總 經 銷／聯合發行股份有限公司
地　　址／(231)新北市新店區寶橋路235巷6弄6號2樓
電　　話／(02)29178022

出版日期／2018年1月　初版
定　　價／350元

ISBN 978-986-323-240-7（平裝）